TUDO
O QUE
SENTIMOS

Diretor editorial: **Luis Matos**
Gerente editorial: **Marcia Batista**
Assistentes editoriais: **Letícia Nakamura e Raquel Abranches**
Tradução: **Jacqueline Valpassos**
Preparação: **Juliana Gregolin**
Revisão: **Nathalia Ferrarezi e Beatriz Lima**
Diagramação e capa: **Renato Klisman**

Dados Internacionais de Catalogação na Publicação (CIP)
Angélica Ilacqua CRB-8/7057

L839t

Lonsdale, Kerry
Tudo o que sentimos / Kerry Lonsdale ; tradução de Jacqueline Valpassos.
—— São Paulo : Universo dos Livros, 2021.
320 p.

ISBN 978-65-5609-149-5
Título original: *Everything we give*

1. Ficção norte-americana 2. Suspense
I. Título II. Valpassos, Jacqueline III. Série

21-3756   CDD 813

Universo dos Livros Editora Ltda.
Avenida Ordem e Progresso, 157 — 8º andar — Conj. 803
CEP: 01141-030 — Barra Funda — São Paulo/SP
Telefone/Fax: (11) 3392-3336
www.universodoslivros.com.br
e-mail: editor@universodoslivros.com.br
Siga-nos no Twitter: @univdoslivros

KERRY LONSDALE

TUDO
O QUE
SENTIMOS

São Paulo
2021

Grupo Editorial
UNIVERSO DOS LIVROS

Capítulo 1

iAN

Quase todo cara pode creditar pelo menos uma mulher que influenciou o homem que ele é hoje. Eu tenho duas. Uma me adora e a outra me abandonou. Ambas me moldaram. E as duas tiveram um impacto duradouro em minha fotografia.

Por causa de minha mãe, Sarah, desisti de minhas aspirações de me tornar um fotojornalista. Não é fácil admitir, mas é complicado realizar um trabalho por meio da Associated Press quando você não consegue tirar a foto de um ser humano sofrendo. Mas, graças à minha esposa, Aimee, por abrir meus olhos para o lado mais idílico da humanidade, minha fotografia não se foca mais apenas na natureza e na vida selvagem. Ela evoluiu para incluir um elemento humano e tem recebido destaque em revistas como *Discover* e *Outside*.

Apesar do efeito yin e yang que essas duas mulheres exerceram em minha vida e do trauma que me levou a uma carreira que eu não pretendia seguir em minha juventude, ainda assim cheguei ao meu destino original: o de um premiado fotógrafo.

Quanto às mulheres? Amo as duas.

Removo a última de minhas fotos, intitulada *Sincronicidade*, na Wendy V. Yee Gallery para abrir espaço para a próxima exposição, a de meu amigo Erik Ridley. A imagem é de um *aloitador*, um dos vários treinadores, lançando-se sobre um mar de galegos selvagens amontoados no *curro* do vilarejo, uma pequena arena circular. Empoeirado e suado, com braços definidos por músculos vigorosos, o treinador de cavalos espanhol tem apenas um objetivo em mente: montar no lombo do cavalo e controlá-lo.

Flagrei a imagem em julho passado na *Rapa das Bestas*, um antigo ritual de "tosquia de animais" que ocorre anualmente na região noroeste da Espanha. Wendy descreve a foto para possíveis compradores como um fascinante exemplo do homem em sincronia com um animal. É uma das muitas que enviei à *National Geographic* no mês anterior, quando Erik soube do interesse da revista em publicar um artigo sobre a *Rapa*. Erik me apresentou ao editor de fotos, Al Foster, e acabei de sair de uma ligação com ele. Al aceitou minha proposta. Meu trabalho estará em uma edição futura e, se tiver sorte, ganharei a capa da revista.

Sonhos. Tornam-se. Realidade.

Soco o ar com o punho, num gesto de triunfo e, em seguida, encosto a *Sincronicidade* contra a parede junto às outras fotos a serem encaixotadas e guardadas no depósito durante a exibição especial.

– Aquela era a última – digo a Wendy, dirigindo-me até sua mesa. Seu assistente, Braxton, ainda está gripado, então, Wendy me chamou para ajudar a preparar a galeria para a exposição de Erik, retirando o meu trabalho e colocando o dele.

Wendy e eu nos conhecemos desde quando cursamos juntos a faculdade na Universidade do Estado do Arizona e ambos percebemos que o fotojornalismo não era nossa praia. Wendy descobriu que era melhor vendendo fotos do que revelando filmes; quanto a mim, meus demônios internos ainda travavam sua guerra. A fotografia de paisagens era segura e eu era bom nisso. Além do mais, uma cachoeira, pelo menos até aquele momento, ainda não havia avançado contra mim e arrancado o equipamento de minhas mãos.

Wendy ergue os olhos para mim de onde está debruçada sobre a mesa.

– Tenho mais uma para você. – Ela aponta a caneta para uma foto que pendurei do outro lado da galeria, um preto e branco de uma floresta de palmeiras na Indonésia. Os padrões ondulantes marcam os vários acres na imagem panorâmica. A imagem chega quase a ser bela, até que você perceba que as florestas foram devastadas para suprir a demanda por óleo de palma, conforme observado na placa informativa que Wendy me pediu para afixar ao lado da foto. O trabalho de Erik é contundente em sua tentativa de retratar a dura realidade da destruição que está ocorrendo aos ambientes naturais devido ao impacto do consumo humano. A exposição seguinte, uma retrospectiva fotográfica, é ousada em comparação aos eventos anteriores que Wendy organizou e exatamente o que ela queria quando lhe indiquei Erik.

– A exposição deve causar impacto. Quero que os visitantes sintam a devastação que Erik retrata, mas ainda assim devemos buscar um equilíbrio em sua apresentação. Estou pensando em mais cores. – Wendy sacode o mouse do computador. O monitor se ilumina, exibindo o portfólio de Erik. Rolando a barra, ela percorre seu trabalho, mordendo o lábio inferior, seu olhar saltando rapidamente de uma imagem em miniatura para outra. – Esta aqui. – Ela clica na imagem, a vista aérea de uma casinha branca de fazenda engolida por um extenso milharal, as colheitadeiras ceifando as fileiras tal qual uma invasão alienígena. Conhecendo Erik, tenho certeza de que o milho da foto é transgênico.

– Você se incomodaria de substituir o preto e branco pela fazenda? Troque-as para mim; depois, está liberado.

– Sim, senhora. – Presto-lhe uma continência, tirando onda com ela, busco a foto emoldurada guardada no depósito e corro pela galeria em uma pressa repentina para ir logo embora de lá. Aimee está esperando por mim no café. Sorrio enquanto faço o que Wendy me pediu.

– Você está alegre. O que deu em você?

– Eu... – protelo uma resposta, e meu sorriso se alarga. Aponto-lhe o dedo com a mão em formato de pistola. – Amanhã te conto. – Quero compartilhar a novidade com Aimee primeiro. Ela vai delirar.

Enquanto desço o preto e branco, penso em como devemos comemorar e tenho uma ideia: coquetéis e jantar no La Fondue. *Parfait!* Já faz alguns meses desde a última vez em que saímos à noite juntos. Jantar fora deve nos ajudar a fazer as coisas voltarem a ser como eram antes de junho. É hora de celebrarmos a nós, o que me faz pensar em *como* vamos fazê-lo, especialmente depois de colocarmos na cama nossa filha de quatro anos, Sarah Catherine. Meu corpo inteiro vibra.

Hmm. Talvez eu possa convencer os sogros a ficar com a pequena Caty esta noite.

Mando uma mensagem de texto para minha sogra, Catherine Tierney. Caty está lá com ela agora. Espero que ela possa ficar. Tenho planos para mim e Aimee, planos proibidos para menores de idade.

Deslizando o telefone no bolso de trás, penduro a foto da casinha branca de fazenda. A imagem me transporta de volta a Idaho, onde cresci em uma residência semelhante. Meu pai é dono da terra, herdada de seu pai. Mas ele não a cultiva, nunca a cultivou. Ele aluga a área porque raramente está em casa. Não acho que ele deseja estar em casa, pelo menos não desejava na época em que eu morava lá. Como fotógrafo esportivo, Stu Collins estava atrás do próximo Hail Mary decisivo.

Termino a tarefa, guardo as ferramentas e me junto a Wendy em sua mesa. Verifico meu relógio de pulso tático, um presente de aniversário recente de Aimee. Erik tem uma reunião com Wendy e está atrasado. Eu esperava pegá-lo antes de partir.

— Que horas Erik disse que chegava?

— Ele não conseguirá vir. — Wendy digita algumas anotações, suas unhas pintadas dc preto, um tanto góticas, em completo contraste com seu vestido acinturado de linho creme. Elas se tornam um borrão diante do teclado. — A *Mercury News* o enviou em missão para cobrir os estragos causados pelos incêndios florestais de Big Sur. Ele ligou enquanto você estava lá fora, falando no celular. Disse que lhe deve uma cerveja e vai me trazer uma garrafa de Domaine Chandon.

— Certifique-se de que ele traga mesmo. Não o deixe voltar atrás sobre isso.

Ela me lança um olhar como se jamais fosse deixar isso acontecer. Faz uma pausa na digitação e escreve uma anotação em um livro-razão.

– Por mais que eu adorasse Erik pendurando suas próprias fotos, prefiro você. Você tem um bom olho para a disposição. – Ela olha para a casinha da fazenda na parede. – Está muito, muito melhor. Ok, pode ir agora, vai, vai. Tenho uma venda para fazer. – Ela olha por cima do ombro.

Atrás dela, em um canto que mantém reservado para os artistas que representa, não importa a exposição, um jovem casal discute por causa de uma foto que tirei no ano anterior no Parque Nacional de Canyonlands. Suas vozes se elevaram acima do jazz instrumental tocando suavemente ao fundo. O homem diz que aquele é seu trabalho favorito aqui. Sua amiga – namorada, esposa? – faz objeções. A distribuição de cores está equivocada. Não é contemporânea o suficiente para sua sala de estar recém-mobiliada em azul-escuro.

– Mostre a eles o *Paisagem noturna* – sugiro a Wendy. A foto é a *skyline* de São Francisco com efeito duo-tone.

Wendy assente.

– Estava pensando exatamente a mesma coisa.

Beijo-lhe a bochecha.

– Foi ótimo trabalhar para você hoje. Da próxima vez, vou cobrar pelo meu tempo – provoco-a.

– Você já cobra. E recebe um bom pagamento meu todo mês.

Ela tem razão quanto a isso. Wendy vende quase todas as fotos que trago para ela.

Deixo a galeria e caminho os dois quarteirões no clima temperado de outubro até o Aimee's Café. Sou recepcionado pelo aroma de café torrado, canela e delícias assadas quando abro a porta. Inalo profundamente. Deus, como amo esse cheiro.

Ignoro os olhares apressados dos clientes quando o sino acima da porta os alerta sobre minha presença, e ignoro especialmente as pinturas a óleo na parede coladas às minhas fotografias tal qual um indivíduo numa fila que não tem a menor noção do significado de espaço pessoal. Pinturas feitas pelo ex-noivo de Aimee, James Donato.

Não me importo que elas estejam penduradas ali. Elas não me incomodam. Não mesmo.

Na verdade...

Incomodam, sim. Elas me irritam por completo.

Estamos casados há cinco anos e ela ainda não as retirou de lá.

Sinceramente, não dava a mínima para elas nem por que ainda estavam ocupando um lugar de destaque até junho passado. Depois de viver em um estado de fuga dissociativa, James retornara com lembranças – e os respectivos sentimentos que as acompanham – ainda intactas para a *minha* esposa. Mas Aimee tomou sua decisão. James precisava entender isso. Ela o deixou. Seguiu em frente. Escolheu a mim.

Então, lembro que eles se beijaram.

Cerro os dentes.

Quero essas pinturas fora daqui, embora tenha evitado mencioná-lo a Aimee. Porque a arte de James parece deixá-la feliz.

Esposa feliz, vida feliz.

Forço-me a relaxar, até amplio meu sorriso. Aceno para Trish, que trabalha atrás do balcão, e saio em busca de Aimee.

– Ela não está aqui – Trish grita atrás de mim.

Paro e dou meia-volta.

– Onde ela está?

Trish dá de ombros.

– Ela não me contou. Saiu algumas horas atrás.

Bato os nós dos dedos na parede, pensando. Vou ligar para ela e dizer para me encontrar em casa.

– Se ela voltar, avise-a que estou procurando por ela – digo e saio do café.

No caminho para o carro, meu telefone toca. A fuça de Erik acende a tela.

– Você me deve uma – digo, atendendo.

– Como ficou?

– Espetacular. Sou um gênio com um martelo e um prego. Pendurar suas fotos patéticas é exatamente o que eu queria fazer na minha tarde de folga.

Erik ri.

– Antes você do que eu.

Conheci Erik há muitos anos na Photography Expo and Trade Conference. Ele começou como fotógrafo da Associated Press, viajando para zonas de guerra e áreas de extrema pobreza, mas os confrontos que testemunhou e o sofrimento que documentou cobraram seu preço. Parando enquanto estava ganhando e ainda de posse de sua vida e de sua sanidade, ele agora trabalha como freelancer. Juntos, encontramos um meio para um fim. Eu respeitava suas habilidades fotojornalísticas e Erik há muito admirava meus flagrantes da natureza e da vida selvagem. Tornamo-nos mentores mútuos e grandes amigos. Erik é o cara para quem ligo para me encontrar para uma cerveja no fim do dia ou para um round no ringue na academia quando preciso aliviar a tensão.

– Obrigado por tudo, cara. As cervejas são por minha conta quando nos reencontrarmos – Erik oferece.

– As cervejas são por sua conta pelo próximo mês inteiro.

Erik solta uma risadinha, um ronco gutural.

– Rapaz, não é que minha agenda ficou cheia de repente? Agora, sabe-se lá quando vou poder encontrar você.

– Boa tentativa, Ridley. – Olho para a esquerda e atravesso a rua fora da faixa de pedestre. – Você ainda está em Big Sur?

– Não. Dirigindo de volta para casa.

– Como foi?

– Horrível. Muitos hectares de terra queimados. Muitas casas perdidas e pessoas desabrigadas. Mas, olha só, recebi uma ligação do *Sierra Explorer*. Eles vão me mandar para Yosemite na semana que vem. É para um artigo on-line sobre os perigos de caminhar ao longo de Vernal Fall. Não é nenhuma novidade, mas, com aqueles jovens ultrapassando a beirada no mês passado, tem havido um bafafá para restringir o número de excursionistas e colocar a cerca de volta na plataforma de observação. Adivinha quem está escrevendo o artigo? Reese Thorne. Já ouviu falar dela?

Gemo antes de pensar em não manifestar tal reação.

– Opa, não tenho certeza se gosto do som disso. Ela estava na UEA na mesma época que você. Tem algo que eu deveria saber?

– Não.

– Você a conhece?

Hesito.

– Sei quem é. Ela é atraída por histórias importantes. Seus leitores a amam e seus artigos ganharam prêmios.

– Mas...?

Não quero macular sua primeira impressão de Reese, mas sinto que ele precisa saber no que está se metendo, já que o artigo dela virá acompanhado de suas fotos.

– Digamos apenas que, nesta nova era da reportagem, em que os leitores preferem a opinião aos fatos, Reese prosperou.

– É, foi isso que ouvi também. Achei que você poderia saber um pouco mais sobre ela ou que talvez já tivesse trabalhado com ela no passado, na faculdade ou algo assim. Vamos passar dois dias juntos.

– Sou fotógrafo de paisagens, e ela, jornalista. Tem mais chance de ela estar na linha de frente com você do que no bosque comigo.

Erik ri.

– Verdade. Falando em paisagens, vou ficar mais uns dias e tirar algumas fotos da natureza para o meu portfólio. Importa-se de dar uma analisada nelas quando eu voltar? Tenho certeza de que umas dicas viriam a calhar. Você tem um olhar crítico.

– Claro. Quando quiser.

– Excelente. E você? Teve notícias de Al sobre o artigo da *Rapa*?

– Vou deixar para responder a essa pergunta outra hora – digo, chegando ao meu carro. Aperto o botão no chaveiro, destrancando a porta.

– Isso só pode significar uma coisa, mas vou adiar os parabéns para depois. Quero detalhes quando você estiver pronto.

Afundo no banco do motorista.

– Vou colocá-lo a par quando você me pagar aquela cerveja.

– Você está acabando comigo.

— Meu amigo, tenho que voltar para casa, para a minha esposa. Conversamos mais tarde.

Encerro a ligação com Erik e telefono rapidamente para Aimee. Caio direto no correio de voz.

— Ei, Aims, querida. Tenho ótimas notícias. Me ligue de volta. — Digito uma mensagem de texto com as mesmas palavras.

Quando chego em casa, estaciono o Explorer na garagem de nossa residência térrea dos anos 1960 estilo rancho. A casa está para lá de velha e necessita de uma reforma. Mas é o nosso lar. Vendemos meu apartamento e o bangalô de Aimee no centro para dar uma entrada suficiente apenas para que nossa hipoteca não cortasse uma jugular em nosso fluxo de caixa mensal.

O investimento nos custou as economias de uma vida, sangue, suor, e assinar a transferência dos direitos como pais de nossa primogênita. Brincadeira. Mas moramos no mesmo bairro que os pais de Aimee, algo que ambos queremos para Caty. Não tenho parentes, e a família que tenho — uma mãe desaparecida e um pai distante — está seriamente ferrada. Caty crescer com seus avós? Significa tudo pra mim.

Além disso, não estamos em uma situação financeira muito ruim. Aimee tem procurado locais para uma segunda e, possivelmente, uma terceira cafeteria, porque o carro-chefe tem sempre um bom desempenho. Minhas fotos saem rápido quando são exibidas em galerias físicas. Por meio da minha galeria on-line, adquiri clientes internacionais com dinheiro para torrar. Designers de interiores buscaram meu trabalho para expor em hotéis, resorts e restaurantes em cinco diferentes países. Esse trabalho da *National Geographic* será a calda de caramelo no topo do meu sundae-portfólio. Estou agitando o mundo da fotografia.

Deixa para outro gesto de triunfo.

Eu soco o ar, vibrando, entro em casa e meu telefone apita com uma mensagem de Catherine. Ela anexou um vídeo de Caty dançando com a legenda: **Dancinha animada da Caty. Ficaremos com ela esta noite. Divirtam-se!**

Ótimas notícias para Aimee e para mim. Temos a... noite... inteirinha para nós. Minha mente mergulha sob os lençóis em nosso quarto de casal e abro um sorriso.

Pensar em Aimee me faz lembrar: não recebi notícias suas. Isso não é típico dela. Ela geralmente é rápida para responder.

Franzo o cenho, coçando o queixo. Onde ela está? Ela não mencionou nenhum compromisso hoje. Ou será que mencionou? Devo ter deixado de prestar atenção quando ela ficou tagarelando no meu ouvido durante uma eternidade às benditas quatro e meia desta manhã. Esses despertares ao raiar do dia acabam comigo. Não sei como ela consegue fazer isso cinco dias por semana. Mas começo meu dia com ela assim mesmo. Valorizo aqueles momentos íntimos com ela enquanto a escuridão da noite transmuta-se no cinza do amanhecer.

Volto a telefonar para ela. Cai de novo direto no correio de voz. Que estranho.

Rodo os ombros em movimentos circulares, exercitando-os, liberando a tensão que quer se instalar ali. Tomo banho – tenho um encontro quente esta noite – e, quando vejo que não recebi dela nem uma mensagem ou notificação de chamada perdida, torno a ligar para ela. Danço de inquietação no lugar enquanto espero ela atender. Odeio essa sensação, principalmente quando a chamada cai no correio de voz. Mais uma vez. Droga.

Tenho boas notícias que estou morrendo de vontade de compartilhar.

Quero falar com a minha esposa.

Quero ver a minha esposa.

Visões de metal retorcido, vidro quebrado e salas de emergência apinha-das surgem na minha cabeça como um flash de câmera no modo "sports". Praguejo comigo mesmo, com raiva por minha mente sequer cogitar tal ideia. Mas a possibilidade de perdê-la, seja por acidente ou por escolha, leva meus pensamentos nessa direção. Eles têm seguido esse caminho com frequência nos últimos meses.

Ligo para a amiga de Aimee, Kristen Garner. Ela poderia estar visitando-a.

— Oi, Ian — Kristen bufa ao telefone, soando irritada. Uma Kristen que está na bica de dar à luz, grávida de nove meses e meio. Ela e Nick estão esperando o terceiro filho e o baixinho já está atrasado.

— A Aimee está aí? — pergunto, cortando de cara a conversa-fiada.

— Não, ela não está.

— Teve alguma notícia dela recentemente?

— Não, desde ontem. Está tudo bem?

— Ela não estava no café quando deveríamos nos encontrar lá e não está atendendo o celular.

— Quando foi que teve notícias dela pela última vez?

— Esta manhã, antes do almoço. — Confiro a hora. São quase seis da tarde.

— Tenho certeza de que ela está bem. Ela pode estar fazendo compras ou algo assim. Talvez o telefone dela tenha ficado sem bateria.

Eu deveria ter pensado nisso. Ando de um lado para o outro pelo banheiro da suíte densa de vapor, uma toalha enrolada nos quadris.

— Você deve estar certa. — Mas é improvável que esteja. Ela não ignora minhas ligações nem deixa o celular descarregar a bateria.

Limpo a condensação do espelho com o antebraço. Gotas de água acumulam-se na minha pele. Eu seco meu peito com uma toalha de rosto. O banheiro cheira a sabonete de aloe vera e ao perfume amadeirado do xampu.

— Quer que eu ligue para a Nádia? — Kristen oferece.

— Não precisa, eu dou uma ligadinha para ela. — Depois de me vestir. Minhas boas notícias me deixaram extremamente ansioso. Aimee ligará em breve. Ela vai entrar pela porta da frente a qualquer momento.

Ligo para o La Fondue e bajulo a recepcionista para obter uma reserva. Ela guarda uma mesa para dois em meu nome para as oito e meia.

Depois de vestir um jeans escuro lavado e uma camisa de botão preta justa, tento ligar novamente para Aimee. Desta vez, o telefone toca e toca. Desligo e abro as mensagens de texto que enviei antes. Foram lidas.

Espera, como assim?

Dou batidinhas com o canto do telefone na minha testa, tentando não procurar pelo em ovo.

Admita, Collins. Você está procurando pelo em ovo.

Confio no instinto para conseguir os melhores momentos para fotografar. Aquele instante vencedor de prêmio capturado no tempo. Neste exato momento, meus instintos estão me dizendo que algo está errado.

Digito um texto curto – "Você está machucada?" –, então, aperto a tecla Backspace, editando minha mensagem para "Você está bem?", para não soar excessivamente dramático. Não quero tirar conclusões precipitadas. Mando a mensagem de texto e imediatamente três pontos aparecem logo embaixo. Sua resposta chega logo em seguida. Uma palavra simples que provoca um nó gigantesco na minha garganta.

Não.

Não? Só isso?

Fico aguardando os três pontos voltarem a pulsar na minha tela, esperando chegar alguma explicação. Mais do que um enigmático "não".

Passa-se um minuto e ainda nada. Meus polegares pairam sobre o teclado.

Onde você está?

Precisa de mim para ir buscá-la?

E, antes que eu possa pensar em não fazê-lo, envio a mensagem de texto que redigi originalmente.

Você está machucada?

Ela não responde e meus malditos nervos entram em parafuso. Fico olhando fixamente para o telefone, ansiando por uma mensagem dela quando me ocorre.

Idiota.

Abro o aplicativo Find My Phone, deixando de lado o primeiro pensamento que vem à minha cabeça – *maníaco perseguidor* – e rapidamente localizo que ela está no apartamento de sua amiga Nádia Jacobs. Ela esteve lá o tempo todo? Espero que sim, penso em uma respiração aliviada.

Ligo para Nádia e ela atende logo de cara.

– Ian. – Ela parece aliviada por ter notícias minhas.

– Coloque a Aimee na linha. Preciso falar com ela.

– Só um minuto.

Ouço um barulho abafado como se Nádia estivesse entrando em outro aposento. Fico esperando que Aimee atenda ao telefone, mas é Nádia quem fala.

– A Aimee...

– Onde ela está? Por que você não deu o telefone a ela?

– Ela disse que logo está indo embora. Ela vai encontrá-lo em casa. Mas, Ian, estou muito preocupada com ela. Não a via assim há muito tempo.

– Assim como? Não a vi ou tive notícias dela desde hoje de manhã. Não faço a menor ideia do que está rolando, Nádia. Tirando uma única mensagem de texto, ela está ignorando minhas mensagens e ligações. O que está acontecendo? Ela está machucada?

– Fisicamente, não. Mas James disse algo a ela que a deixou muito abalada. Só que ela não me conta o que é.

– *Quem* disse algo para ela? – Minha voz está tão fria quanto o calafrio que percorreu o meu peito à menção de seu nome.

– Você não ficou sabendo? James. Ele voltou.

Capítulo 2

IAN

James voltou. De novo.

Será que esse cara não consegue ficar longe?

Fecho a cara.

— Ela foi vê-lo? — Ela fez isso em junho, quando James retornou à Califórnia por um curto período.

— Sim — responde Nádia, e fico arrasado. Afundo na beirada do sofá da sala de estar.

O reencontro de Aimee com seu ex foi algo que eu havia temido desde que retornei do México, mais de cinco anos antes, quando encontramos James vivo, mas vivendo em um estado de fuga dissociativa. Ela me explicara por que fora vê-lo no início daquele verão. Precisava dizer adeus. Na minha cabeça, achei que o adeus fosse para sempre.

Pelo jeito, não foi.

Estive na Espanha. Foi na semana anterior ao início da *Rapa*. Era uma viagem que eu queria fazer desde que Erik me contou sobre o festival vários anos atrás. Ao pousar, liguei para Aimee da esteira de bagagens para avisá-la que eu havia chegado. Sua voz parecia tensa. Ela usou o cansaço como pretexto, como fez repetidamente a cada telefonema durante minha viagem de catorze dias. Ela parecia pouco animada e ligeiramente deprimida. Isso me preocupou. Nossas conversas pareciam estranhas, forçadas. Mas a conheço bem. Ela estava escondendo alguma coisa.

Foi só quando voltei para casa e coloquei uma Caty esfuziante de alegria na cama que Aimee me fez sentar à mesa da cozinha. A garrafa de vodca e dois copos de dose deveriam ter me alertado que aquela não seria uma conversa fácil.

– O que está acontecendo? – perguntei com cautela.

– Eu vi James. – Então, ela me contou tudo, e quando digo tudo quero dizer *tudo mesmo*.

Ficáramos sabendo que James havia emergido do estado de fuga no último mês de dezembro. Kristen contara a Aimee sobre a ligação de James para Nick, marido de Kristen e melhor amigo de James. Sabíamos que James retornaria para casa. A questão era: quando?

Bem, obtive minha resposta com uma dose de vodca. Ele chegou um dia antes de eu partir para a Espanha, contou-me Aimee. Depois de me deixar no aeroporto, Aimee dirigira até a casa de James. Ela não tinha a intenção de vê-lo, mas não parecia conseguir se afastar. Então, de repente, ele estava lá, na calçada, batendo na janela do lado do passageiro. E ela o deixou entrar no carro.

– Você o ama? – perguntei.

– Não. Não da maneira que importa. – Fios de lágrimas cortaram suas bochechas.

– Qual é a maneira que importa, Aimee? Me fala, vai. Porque, para mim, amor é amor. – Pronunciei com rispidez as palavras, permitindo que ouvisse minha raiva, meu choque ao descobrir que ela o beijara. Que James a puxara para o seu colo e que suas mãos estiveram nela por toda parte.

– Não estou *apaixonada* por ele.

Senti meus olhos endurecerem, minha expressão gelar, enquanto eu a encarava do outro lado da mesa. Ela estava uma lástima. Sua mão tremia quando esticou o braço para pegar a garrafa, apenas para recolhê-lo de volta. Ela cruzou as mãos sobre o colo.

A cozinha estava silenciosa; nós estávamos em silêncio, sentados em lados opostos sob a luz fraca. Inalei profundamente e fechei meus olhos quando perguntei:

– Você o deseja?

– Não. – Ela olhou para mim, horrorizada. – *Não!* – repetiu com mais firmeza. – Amo você, Ian. Estou *apaixonada* por você. Sinto muito ter ido vê-lo. Não tinha a intenção que as coisas saíssem do controle da forma como saíram e não há como me desculpar o suficiente. Me desculpe. Será que um dia poderá me perdoar?

Servi-me de uma dose, depois outra.

Ela me observou e observou a garrafa, eu enchendo rápido o copo e esvaziando-o também rápido, depois devolvendo-os à mesa.

– Diga alguma coisa – ela sussurrou quando terminei.

Balancei a cabeça com lentidão.

– Acho que neste momento eu não deveria. – Pedi licença e me retirei para o meu estúdio. Disse a mim mesmo que precisava de tempo para resolver isso. Eu precisava acreditar que ela de fato me amava e que não me abandonaria. Mas, quer saber a verdade? Eu não precisava me convencer de coisa alguma. Eu sabia que ela me amava. Eu sabia bem lá no fundo que ela não me abandonaria. Quanto a perdoá-la? Eu já a havia perdoado, muito antes de James retornar, pois sabia que ele uma hora ou outra faria isso. Eu a amava nesse nível. Mas machucou. E como machucou.

Nos dias que se seguiram, conversamos sobre a questão e, gradualmente, ao longo do verão, voltamos a um ritmo confortável, embora não exatamente na mesma passada. Mas nós sobrevivemos ao retorno de James. Nosso casamento ainda estava intacto. Ou, pelo menos, foi o que pensei.

– Estou chegando. Diga para Aimee não ir embora. – O que quer que James tenha dito a ela, o que quer que ele tenha *feito* a ela, eu precisava saber o que aconteceu, *naquele* exato momento. Não dali a uma hora. Não naquela noite, mais tarde. E, principalmente, não no dia seguinte. Porque, da última vez que James esteve na cidade, ele beijou a minha esposa.

Apague isso. Não foi um beijo. Foram um beijo e as mãos de James no corpo todo dela, para deixá-la confusa e fazê-la ceder, se Aimee tivesse lhe dado a chance. Se tivesse dito sim a ele.

Mas ela não disse.

Graças a Deus, Aimee não voltou para ele. Graças a Deus, James mudou-se para o Havaí.

Então, por que ele está de volta e o que quer com Aimee?

Minha esposa.

O pensamento possessivo faz meu crânio latejar enquanto termino a ligação com Nádia e pego as chaves do carro. Na ânsia para saber o que James vai fazer e o que fez com Aimee esta tarde, estou voando pela rodovia até o apartamento de Nádia, no centro de San Jose.

Pressiono o código para o estacionamento subterrâneo de Nádia e paro o carro em uma vaga para hóspedes. Em questão de minutos, bato em sua porta e ela imediatamente atende como se estivesse do outro lado, esperando. Ela sorri, os lábios fechados e as sobrancelhas levantadas, e dá um passo para o lado. Interpreto o gesto como uma mensagem silenciosa de boa sorte. Meu coração bate em um ritmo acelerado e nervoso contra meu esterno.

Qualquer homem – seja hétero ou "jogando no outro time" – ficaria fascinado pelos cabelos ruivos, os olhos cor de jade e a estrutura facial forte de Nádia. Ela possui o tipo de beleza da qual você não consegue desviar o olhar, que é o que me propus a alcançar na série de fotos que tirei dela alguns anos antes. Elas estão dispostas na parede oposta de seu amplo apartamento. Eu intensifiquei o vermelho de seus cabelos e o verde de seus olhos, um contraste impressionante com a paleta de tons de cinza e grão de madeira da sala de estar.

Mas não vejo esses retratos. Nada é registrado ao meu redor. Tenho olhos apenas para Aimee. Ela está em pé parada do outro lado da sala, os braços cruzados tão apertado que seus dedos afundam em suas costelas inferiores. Ela olha pela janela, uma parede de vidro voltada para as luzes do centro da cidade. O crepúsculo se anunciara, fornecendo luz ao apartamento escuro de Nádia o suficiente apenas para iluminar a umidade nas bochechas de Aimee.

Fecho brevemente os olhos e faço uma oração de agradecimento. Ela está aqui e não está machucada. A pressão aumenta em meu peito a cada entrada e saída de ar, puxando-me em sua direção. Não quero outra coisa senão tê-la em meus braços, para me assegurar de que ela é minha.

Nádia fecha a porta atrás de mim.

— Há quanto tempo ela está aqui? — eu pergunto.

— Uns dez minutos antes de você ligar. Eu tinha acabado de chegar do trabalho.

Não muito tempo então, o que significa que ela estava com James pelo menos durante o tempo em que tentei contatá-la. Uma hora e meia.

Engulo em seco, forte. Muita coisa pode acontecer em noventa minutos.

— Ela disse alguma coisa desde que nos falamos ao telefone?

— Nada, só que ela queria se recompor antes de pegar Caty na casa de Catherine. Quer saber minha opinião? Eu acho que ela não queria ir para casa e encontrar você sentindo-se do jeito que está.

E que jeito seria esse? Será que ela percebeu que ainda está apaixonada por James e está com medo de me dizer?

A náusea se avoluma como uma onda em minhas entranhas.

O que James disse a ela? O que ele fez a ela? Posso ter encontrado James um par de vezes quando ele era Carlos, mas não conheço James. Eu nunca cheguei a conhecê-lo.

Nádia regula a iluminação e o apartamento fica mais claro. Aimee pisca, seus olhos se ajustando, e enxuga o rosto com as costas da mão. Eu sei que ela sabe que estou aqui. Deve ter me ouvido bater. Desejo que ela olhe para mim, mas ela mantém o olhar fixo no vidro.

Nádia desliza a mão pelos meus ombros em uma demonstração de apoio.

— Estarei na cozinha.

Eu aceno com a cabeça, enfiando as mãos nos bolsos com os polegares pendurados para fora, e me aproximo de Aimee. Ela se vira ao som das minhas botas contra a madeira e levanta a mão, detendo-me. Balança a cabeça. Uma pontada de pavor percorre minha espinha. Eu paro em frente à mesa de centro cheia de revistas, livros e suculentas em vasos. Um cesto de roupas lavadas dobradas repousa ao lado, uma peça estranha e fora do lugar que destoa da sala de estar de Nádia à la *Home Décor*.

– Só quero ver como você está. Eu fiquei preocupado.

Ela olha por cima do ombro em direção à cozinha, para onde Nádia foi.

– Eu não quero conversar aqui.

Estendo minha mão para pegar a dela.

– Então, vamos para casa. Eu levarei você. – Agora que estou aqui não quero me separar dela.

Ela volta a balançar a cabeça.

– Eu não estou pronta. Vai você. Eu te encontro lá.

– Eu não vou deixá-la até saber o que há de errado – digo, mesmo sabendo que ela não quer conversar aqui. – Depois do que aconteceu neste último verão, eu tenho o direito de...

– Ian, por favor. – Ela geme de frustração e apanha uma bola de meia do cesto de roupas, e, por um momento, acho que ela vai atirá-la em mim. Em vez disso, seus ombros desabam e a bola de meia cai no chão. Ela baixa a cabeça e a cena parte meu coração. Ela parece tão triste.

– Quero conversar mais tarde – diz ela. – No momento, eu ainda estou... processando.

Processando *o quê*?

– Aimee... – Não saber o que está acontecendo, essa incerteza, isso está me matando. *Por favor, não me diga que você está apaixonada por ele.*

Uma lágrima escorre e isso me motiva a agir. Uma pequena gota derrama-se de seu queixo e eu encurto a distância entre nós, envolvendo-a em meus braços. Ela se enrijece e prende a respiração. Murmuro em seu ouvido, dizendo-lhe o quanto eu a amo. O quanto me preocupo com ela. Eu pressiono meus lábios em sua testa e afago seus cabelos. Por fim, ela relaxa e se inclina para mim, de modo que apoio seu peso. Então, ela chora.

Eu a embalo.

– Meu amor, você tem que me ajudar. Não podemos consertar isso enquanto você não me disser o que há de errado.

Seus braços se enrolam em volta de mim e se engancham na minha cintura. Eu me inclino para trás para encará-la. Não consigo ver seu rosto.

– Por favor, me diga por que você está triste.

Sua respiração lhe escapa de súbito.

– Eu não estou triste. Estou com raiva, ou pelo menos estava antes de você chegar aqui.

– Você está com raiva de mim?

– Não, eu estou com raiva de mim mesma. Estou me odiando neste exato momento. – Aimee se desvencilha do meu abraço e volta a olhar pela janela.

– Meu amor. – Eu vou até ela. Encosto meu antebraço contra o vidro e estudo seu perfil, as leves sardas que decoram seu nariz como chocolate polvilhado sobre a espuma de um latte. Deslizo gentilmente um dedo pela extensão de seus cabelos onde se encontram com o ombro. – Por que você se sentiria assim? – pergunto com suavidade.

Aimee cruza um braço sob os seios. Limpa as lágrimas com os nós dos dedos. Eu a quero de volta em meus braços. Não gosto da maneira como está se retraindo e se fechando, seus ombros e costas curvados. Não gosto que esconda coisas de mim.

Não guardamos segredos um do outro, não depois da minha infância tumultuada e do que ela passou com a família Donato. Concordamos em ter um casamento honesto e com comunicação transparente. Isso inclui discutir seu relacionamento anterior com James, independentemente do quanto eu deseje desprezar o cara. Não que James tenha feito algo a mim diretamente. Só não gosto da forma como ele tratou Aimee, sem contar a tortura psicológica pela qual James a fez passar, cortesia de seu irmão Thomas.

Aquilo, sim, era uma família zoada. E eu achando que meus pais tinham problemas. Que se dane o bolo. James e seus irmãos eram toda uma maldita confeitaria no quesito família disfuncional.

Aimee respira fundo.

– Eu estava bem enquanto estava com ele. Nós apenas conversamos, sabe? Ele me contou sobre seus filhos e como os três estão aproveitando a vida na ilha de Kauai. Eu sei o quanto machuquei você... machuquei a gente... quando o vi no verão passado. Prometi a mim mesma que empreenderia meus maiores esforços para jamais vê-lo novamente. Mas ele ligou.

Ele está tentando deixar para trás toda a merda que seu irmão fez com sua vida e, para fazer isso, ele sentiu que me devia um pedido de desculpas, cara a cara. Disse que eu merecia algo assim depois de tudo que ele me fez passar. Então, eu me encontrei com ele. Eu estava bem enquanto conversávamos, mas depois? A coisa toda veio à tona e eu comecei a chorar e a tremer e, droga, eu estava com tanta raiva. Achei que já tivesse superado tudo aquilo, por causa da terapia. – Ela finalmente ergue os olhos para mim e sorri debilmente, um pedido de desculpas.

– Aims – eu murmuro. Acaricio sua bochecha com as costas dos dedos e, em seguida, deixo meu braço pender ao longo do meu corpo.

– Enfim – ela diz, abanando a mão –, eu não conseguia parar de chorar. Saí dirigindo por aí esperando me acalmar antes de ter que pegar Caty e, quando não consegui, percebi que tinha vindo parar aqui em vez disso. Se eu voltasse para casa alterada como estava, sabia que não seria capaz de comunicar com clareza a você por que fui vê-lo, e não queria que você tirasse conclusões precipitadas.

Acaricio suas costas enquanto a ouço, odiando que se sinta como se não pudesse vir até mim e odiando James ainda mais por fazê-la se sentir dessa forma.

– Eu não gosto do jeito como ele mexe com as minhas emoções. Faz me lembrar de como eu costumava ser quando estava com ele.

– E como você era?

– Ingênua e imatura. Crédula demais, quando deveria estar fazendo perguntas.

Eu adorava a credulidade de Aimee e amo a mulher que ela costumava ser. Eu amo especialmente a mulher que ela se tornou ao longo de nosso casamento. Obstinada, segura de si e apaixonada. A melhor mãe que eu poderia querer para nossa filha, o que é importante para mim.

Mas, idiota como sou, não é a isso que me agarro. Ainda estou bitolado em minha suposição anterior de que Aimee se deu conta de que ainda ama James... da maneira que importa. Apesar do que ela acabou de me dizer, não consigo tirar essa possibilidade da minha cabeça.

– Quantas vezes você o viu desde junho?

– O quê? – Aimee franze a testa, sua expressão transtornada. Eu arqueio uma sobrancelha, aguardando uma resposta. Ela puxa a bainha da blusa. – Só hoje.

– Quanto tempo vocês passaram juntos? Quando ele ligou para você?

– Meu Deus, Ian.

O gelo chacoalha em uma coqueteleira de martíni.

– Alguém aí quer uma bebidinha? – Nádia grita da cozinha.

– Não – eu respondo sem tirar os olhos de Aimee.

– Sim. – Aimee me lança um olhar frio. – Eu disse para você que não quero falar sobre isso aqui. – Ela caminha decidida até o balcão do bar da cozinha.

Passo os dedos em garra pelos meus cabelos e expiro com força pelo nariz. Sigo Aimee até a cozinha.

Nádia desliza um dirty martíni em sua direção. Aimee retira o palito com a azeitona fincada e manda o coquetel goela abaixo. Então, pega minha taça quando percebe que não vou beber o meu.

– Estava com sede, pelo jeito – brinca Nádia, fazendo um brinde com a própria taça. – Saúde. – Ela prova o coquetel, estala os lábios duas vezes e olha por cima do ombro para o relógio do micro-ondas. – Posso pedir comida tailandesa.

– Não, obrigado. Temos planos para o jantar. – Deposito uma das mãos sobre o balcão, enfio a outra no bolso da frente, o dedão para fora apoiado, e observo Aimee consumir meu martíni, felizmente em um ritmo mais lento do que sua primeira bebida.

– Eu não estou com fome. – Ela pousa a taça.

– Tudo bem, então. – Nádia arrasta as palavras. Ela sacode a coqueteleira. – Mais coquetéis?

Aimee balança a cabeça, negando, e esvazia a taça.

– Estou pronta para ir para casa. – Ela apanha a bolsa onde a deixou, no sofá, e se dirige até a porta da frente.

Eu suspiro. Parece que estamos indo embora.

– Eu vou dirigir. – Pressiono a ponte do meu nariz, reunindo paciência. Vou precisar dela hoje à noite para evitar dizer mais alguma coisa estúpida que aborreça Aimee, ainda mais quando eu deveria estar fazendo o contrário: oferecendo-lhe um ombro para chorar e um ouvido para escutar. – Obrigado – digo a Nádia. – Vou trazê-la amanhã para pegar o carro dela.

– Não tem pressa. – Ela agarra suavemente meu pulso. – Você é um bom marido, Ian. Ela precisa de você agora. Ela está sofrendo.

Nós dois estamos.

– Eu sei. E obrigado.

Junto-me a Aimee na porta. A comemoração da minha melhor notícia de todos os tempos já era.

– Vamos para casa.

Pegamos o elevador para descer até o estacionamento, parados lado a lado, sem nos tocarmos. Eu quero ficar com raiva dela. Quero xingar James por entrar em contato com minha esposa novamente. Mas tudo que sinto é compaixão por ele, o que me surpreende e me irrita.

Eu compreendo como James se sente, a confusão e a desorientação, a necessidade de entrar em contato com Aimee, o amor de sua vida. Eu entendo como ele não tem noção do tempo perdido e que, para ele, a sensação é de que deixou Aimee no dia anterior.

Passei minha infância imerso em um tumulto semelhante. E não foi nem um pouco divertido.

Chegamos ao estacionamento e me atrapalho com as chaves quando as retiro do bolso. Elas caem no chão.

– Precisamos dar uma passada na casa dos meus pais e pegar Caty – diz Aimee, já que ela não sabe do combinado com Catherine, e isso não importa mais. Parece que não vamos jantar fora.

Eu recolho as chaves.

– Eu sei – respondo de maneira ríspida, pressionando com força o botão do controle remoto. O carro destranca, o som ecoando na garagem cavernosa, e abro a porta dela com brusquidão. Aimee afunda em seu assento com um olhar desconfiado em minha direção. Reunindo um pouco de calma, fecho a porta.

Capítulo 3

IAN, NOVE ANOS

Ian observou o ônibus desaparecer na subida da estrada antes de se virar para o branco encardido da casinha de fazenda que ele chamava de lar. Estacionada ao lado estava a perua Pontiac prata de sua mãe.

Ele soltou um longo suspiro, as bochechas infladas encolhendo como pneus murchos. Ela estava em casa. Pelo menos, esperava que fosse sua mãe, Sarah, e não a outra, Jackie.

Desde que Ian conseguia se lembrar, sua mãe tinha oscilações de humor imprevisíveis. Ela se esquecia do que estava fazendo de um dia para o outro, às vezes de um momento para o outro. E Ian tinha de lembrá-la. Ele a orientava em suas tarefas enquanto sua mãe o encarava, parecendo uma criança, os olhos arregalados, perplexa.

Foi só no ano anterior que seu pai tentara lhe explicar o bizarro e às vezes volátil comportamento de sua mãe. Ela desaparecera por dois dias apenas para voltar para casa com as roupas rasgadas e sujas de terra, a bochecha com um corte e os olhos roxos. Sua mãe não se lembrava das quarenta e oito horas anteriores. Ela queria mergulhar em um banho quente e ir para a cama, mas o pai de Ian insistiu em levá-la ao hospital. Três dias depois, ela recebeu alta com pontos na bochecha e um diagnóstico para seu estado mental. Transtorno dissociativo de identidade.

Ian não entendia de fato o que isso significava ou por que ela era acometida por aquilo. Seu pai não lhe contava. O que ele ficou sabendo, no entanto, era que outras pessoas viviam dentro de sua mãe. Foi assim que seu pai a princípio descreveu a condição de sua mãe para ele. O médico tinha conhecimento de uma delas, Jackie. Ele advertiu que poderia haver outras. Ian não tinha notado ainda se havia, mas ele e seu pai estavam muito cientes de Jackie. Jackie vinha se manifestando desde antes de Ian nascer.

O médico encaminhou sua mãe para um psiquiatra e prescreveu antidepressivos e estabilizadores de humor, sobre os quais Ian entreouviu a mãe dizer a seu pai que ela não queria tomar. Não gostava de ser controlada, e era isso que os comprimidos fariam. Quanto ao acompanhamento com um médico, Ian raramente a via comparecer a consultas e seu pai não estava por perto o suficiente para fazê-la ir. Ian também não vira nenhum compromisso marcado em sua agenda diária.

Uma mosca pousou no cotovelo de Ian. Ele sacudiu o braço e coçou a pele onde o inseto a fez comichar. Ele abriu a caixa de correio e recolheu as contas com o carimbo de "ATRASADO" e os catálogos de bordados. Enfiou-os de qualquer jeito na mochila e caminhou lentamente pela subida da garagem. O cascalho rangia sob seus Vans surrados. Uma brisa carregada com o cheiro de fertilizante agitou-se ao seu redor, bagunçando sua cabeleira. A franja lhe caiu sobre os olhos. Ele a afastou do rosto e cruzou os dedos em ambas as mãos.

Por favor, que seja a mamãe. Por favor, que seja a mamãe, recitou em sua cabeça a cada passo.

Ele tinha dever de casa demais para se preocupar com Jackie colocando sua mãe novamente em problemas. Três meses antes, Jackie sacara o dinheiro da conta bancária de seus pais, deixando-a sem fundos para as despesas. Era por isso que estavam com os pagamentos atrasados.

Ian deteve-se na entrada, a porta da frente batendo atrás dele, fechada com força pelo vento. Sua mãe ergueu os olhos da máquina de bordar na sala de jantar e sorriu. Ian retribuiu o sorriso e a tensão em seus ombros arrefeceu sob o peso de sua mochila. Era Sarah. Os sorrisos de Jackie não eram tão amistosos assim.

A casa fedia a mofo, o ar estava viciado e abafado, fazendo seu nariz se contrair. Ele esfregou as narinas e olhou para as janelas da sala. Todas as quatro estavam fechadas, as cortinas puxadas. Pratos sujos e copos com líquido pela metade, intercalados com pilhas oscilantes de uniformes de times e dos escoteiros, amontoavam-se sobre a mesa como a silhueta de arranha-céus de uma cidade.

– Como foi sua excursão fotográfica? – perguntou Sarah.

Foi ótima. Aconteceu ontem, Ian pensou.

– Legal – respondeu ele em voz alta.

Ian passara a manhã de domingo caminhando pelos campos tirando fotos de formigas e pegas-rabudas com uma câmera que encontrou no escritório doméstico de seu pai. Era muito melhor do que aquela que seu pai lhe dera em seu quinto aniversário. Sua mãe não estava em casa quando Ian voltou para o almoço, e ela ainda não tinha chegado na hora da janta. Ian comeu espaguete frio que havia sobrado da noite anterior, assistiu a uma hora do futebol de domingo à noite, na esperança de fla-grar seu pai na margem do campo com os outros fotógrafos esportivos, e, então, ficou acordado até tarde esperando sua mãe retornar para casa. Por fim, desabou em um sono profundo às três da manhã, escondendo-se sob seus cobertores, depois de ouvir as tábuas do assoalho rangendo sob os saltos altos de sua mãe. Embora, na verdade, não fosse sua mãe. Sarah não usava saltos. Jackie, sim.

Sua mãe espiou o relógio de parede. Eram três e quarenta e cinco da tarde.

– Você ficou fora por bastante tempo. Tirou algumas fotos boas?

– Eu acho que sim – ele murmurou. Ainda não havia revelado o filme como seu pai lhe ensinara.

– Está com fome? Fiz um sanduíche de presunto. Está na geladeira.

Ian deslizou a mochila do ombro e a deixou cair no chão. O olhar de sua mãe acompanhou o movimento. O sorriso deixou seu rosto.

Ele abriu o zíper de sua mochila e entregou-lhe a correspondência.

Ela hesitou antes de pegar o bolo de cartas, então, olhou fixamente para os envelopes selados em sua mão.

– Que dia é hoje? – ela perguntou em uma voz um pouco mais audível que um sussurro.

– Segunda.

Seus ombros desabaram. Sua vista passeou pela pilha de uniformes de líder de torcida ao seu lado. Ela bordava emblemas para equipes esportivas locais e para as tropas dos escoteiros. Certa vez, contou a Ian que o dinheiro que ganhava pagava por suas roupas e seus equipamentos esportivos para que ele não tivesse que comprar itens de segunda mão.

– O prazo para entregar estes é em uma hora. Não vou terminar a tempo. Achei que fosse domingo. – Ela fitou a correspondência em seu colo. Depois da quarta conta, ela atirou tudo na mesa, virando o rosto como se estivesse enojada com o conteúdo dos envelopes. Sua cabeça baixou, e longos cabelos castanho-claros derramaram-se sobre seus ombros como persianas verticais. Por alguns instantes, ela permaneceu sentada, imóvel, sua coluna curvada na forma de uma lua crescente. – Eu sinto muito, Ian.

– Está tudo bem. – Ele baixou os olhos para seus Vans surrados. Deveria tê-la acordado antes de ir para a escola e lhe contado. Mas o receio de que estivesse despertando Jackie em vez de Sarah o impediu de bater à porta de seu quarto.

Ian voltou a pendurar a mochila no ombro.

– Tenho dever de casa para fazer. Estarei no meu quarto.

Ele se arrastou até a cozinha antes de subir as escadas. O lugar cheirava a pão mofado e leite azedo. Uma caixa aberta de creme de leite light jazia no balcão, esquecida. Ao lado dela, o cronograma de planejamento de sua mãe estava aberto no dia de domingo. O dia anterior.

Se os saltos altos nas tábuas do assoalho da noite anterior já não tivessem confirmado, o cronograma aberto na data errada o faria. Era Jackie quem voltara para casa na noite anterior. Ian supôs que fora ela também quem acordou esta manhã. Sua mãe deve ter mudado de volta para Sarah hoje mais cedo. Ela teria vinte e quatro horas de lembranças perdidas do período em que Jackie era a dominante e nenhuma consciência de que a data havia mudado.

Ian folheou a página do cronograma de planejamento. Na linha que indicava cinco da tarde, sua mãe havia anotado ENTREGAR MOLETONS DE TORCIDA à treinadora TAMMY PENROSE. Ao lado, havia um número de telefone. Ele deixou o cronograma aberto na segunda-feira e abriu a geladeira. Vegetais em fermentação agrediram seu nariz. Suas narinas se contraíram e ele pinçou o nariz com os dedos para deter o espirro. Pegou o prato com o sanduíche de presunto e subiu as escadas, passando pelo escritório doméstico de seu pai a caminho de seu quarto.

Ele parou e recuou alguns passos.

Afixado no quadro de avisos ao lado da mesa estava um calendário do Kansas City Chiefs aberto no mês de outubro. Uma fileira de "X" vermelhos estendia-se até o dia dezessete. A quinta-feira anterior, dia em que seu pai viajara para registrar o jogo dos Chiefs contra os Saints. Ele estaria em casa hoje, no fim da noite.

Uma ideia tomou forma em sua cabeça como a imagem sendo revelada em um filme instantâneo de Polaroid. Largando sua mochila, ele depositou o sanduíche na escrivaninha e se sentou diante dela. Abriu gavetas, retirando papel, uma régua e lápis. Desenhou uma grade que simulava o calendário, escrevendo OUTUBRO no topo. Acrescentou mais alguns detalhes e retornou para o andar de baixo.

Na cozinha, sua mãe desligava o telefone.

– A senhora Penrose me deu mais um dia para terminar. Tenho que trabalhar até tarde esta noite, então, vamos comer mais cedo. – Ela encheu uma panela com água, enxugando intermitentemente os cantos dos olhos.

– Não fique triste, mãe. Sabe como às vezes você esquece o dia que é? – Ian afixou seu calendário improvisado na porta da geladeira com um ímã.

– O que é isso? – ela perguntou.

– Um calendário. A senhora Rivers nos faz riscar os dias em nossos cronogramas escolares para que saibamos que dia é. Papai também faz isso.

Sua mãe passou os dedos pelo "X" destacado em vermelho no dia de domingo, em seguida, fechou a mão num punho, escondendo o dedo. Levou a mão ao peito.

– Vou riscar os dias neste calendário. Dessa forma, você saberá que dia é e poderá eliminá-los no seu calendário. – Ian apontou para o quadradinho da segunda-feira, dia vinte e um de outubro, depois, bateu com o dedo no espaço correspondente no calendário de planejamento de sua mãe.

Sua mãe o encarou. Seus olhos se encheram de lágrimas.

Ian desviou o olhar, fixando a vista nos pratos do café da manhã deixados para lavar ainda esparramados na mesa da cozinha. Ele a magoara. Ela não gostara da ideia dele.

– Vou tirá-lo. – Ele estendeu a mão para retirar o ímã.

– Não. Não tire. – Ela tocou seu ombro.

Lágrimas pinicaram seus olhos. Ele pressionou os lábios. Coçou a cabeça e cruzou os braços com força sobre o peito.

– Desculpe ter deixado você sozinho ontem à noite. Me desculpe por cometer um erro atrás do outro. Eu sinto muito.

Sua boca se contraiu. Ele apertou os lábios com mais força, segurando o choro. Sua mãe sempre se desculpava. Ele odiava como ela se esquecia das coisas. Desejou que ela pudesse ser normal como as outras mães.

Sua mãe segurou seu queixo, forçando Ian a olhar para ela. Ele notou que suas bochechas estavam manchadas e seu nariz, vermelho.

– Desculpe não ter feito o café da manhã para você – disse ela.

– Está tudo bem.

– Não, não está. – Sua mãe se ajoelhou e agarrou seus ombros. – Eu deveria ter visto você sair para a escola. A ideia de você esperando sozinho o ônibus... – Ela respirou profundamente. – Sinto muito – ela sussurrou.

Ian estava acostumado a se sentir sozinho, outra coisa que odiava. Ele folheou o calendário. A ponta do papel ficou presa sob sua unha. Ele pressionou o dedo contra ela até sentir a placa ungueal arder.

– A que horas o papai vai estar em casa?

– Tarde da noite, depois que você já estiver na cama. Você gostaria que ele estivesse em casa com mais frequência?

Ian assentiu, sua atenção voltada para o sangue concentrando-se sob a unha de seu polegar. Ele não se sentiria tão solitário se seu pai não viajasse tanto. Mas ele precisava trabalhar. As contas médicas tinham de ser pagas e as bocas, alimentadas.

Ian podia sentir sua mãe observando-o, mas ele não conseguia encará-la. Ele choraria e isso a deixaria chateada. Poderia fazê-la trocar de identidade e voltar a se esquecer. A dor do corte do papel ajudou a evitar que as lágrimas se derramassem.

– Estou fazendo o melhor que posso para cuidar de você. Você sabe disso.

Ele balançou a cabeça lentamente, concordando, embora nem sempre achasse que sua mãe fazia o melhor que podia. Como poderia? Com horas, dias até, faltando em sua vida, a alternância constante dela para Jackie, Ian sentia que passava mais tempo cuidando dela. Se ao menos ela pudesse ser normal como as outras mães. Ele não se sentiria tão preocupado o tempo todo.

Capítulo 4

IAN

Aimee mantém o olhar desviado, encarando a janela da frente do lado dela enquanto eu dirijo de volta para Los Gatos. Ela está quieta e parece muito distante, embora estejamos separados apenas pelos porta-copos entre nós. Aposto que eu conseguiria tocar o muro que ela ergueu se eu tentasse alcançá-la.

Esse muro está aí desde que James apareceu em junho passado.

Eu quero demoli-lo.

Preciso saber que notícia bombástica escondida na manga o cara está trazendo para a Califórnia.

Se a forma como Aimee segura a bolsa no colo, amassando-a de tanto apertá-la, me diz alguma coisa, ela ainda está processando. Pensando no que aconteceu esta tarde.

Pensando nele.

Forço-me a exalar pesadamente e prometo a mim mesmo que não vou pressionar. Ela começou a se abrir na casa de Nádia. Ela falará no devido tempo.

O quanto antes, espero. Com o prazo que a *National Geographic* me passou, partirei em breve para a Espanha. E estou indo embora sabendo que James está na cidade.

Praguejando baixinho, aliso os cabelos com os dedos e me ajeito no assento, posicionando meu torso num ângulo de modo que fique em certa medida de frente para Aimee. A tentação de segurar sua mão me faz cerrar a minha num punho apertado. Seguro a língua para não deixar escapar minhas novidades para aliviar o clima. Dizer qualquer coisa que a faria olhar para mim como se eu fosse a pessoa mais importante em sua vida. Quero ser esse homem para ela.

Uma ideia toma forma em minha mente. Quero que ela venha para a Espanha comigo, e não apenas por causa de James. Ela vai adorar os cavalos selvagens. Poderíamos usar o tempo fora para entrarmos novamente em sintonia. Por culpa de James, nosso ritmo conjugal está fora de compasso desde que voltei da *Rapa*.

Aimee aperta ainda mais as mãos. Eu cedo e cruzo a barreira. Entrelaçando meus dedos nos dela, levo nossas mãos unidas aos meus lábios. Deposito um beijo em seu pulso. Eu amo a sensação de sua pele. Macia e exuberante, como diz o rótulo do frasco de loção. Aimee tem adoração pelo frasco de loção em nosso banheiro e o maldito sortudo que tem o privilégio de sentir sua pele aveludada deslizar contra a minha sou eu.

Esfrego minha bochecha contra sua mão e, quando ela não recua, uma fração da tensão que pressiona minhas omoplatas diminui. Ela está me encarando agora. Posso sentir o peso de seu olhar, e meu corpo formiga com expectativa. Minha pulsação acelera. Vou levá-la direto para o nosso quarto quando chegarmos em casa. Essa mulher deslumbrante é minha e quero colocar minhas mãos nela inteirinha. Quero me sentir próximo a ela, buscar aquela conexão que parece estar faltando ultimamente. E, caramba, quero me certificar de que ela é minha.

Desvio os olhos da estrada e olho para ela.

– Eu te amo.

Ela pisca. O branco de seus olhos brilha com os faróis dos carros que vêm no sentido contrário. Sua boca – aqueles lábios deliciosos que tenho um desejo irresistível de beijar, e beijaria se não estivesse dirigindo – entreabrem-se para falar.

Minha respiração fica suspensa. Eu conheço esse olhar. É agora. Ela está pronta para conversar. Meu coração dispara como o de um maratonista dobrando a última curva antes da linha de chegada. Talvez possamos resolver antes de chegarmos em casa a questão de sua reação após se encontrar com James. Odeio o fato de ela estar com ódio de si mesma. Talvez sair para jantar a faça se sentir melhor, tire-o da cabeça. Quem sabe o La Fondue ainda seja uma opção? São só sete e cinquenta. Temos quarenta minutos até o horário da nossa reserva.

— Você acha que nós nos casamos muito cedo?

Bum! Explode a bomba.

Meu pé sofre espasmos no acelerador, fazendo o carro dar um solavanco. Não é isso que eu esperava que ela dissesse.

Nem a pau! Eu esperei treze meses para dizer a ela que a amava.

Tá, e daí se a ideia de perdê-la para James quando a acompanhei até o México para encontrá-lo fosse o proverbial "empurrão" que eu estava precisando para contar a ela como eu me sentia? Pouco me importa também o fato de eu ter proposto casamento apenas três meses depois de retornarmos. Nós nos amávamos. Queríamos passar nossas vidas juntos.

Só tem uma pessoa no mundo que poderia estimulá-la a fazer essa pergunta cinco anos depois de estarmos casados. Uma pergunta que vai muito, muito além do inesperado. Chega, tipo, no Havaí.

— O que James disse para você?

— Isso não tem nada a ver com James. — Aimee desliza sua mão da minha, desvencilhando-se. Sinto imediatamente o vazio, um soco no meu estômago.

— Ah, não, é? — Eu aperto o volante. — O sujeito dá as caras. Você vai vê-lo. Você ignora as minhas ligações e mensagens de texto. Não consigo entrar em contato com você durante horas...

— Não foram horas.

— ... tudo isso para, no fim, encontrá-la aos prantos na casa de Nádia. Aí, você me diz para ir para casa. O que eu deveria ficar achando?

— Quando você coloca dessa maneira...

— E que outra maneira há? — retruco com rispidez.

Aimee fica tensa. Ela me encara, seus olhos grandes e redondos aguardando.

Pelo quê? Não faço ideia. Encaro-a de volta.

Ela não diz nada. Nem eu.

Não sei o que dizer. Faltam-me palavras.

Um momento. Espere um pouco, tenho uma a oferecer.

Fecho brevemente os olhos e engulo a raiva.

— Desculpe. A última coisa que quero fazer é discutir.

Trocamos um olhar pelo tempo máximo que a segurança ao volante permite que eu desvie os olhos da pista. Ela morde o lábio inferior e uma buzina soa. Viro a cabeça, olhando em volta, mudo de faixa, e Aimee diz baixinho meu nome.

— Desculpe também. Eu devia ter ligado para você.

— Você devia ter voltado para casa — corrijo-a gentilmente. — Você devia ter confiado em mim para lhe dar apoio.

— Eu sei. É que ainda me sinto mal pelo verão passado. Por baixo de toda a minha raiva, eu estava envergonhada. — Ela baixa os olhos para as mãos no colo.

— Olha, eu entendo como a situação entre você e James é estranha. Foi um relacionamento longo que teve um fim intenso e ferrado que não foi sua culpa.

— De certa forma, foi. Ele deu um "chega pra lá" no idiota da vizinhança quando éramos crianças e eu o idolatrei como um herói por anos. Eu acho que... não. Eu sei que, até certo ponto, ainda o idolatrava, mesmo depois que nosso relacionamento mudou e nos tornamos mais do que apenas amigos. Eu deveria saber que...

— Não, não, não — eu interrompo. — Quantos anos você tinha quando vocês começaram a sair? Dezesseis? Não faça isso de culpar a si mesma. Você era uma criança. — Olho de soslaio para ela. Já fiz essa pergunta antes, mas, correndo o risco de deixá-la ainda mais chateada, tenho que perguntar de novo. — Você ainda está apaixonada por ele?

Ainda assim, encolho-me mais uma vez de vergonha quando as palavras saem.

Droga, Collins. Que insegurança é essa?

Então, eu me lembro de como todas as mulheres que eu já amei me deixaram. O medo de que Aimee faça o mesmo apoderou-se de mim.

Aimee lança um olhar exasperado em minha direção.

– Você sabe que não. Mas ele é parte do meu passado. Ele ajudou a moldar quem eu sou hoje. Como posso fazer com que entenda? – Ela pensa por um instante, pesando as coisas em sua mente. – Que tal assim? Eu não amo você menos por causa de James. Eu simplesmente o amo de forma diferente, e, por causa da minha experiência com James, acredito que amo você mais do que teria amado se James e eu nunca tivéssemos ficado juntos. Acho que a melhor comparação é a de que o que eu sinto por James é o que você sente em relação a Reese.

– Ah, não. – Eu rio em reação às palavras, sacudindo meu dedo. – Nossas situações não são nada parecidas.

– Eu sei que você já foi apaixonado por ela. Ela faz parte da sua história, e você quase não me contou nada sobre ela.

– Não transforme isso numa coisa minha. Isso não é sobre mim. É sobre você e...

– Estou sempre compartilhando meus sentimentos. Eu sempre converso com você sobre James e o que estou pensando. Concordamos em ser abertos sobre nossos relacionamentos anteriores, *tanto* as namoradas *como* as mães.

– O que a minha mãe tem a ver com isso?

– Você quase não me contou coisa alguma sobre Reese, não como compartilhou comigo sua relação com sua mãe – acrescenta ela, quando minha bochecha se contorce de tanto eu apertar a mandíbula.

– Não há nada para falar – digo baixinho. Sobre qualquer uma delas. Foram-se anos de terapia até que eu fosse capaz de falar sobre minha mãe sem sentir aquela sensação intensa de raiva acumulando-se como um gêiser de Yellowstone. Agora sinto apenas culpa e arrependimento, muito disso também. Eu sei que poderia ter feito mais por ela. Mas eu também poderia ter feito o que meu pai reiteradamente me pediu e a deixado em paz. Ela não era responsabilidade minha, mas eu sentia o oposto.

Aimee sabe tudo sobre minha infância, a forma como meu pai praticamente me abandonou semana após semana, deixando-me sozinho com minha mãe, sem me dar escolha a não ser cuidar dela. Eu era uma criança, pelo amor de Deus. Não consigo me imaginar fazendo o mesmo com Caty.

Suprimo a dor de lembranças passadas e me concentro em dirigir. A pista à frente é uma linha reta, mas nossa discussão é antiga, gira em círculos entre nós.

Olho de relance para Aimee. Ela me encara com uma expressão impassível. Fica tamborilando os dedos na bolsa em seu colo. Um movimento irritante que faz minhas costas ficarem tensas. Eu giro os meus ombros, estalo o pescoço, aciono a seta e deixo a estrada, parando em um sinal vermelho.

– James está apaixonado – Aimee diz quando o carro breca por completo.

– Não por você, espero.

Ela produz um som de impaciência.

– Não, por mim não. Natalya. Lembra-se daquela mulher que encontramos com ele quando Carlos visitou a casa dos meus pais? É por ela – Aimee diz. – James está morando com ela no Havaí. Ele perguntou se eu achava que era muito cedo para ele estar se apaixonando por alguém que tecnicamente acabou de conhecer, em junho passado. Isso me fez pensar em nós.

Talvez Aimee e eu precisemos repensar nossa política de livro aberto sobre como compartilhar nossos pensamentos e sentimentos mais íntimos. Ela está me esviscerando.

– Eu te amo, Aimee. Eu te amo muito. Você e Caty são meu mundo.

– Eu também te amo, Ian. – Ela se inclina e me beija abaixo da orelha, seus lábios demorando-se ali. Fecho brevemente os olhos. Eu precisava de seu toque. Eu precisava ouvir e sentir seu amor por mim.

Aimee boceja e pressiona a mão contra a barriga.

– Os martínis não estão caindo bem. Você mencionou alguma coisa sobre planos para jantar. – Franzo o cenho e ela esclarece: – Lá na casa de Nádia.

Balanço a cabeça.

– Não é nada. Vamos apanhar Caty e pegar comida para viagem.

Ela assente, uma expressão pensativa tomando seu rosto.

– No que você está pensando? – eu pergunto enquanto nos avizinhamos de nosso bairro.

– Ah. – Ela esfrega a têmpora. – James perguntou se eu queria prestar queixa contra Phil.

Eu me encolho, sentindo-me imediatamente um canalha.

– É por isso que você estava chateada antes.

Ela fecha os olhos e assente.

– Isso me fez lembrar do pedido de casamento de James, o ataque e os resultados subsequentes.

Antes de nos casarmos, Aimee me contou sobre a tentativa de estupro de Phil. Ela enterrou o incidente, programando-se para ignorar a dor, a pedido de James. Por amor a James, o que me confundiu. A situação parecia tão perturbadora quanto a família Donato. Como ela pôde ter concordado com tal pedido? Mas minha própria mãe me fez muitos pedidos ultrajantes. Exceto por um, eu atendi a todos eles.

Ah, as coisas que fazemos por amor.

Enquanto estava grávida de Sarah Catherine, Aimee viu um terapeuta para lidar com o trauma do desaparecimento de James, as maquinações de Thomas e a agressão de Phil. Eu a levava para suas consultas, cheguei até a comparecer em algumas, e estava lá para abraçá-la quando sua sessão terminava.

– Onde está Phil hoje? Precisamos nos preocupar com ele?

Aimee balança a cabeça, negando.

– Eu não tenho mais valor para ele. Ele me usou para machucar James.

Phil saiu de cena, graças a Deus. Eu acaricio sua bochecha com o dorso dos meus dedos. Ela se inclina para minha mão.

– Você quer prestar queixa?

– Não, não quero. A última coisa que quero é lidar com qualquer um dos Donato.

— Pense a respeito, vou apoiar o que quer que você decida.

— Foi isso o que James disse. Ele se ofereceu como testemunha, se eu quisesse prestar queixa contra Phil. Inclusive se ofereceu para se entregar, já que me pediu para não prestar queixa a princípio. Acho que ele está tentando aceitar seus erros.

— É por isso que ele está de volta à Califórnia? — eu pergunto, estacionando na calçada em frente aos Tierney, a casa dos pais de Aimee.

— Esse é um dos motivos.

A curiosidade mórbida me faz perguntar:

— E qual é o outro?

A expressão de Aimee fica estranha.

— Ele quer se encontrar com você.

Comigo?

— Mas o que James iria querer comigo, caramba?

Meu olhar vai além de Aimee e eu levanto um dedo.

— Espere.

Caty deve ter visto nosso carro pela janela da frente. Ela irrompe porta afora, a saia de princesa esvoaçando e a varinha cintilando enquanto ela balança o bastão de purpurina sobre a cabeça. Ela pode ter herdado o tom da minha pele, os olhos cor de âmbar e o castanho-claro dos cabelos, mas seu sorriso travesso e seus cachos indomáveis vieram de Aimee.

Saio do carro e apanho Caty antes que ela chegue à calçada.

— Cati-Fofa! — Dou um beijão em sua bochecha. Ela cheira a pêssegos e sorvete.

Ela solta um gritinho.

— Papai! O que você está fazendo aqui? Você deveria estar comemorando. Oi, mamãe.

Aimee junta-se a nós. Ela beija Caty, então, franze o cenho para mim.

— O que estamos comemorando?

— Humm...

— Isso tem a ver com os planos para jantar que de repente não são importantes?

Puxo o ar pelo nariz.

— Talvez.

— Conte pra gente, papai. Conte pra gente. — Caty envolve meu pescoço com os braços e me puxa.

Eu resmungo e olho para minha família. Não tivemos um bom começo, mas talvez Aimee e eu possamos salvar a noite.

— Recebi um telefonema da *National Geographic*. Eles estão me mandando a trabalho.

Aimee dá um passo para trás. Sua boca se abre.

— Ian, isso é o máximo!

Eu sorrio, radiante.

— É legal pra caramba.

— Êêê, papai!

— Eu estou tão feliz por você.

A reação de Aimee faz meu corpo todo vibrar de emoção.

— É, isso é uma coisa importante para mim.

— Para todos nós. E você ia simplesmente nos levar para casa e não mencionar isso?

— Bem... — Deixo Caty, contorcendo-se, deslizar pela minha perna. Empunhando sua varinha, ela saltita em círculos à nossa volta. Alguém está doidona de açúcar e sua traficante está parada à porta, banhada pela entrada iluminada atrás dela.

— Por que estão aqui? Vocês dois estiveram discutindo? — Catherine nos pergunta atrevidamente, descendo a varanda. — Façam as pazes e tratem de ir jantar.

Balanço as sobrancelhas para Aimee de maneira sugestiva.

— Quer ir fazer as pazes? — Suas bochechas enrubescem.

— Francamente, Ian. — Catherine balança a cabeça em desaprovação.

Eu baixo a cabeça, ocultando meu sorriso. Não me importo com a intromissão de Catherine. Temos sorte de os pais de Aimee se preocuparem. Eu gostaria de poder dizer o mesmo sobre os meus.

Aimee abraça a mãe.

– Estávamos de saída.

– Ótimo. Aproveite a noite de vocês. Vou ficar com Caty esta noite. – Catherine estende o braço para pegar a mão da neta.

– Onde vamos jantar? – Aimee me pergunta.

– La Fondue.

Seu olhar se abranda, percorrendo meu corpo de cima a baixo, demorando-se em meu abdômen e em outras partes masculinas. Talvez ela esteja mudando de ideia sobre "fazer as pazes".

Meu rosto instantaneamente se aquece. Limpo a garganta, refreando meus pensamentos.

– É por isso que você está todo arrumado – observa Aimee.

Concordo com a cabeça. Eu havia aberto mão da minha roupa habitual, que consistia em jeans desbotados e camisetas com gola em V por algo mais apresentável. Mais elegante e sensual. Até elaborei um penteado, embora uma mecha rebelde continue caindo na minha testa. Passo os dedos pelos meus cabelos.

– Nossa reserva é em vinte minutos.

– Então, por que estamos parados aqui? – Aimee volta para a porta do carro aberta.

– Era exatamente o que eu estava pensando. – Catherine dá um aceno de adeus. Caty sopra beijinhos e as duas retornam para dentro de casa.

Junto-me a Aimee no carro.

– Vamos bater um rango.

Uma vez que estamos do lado de fora do restaurante, eu me viro para ela. Enganchando minhas mãos na base de suas costas, baixo os olhos para seu rosto. Ela retocou a maquiagem no caminho. Ninguém diria que James – aquele babaca – a fez chorar. Eu com certeza não. Beijo delicadamente seus lábios com batom, tomando cuidado para não manchá-los.

– Você tem certeza de que quer comer fora? Podemos pedir comida para viagem e ter uma noite tranquila. – Sua mente foi lançada de volta a um dos dias mais horríveis de sua vida. A última coisa que quero é forçá-la a estampar um sorriso no rosto e se expor, se ela preferir ficar enrolada no sofá com uma caixa de lenços de papel e um pote de sorvete de um litro. Claro, isso só me faria querer ir atrás de James e quebrar o seu nariz.

Aimee pisca algumas vezes, hesitante, mas sorri. Ela brinca com um botão da minha camisa, os olhos fixos no meu peito. Arranha levemente o material. Ondas de formigamento disparam pela minha pele. Cubro sua mão com a minha, segurando-a contra o meu coração.

– Aimee? – peço confirmação.

– Sim, tenho certeza – ela diz contra o meu peito.

Ela pode ter certeza, mas eu não. Eu coloco um dedo sob seu queixo e ergo minhas sobrancelhas.

– Tenho certeza – diz ela com mais convicção e até acrescenta um sorriso. – Vamos comer. Podemos falar sobre o meu dia e esse negócio do James depois. Quero ouvir tudo sobre o seu trabalho. – Ela segura meu queixo e dá um beijo decidido na minha boca. Então, esfrega o lábio superior como se estivesse limpando o beijo.

Solto uma risadinha e Aimee ri, meio que se desculpando.

– Acho que essa é a minha deixa para eu me barbear. – Coço debaixo do meu queixo. Preciso aparar. Minha barba por fazer de cinco dias mais parece uma barba curta, fazendo meu rosto coçar.

Penso no que Aimee estava prestes a me dizer no carro. O que James poderia querer comigo? Tenho vontade de perguntar a ela, mas não quero convidá-lo para nossa mesa. Esta noite é para nós, uma celebração de nossas conquistas.

Entrelaçando sua mão na minha, conduzo-a para dentro do restaurante, indo na frente. Não costumamos comer aqui, apenas em ocasiões especiais, ocasiões tipo receber a ligação da *National Geographic*.

Durante a refeição de três pratos – pães mergulhados em queijo raclette, veado grelhado em óleo temperado e morangos imersos em calda de chocolate –, conto a ela sobre o trabalho.

– Al Foster é o editor de fotos que Erik me indicou. Ele adorou minhas fotos da *Rapa*. Disse que aquelas com os cavalos nas colinas são excelentes, mas há muita coisa acontecendo ao redor deles. Há pessoas demais.

Ele quer que eu fotografe os cavalos quando eles não estiverem sendo contidos, então, está me mandando de volta para a Espanha.

A boca de Aimee se curva para baixo.

– Eu ainda não vi suas fotos da última viagem.

Enrolo meu garfo de fondue no queijo derretido.

– Você tem estado ocupada – eu digo, um tanto melancólico. E tivemos que enfrentar outras questões mais urgentes.

Ela parte um pedaço de pão.

– Caty fala sobre elas o tempo todo.

– Vou mostrá-las a você amanhã.

– Eu gostaria muito. Mas bem cedinho, se você não se importar. Tenho uma reunião com o banco na primeira hora amanhã e preciso me preparar. – Aimee morde o pão. – Você está escrevendo o artigo também?

Balanço a cabeça.

– Não desta vez. Vou apenas legendar as fotos, se eles quiserem. A revista está designando um jornalista, mas ainda não sei quem. Ele vai me encontrar lá para que possa caminhar pelas colinas comigo. O editor quer que minhas fotos estejam alinhadas com o ângulo que o jornalista adotar para o artigo. – Eu me inclino sobre a mesa e passo meu polegar no queixo de Aimee. – Queijo.

Ela limpa o queixo onde deslizei o dedo em sua pele.

– É um queijo bom. – Ela enfia um garfo em outro pedaço de pão e o revolve no pote. – Eu deveria acrescentar um fondue de queijo ao meu cardápio, talvez para uma clientela no fim da tarde ou início da noite.

Franzo o cenho.

– Ótima ideia, mas você quer servir comida assim tão tarde? Você vai ter que permanecer aberta até mais tarde. – Ela já passa muitas horas gerenciando o estabelecimento de Los Gatos. As duas filiais que planeja abrir tomarão mais do seu tempo, mesmo que seu horário de funcionamento seja reduzido.

– A Starbucks da esquina acrescentou vinho e tapas ao cardápio.

– Você é melhor do que a Starbucks.

– Eu sei, mas...

Cubro sua mão.

– Foque no que torna o café diferente. Deixe os outros cafés imitarem você, não o contrário.

– Você tem razão. – Ela sorve um gole de seu chardonnay. – Está absolutamente certo. Às vezes, essas ideias que tenho – ela gira o dedo indicador próximo à têmpora – me distraem. Eu preciso me manter focada. Tenho muito trabalho a fazer para que os novos locais sejam abertos. – Ela solta um suspiro longo e contínuo. – Então... Espanha?

Bebo meu vinho e deposito a taça sobre a mesa.

– Venha comigo.

Sua expressão é hesitante. Posso ver na forma como seu olhar paira aleatoriamente sobre nossa refeição. Tento não me sentir desapontado.

– Quando você vai? – ela pergunta.

– Mais ou menos daqui a uma ou duas semanas. Tenho que verificar os boletins meteorológicos. É no início da estação das chuvas deles.

– Quanto tempo você vai ficar fora?

– Cinco dias; uma semana, no máximo.

Ela morde o lábio inferior.

– Eu não sei. Está muito em cima da hora.

Olho para o meu prato vazio.

– Bom... talvez se eu... não... isso não vai funcionar. Eu...

Aperto a mão dela.

– Pensa sobre o assunto, tá?

– Vou pensar. – Ela assente e tudo bem por mim. Podemos discutir os detalhes depois. Por enquanto, a noite está indo bem, e, considerando que não mencionei o nome de James uma única vez desde que nos sentamos, eu diria que nosso programa está beirando a maldita perfeição.

Devo admitir, no entanto, que James não sai da minha cabeça.

O que ele quer comigo? Eu nunca conheci o sujeito. Eu cheguei a esbarrar com Carlos umas duas vezes, uma no México e outra quando ele e Natalya almoçaram conosco na casa dos Tierney. Aquilo foi estranho.

Pondero sobre perguntar a Aimee. Ela estava prestes a me contar no carro antes de Caty nos ver. Mas ela bebe seu vinho e me lança *aquele olhar* por cima da borda de sua taça. Todos os pensamentos sobre "aquele outro cara" foram para o espaço.

Trarei o assunto à baila de manhã. Esta noite é reservada para nós.

Retornamos para casa depois do jantar, sem criança. É estranho entrar em uma casa silenciosa sem ter que pagar uma babá ou efetuar a rotina de colocar Caty para dormir. Graças a Deus, Aimee e eu estamos em sintonia um com o outro. Ela se vira para mim assim que eu giro a maçaneta, seu olhar fixo no meu, suas mãos no meu cinto. Ela sorri maliciosamente e arranca a faixa de couro da minha calça jeans. O cinto estala no ar e ela o joga no chão.

Nossa, eu adoro quando ela está com tesão por mim.

Rindo, nos beijando e tropeçando, caminhamos para o quarto, deixando nossas roupas espalhadas, um rastro de peças íntimas e calçados. Com nossos lábios unidos, levanto Aimee em meus braços. Ela envolve as pernas em volta dos meus quadris e eu nos conduzo até a cama, onde desabamos no edredom. Nem me dou ao trabalho de puxar para o lado a coberta. Demandaria tempo demais de minhas mãos longe dela.

Eu inalo o aroma sutil do perfume que lhe dei de presente no último Natal e isso me transmite uma onda de excitação. Enterro meu rosto na curva de seu pescoço e arranho suavemente meus dentes por sua extensão. Ela estremece debaixo de mim, seus beijos frenéticos, suas mãos desenfreadas. Elas estão me deixando louco. É como se ela estivesse tentando passar uma borracha no dia, aquelas horas antes de eu encontrá-la na casa de Nádia. Eu empurro para o lado uma perna longa e elegante, e afundo dentro dela, exatamente onde eu queria estar a porra do dia todo.

E que dia.

Será que ainda está em sua mente? Com a cabeça virada para o lado e os olhos fechados, arfadas intensas escapando de seus pulmões a cada uma das minhas estocadas, o que será que ela está pensando? Em quem será que está pensando?

É bom que esteja pensando em mim, seu marido.

Movimento-me mais rápido, determinado a invadir cada um de seus pensamentos, cada sensação sua. Envolvo um braço sob seus ombros, segurando-a bem próxima. Enfio meus dedos em seus cabelos e aperto com força.

Ela gosta do negócio intenso.

Adora quando perco o controle e vou à loucura por ela.

– Olhe para mim.

Ela o faz. O azul de seus olhos, como um turbilhão de estrelas no céu noturno na tênue faixa de luz do corredor, trava nos meus. Suas mãos agarram meus quadris, suas unhas cravam em minha carne. Eu aumento nosso ritmo, movendo-me com força acima dela, dentro dela, até que todos os pensamentos do dia deixem minha cabeça e não haja mais nada a não ser nós.

Até que não haja mais nada a não ser Aimee.

Minha esposa.

Capítulo 5

IAN

Aimee não está quando eu acordo. Espalhado de bruços, aperto o travesseiro sob a cabeça e assimilo o lado vazio da cama. Reflito sobre os eventos do dia anterior, separando-os como uma nova foto para editar. As lembranças clareiam diante do meu alívio por finalmente ter Aimee em meus braços quando a encontrei na casa de Nádia. Mas essa sensação é nublada com o contraste do motivo de ela ter ido lá para começo de conversa. James a pegou de surpresa, despertando lembranças que Aimee trabalhou duro para superar. Pelo menos, nossa noite juntos terminou no limite superior do espectro de cores. Foi recheada de vibração e alegria.

Eu adoro me divertir com Aimee. Formamos um casal e tanto. Formamos um casal e tanto na cama também.

Meu corpo se agita. Gemendo, eu rolo de costas, tentado arrastar Aimee de volta para a cama. Mas a observação que fez ontem à noite empana meu estado sonolento e excitado.

Você acha que nos casamos cedo demais?

Ela nunca fez essa pergunta, e isso também jamais passou pela minha cabeça.

O que ela faria se acreditar que nos casamos cedo demais? Uma sensação de mal-estar se revolve em meu abdômen. Ela me abandonaria; é isso que ela faria.

Não, não faria. Minha voz interior me desfere um pescoção de repreensão.

Esfrego o rosto e gemo em minhas mãos em concha. *Maldito seja, James, por colocar essa ideia na cabeça dela.*

Eu saio da cama, coloco um short esportivo e enfio uma regata folgada sobre a cabeça antes de parar no banheiro para me aliviar. Lavo as mãos, passando-as pelos meus cabelos desgrenhados para secá-las, e escovo os dentes enquanto inspeciono meu rosto no espelho.

Prioridade número um hoje: fazer a barba.

Enxáguo a boca, então, vou em busca de Aimee. Em vez disso, encontro um bilhetinho dela colado.

Maggie ligou. Emergência familiar. Bjs. Aimee

Maggie trabalha na cozinha do café, assim como Darrell, que está de férias. Aimee não planejava ser ela a abrir o café esta manhã, mas agora está lá trabalhando sozinha em vez de estar passando a manhã comigo, examinando as fotos da *Rapa* e discutindo seu encontro com James. Aquela conversa rápida e interrompida no carro não foi suficiente. Eu quero ouvir o que dizem as letras miúdas, não me interessa a versão "manual de consulta rápida".

Espio a garagem pela janela para confirmar que ela pegou meu Explorer. Eu iria até lá e a ajudaria, se tivesse um carro. A caminhonete de Aimee ainda está na casa de Nádia. Guardo na cabeça para não me esquecer de pedir a Catherine que deixe Caty e eu no café, quando ela a trouxer da pré-escola para casa. A essa altura, Aimee estará exausta.

Deslizo o polegar sobre o "BEIJOS" em seu bilhete, preocupando-me com ela. Entre cobrir Maggie, o compromisso com os bancos a respeito de um empréstimo, explorar propriedades para as novas filiais, além de supervisionar o estabelecimento existente, Aimee tem muita coisa para fazer hoje. Ela está assumindo responsabilidades demais e espero que não esteja flertando com o desastre. Ela não vai conseguir dar conta de tudo isso. Mas postergar o quê?

É, está na hora de tirar férias. Preciso afastá-la de James e de suas lembranças de Phil.

Como estou sem carro e não posso ir à academia, calço meus Adidas, amarrando-os bem apertado, e inicio uma corrida rápida pela calçada. Mais tarde, hoje ainda, executo o meu treino em circuito.

Quarenta minutos depois, estou de volta em casa, suado e revigorado. Bebo uma caneca de café e preparo uma omelete, que rapidamente devoro. Depois de acrescentar minha louça suja à caneca usada de Aimee na pia, tomo banho, faço a barba, aparo-a, mas não raspo totalmente. Satisfeito que Aimee ficará contente com a fina camada de pelos que deixei no meu queixo, visto-me e vou para o meu estúdio, o quarto de hóspedes com a porta deslizante que dá para o quintal. É um dia com céu azul e limpo, sem nuvens, já quente, apesar de ser cedo, e estou empolgado para reservar a viagem para a Espanha e arrumar as malas.

Agito o mouse, acordando meu computador. Ele ganha vida e dois monitores de trinta e duas polegadas brilham. As telas grandes me proporcionam espaço suficiente para trabalhar em várias imagens. Por enquanto, porém, abro meu aplicativo de e-mail e, como garantiu meu editor, o contrato da *National Geographic* está lá.

Sorrio. Isso está acontecendo. Está mesmo acontecendo.

Entrelaço as mãos e, virando as palmas para fora, estico meus braços até que os nós dos dedos estalem. Esfrego-as, preparo meus dedos, agitando-os, e estou prestes a abrir o e-mail quando meu telefone toca.

— Ian Collins — eu atendo.

— Al Foster. Espero não estar ligando muito cedo.

Olho para o relógio no canto inferior do monitor: 7h48.

— Não, tranquilo. Já me levantei e estou trabalhando. O que posso fazer por você?

— Minha assistente, Tess, já deve ter enviado seu contrato.

— Eu recebi. — Clico no ícone "DocuSign", abrindo-o.

– Excelente. Só estou me certificando. Assine aí, que eu assinarei aqui do meu lado. Quando você vai pegar o avião?

Não tive oportunidade de verificar os boletins meteorológicos.

– Semana que vem – digo a ele, mantendo o e-mail aberto. – Estou pensando na quarta ou na quinta.

– Perfeito. Há uma pousada perto de Sabucedo... La Casa de Campo... Um de nossos fotógrafos se hospedou lá para outro trabalho. Vou pedir a Tess que lhe envie as informações para que você possa fazer a reserva. O contrato detalha seu orçamento para despesas. Mantenha o controle desses recibos e nós o reembolsaremos.

– Está ótimo. Você já escolheu um jornalista? – Quero pesquisar sobre o cara antes de partir, ter uma ideia de seu estilo e abordagem.

– Estamos trabalhando nisso. Falei com a editora de recursos esta manhã. Ela afunilou sua seleção para dois profissionais. Acho que tudo se resumirá à disponibilidade. Você receberá um e-mail meu assim que eu ficar sabendo. De qualquer forma, ele o encontrará lá.

Conversamos por mais alguns minutos e, depois de ler o contrato – satisfeito com os termos –, assino o documento e o envio. Nos trinta minutos seguintes, verifico a previsão do tempo e torço o rosto. É incerto nas próximas semanas. Muita chuva. Então, reservo a pousada recomendada por Al, um carro alugado e passagens aéreas para Aimee e para mim. Sim, estou presumindo que ela me acompanhará porque precisa de férias. E porque James está na cidade.

Aperto decidido a tecla Enter, confirmando a reserva.

Dedico mais uma hora lendo todos os e-mails para colocá-los em dia antes de abrir o aplicativo Sonos e reproduzir algumas músicas. Nathaniel Rateliff preenche a casa e eu começo a trabalhar, efetuando pequenos ajustes nas imagens de uma curta excursão que fiz a Moab para fotografar os arcos.

– Papai! – Caty agarra de repente meus ombros e eu dou um pulo da cadeira, erguendo um dos pés no sobressalto.

– Caralh... carambolas. – Tapo imediatamente a minha boca, abafando a voz. Meu olhar se apressa para checar a hora. O tempo passou rápido! Já é mais de meio-dia.

Pegando Caty pela cintura, coloco-a no meu colo. Sopro com os lábios colados em sua bochecha, produzindo um ruído engraçado. Ela se contorce, rindo.

– Eu dei um susto em você, não dei? – ela diz, sem fôlego.

– É, deu, sim. – Meu coração palpitante desaba como um maratonista exausto e desliza de volta para o meu peito.

Ela franze a testa para mim.

– Você quase disse uma palavra feia.

Pressiono um dedo contra os meus lábios.

– Não conte à mamãe.

Ela me imita com seu dedinho.

– Tá prometido.

Enganchamos os mindinhos, usando nosso sinal de "guardar segredo". Ela me lança um olhar, uma leve curva em sua boca, seus olhos brilhantes como papel fotográfico glossy, que me atinge com a força de um foguete da SpaceX. Percorre meu corpo como uma onda de choque. Eu tinha testemunhado aquele olhar em minha mãe uma vez ou outra, lá atrás, quando pensei que significava algo para ela.

– Senti sua falta, papai – ela sussurra como se fosse um grande segredo.

– Eu... – Limpo a garganta, afastando a sensação que a lembrança traz. – Também senti sua falta.

Caty escorrega do meu colo e se dirige saltitante até a porta. Ela boceja, os braços esticados acima da cabeça.

– Eu estou com fome.

– Você deveria bocejar quando está com fome? Achei que isso significasse que você está cansada.

– Nãããão, tolinho. – Ela ri.

Dou uma piscadinha para ela.

– Vamos almoçar. – Levanto-me rigidamente da cadeira. Faz horas que não me mexo. – Depois, é hora da soneca.

– Podemos brincar de princesa primeiro? Por favor? – Ela bate as mãozinhas, unindo-as, e abana os cílios.

– Claro, Caty-Fofa. Mas desta vez eu vou ser a Rapunzel.

– Combinado. – Ela comemora e sai do aposento correndo.

Sorrio comigo mesmo, balançando a cabeça, e a sigo para fora do estúdio. Eu não uso peruca e saia tutu para ninguém a não ser ela.

Na cozinha, encontro Catherine esvaziando a mochila de Caty. Conversamos um pouco sobre o dia de Caty na pré-escola até que Catherine anuncia que precisa ir, pois tem hora no cabeleireiro.

Eu a acompanho até a porta.

– Você se importa em dar uma carona a Caty e a mim até o café quando terminar? Aimee levou meu carro esta manhã. Deixamos o dela na casa de Nádia. – O mínimo que posso fazer é ajudar Aimee a fechar esta tarde, mas neste exato momento Caty precisa de um cochilo. Bem nessa hora, ela esfrega os olhos. Aimee e eu não fomos os únicos que ficamos acordados até tarde. Alguém deixou Caty ficar acordada além da hora de dormir e agora todos os olhos estão voltados para a vovó.

Catherine consulta seu relógio caro e prateado em seu pulso fino.

– Devo terminar por volta das duas e meia.

Daqui a duas horas, tempo de sobra para comermos e Caty dormir.

– Está perfeito. Obrigado.

Catherine vai embora e eu preparo sanduíches de pasta de amendoim com geleia; em seguida, brincamos de princesa. Vestido com um tutu azul-claro por cima de jeans desbotados e uma longa peruca loira mais emaranhada do que lisa, anuncio do alto da mesa de centro para Caty, que está ajoelhada no chão, que não vou soltar meu cabelo. Nesse momento, a campainha toca.

– Eu atendo – digo em minha voz de princesa. Desço da mesa com um pulinho e vou desfilando até o vestíbulo. – Olá-á – cantarolo, abrindo a porta da frente. A saudação some na minha garganta.

James está na varanda. Ao me ver, fica boquiaberto. Em seguida, ele sorri, embora hesitante, como se estivesse lutando para não o fazer. Tenta esconder o rosto com um rápido olhar para longe.

– Você. – Eu já deveria saber que James faria uma aparição, tipo no café ou na galeria de Wendy. Não aqui, na minha casa, enquanto estou brincando de faz de conta com a minha filha. Mas, também, James é um Donato. Deve-se esperar o inesperado deles.

James levanta uma das mãos.

– Desculpe, é que... – Ele balança lentamente a cabeça. – De todos os cenários que imaginei, este não me passou pela cabeça. Você me pegou desprevenido.

Eu que o peguei desprevenido?

É sério?

– Bela roupa – ele observa.

Faço uma cara feia. Seu sorriso desaparece.

O sujeito tem a cara de pau de bater na minha porta.

Eu teria preferido um território neutro, como um ringue de boxe na academia. Eu teria causado uma impressão mais positiva e duradoura. De preferência, uma no formato do meu punho, em vez da lembrança que James terá de mim vestindo um tutu.

James estende a mão.

– Eu sou Ja...

– Eu sei quem é você – digo, cortando-o. Deslizando a peruca para fora da cabeça, coço o couro cabeludo e ajeito meus cabelos rebeldes.

– Pois bem, então. – James enfia a mão no bolso quando eu não aceito o cumprimento oferecido.

O que o sujeito espera? Ele tratou mal Aimee no último ano deles juntos, apenas para chegar e lembrá-la ontem da agressão de Phil e seu próprio comportamento deplorável. O cara não tirou da sala de jantar deles a pintura da campina, onde aconteceu o incidente. Quem faz isso?

Desgraçado perverso.

James fez Aimee chorar no dia anterior. Ele é a razão de estarmos fora de sintonia durante todo o verão, inseguros um com o outro enquanto tentamos nos encontrar novamente. Ainda não ouvi todos os detalhes sobre o que aconteceu no dia anterior, e agora que Aimee está distraída com o trabalho, me pergunto quando irei.

– Quem está aqui, papai? – Caty abre mais a porta e espia para fora. Ela ergue os olhos e sorri para James. – Olá, sou Sarah Catherine. Você pode me chamar de Caty. Todo mundo me chama assim.

James pisca de perplexidade e dá um passo para trás. Não é um passo completo, apenas um reflexo que deixa óbvio que a Mini-Mim de Aimee o pegou de surpresa. Caty tem o sorriso e os cabelos indomáveis da mãe. Embora Aimee agora o use na altura dos ombros e faça aquele troço com o secador para alisar os cachos.

– Oi. – A garganta de James balança ao engolir em seco dificultosamente. – Olá, Caty. Prazer em conhecê-la. Sou James, um... – ele se detém, encarando-me, quase me desafiando a contestar o que está prestes a dizer. Ele volta sua atenção para Caty. – Eu sou um amigo da sua mãe.

Faço uma cara de indignação. Aquela nossa orientação de "jamais conversar com estranhos" já era. Arranco da cintura o tutu preso com velcro e entrego sem cerimônia a fantasia para Caty, empurrando-a atrás da porta.

– Vá se preparar para sua soneca.

Caty aperta a roupa de princesa contra o peito.

– Eu não quero tirar uma soneca – ela choraminga.

– Escolha um livro, então. – Não me importo com o que ela faça, contanto que esteja no interior da casa. Afago sua cabeça e a giro cento e oitenta graus para que vá. – Estarei lá daqui a pouquinho.

Caty faz beicinho, mas obedece.

Com o olhar estreitado, estudo James. Foi-se o cabelo comprido de surfista. Ele ainda está bronzeado e, embora use uma camisa e shorts, sua vestimenta está muito distante da bermuda e da camiseta velha do TORNEO DE SURF que trajava quando o conheci na praia e novamente alguns dias depois, quando esbarrei com ele fora do bar de praia da Casa del Sol em

Puerto Escondido. Apesar da cirurgia reconstrutiva no rosto, ele agora parece um Donato, sua postura e indumentária mais alinhadas com seu irmão Thomas.

James esfrega o antebraço, então, deixa o braço pender na lateral do corpo, não parecendo nem um pouco à vontade sob meu exame inquisitivo.

– Deixe-me começar dizendo que sinto muito por...

– Beijar a minha esposa? – eu o interrompo.

Sua mandíbula fica dura.

– Por vir aqui. – Ele gesticula para a casa. – Eu sabia que Aimee não estaria aqui e a última vez que ela viu você e eu juntos... – Ele coloca as mãos nos quadris. – Compreendo que foi esquisito, quando eu era Carlos.

Ah, sim, almoço de domingo nos Tierney com dois convidados surpresa: Carlos e Natalya. Aquilo foi divertido. Só que não. Cruzo os braços.

– Prossiga.

James olha além de mim.

– Posso entrar?

– Não. – Eu saio, fechando a porta atrás de mim.

– Nada mais justo. – James assente com um único movimento de cabeça e recua um passo. – Como ela está hoje?

– Aimee? Está ótima – respondo laconicamente, embora, para ser sincero, não saiba dizer. Eu deveria ter ligado para ela esta manhã.

– Por que você está aqui? – pergunto, tirando de Aimee o foco da conversa.

Ele levanta um ombro, indiferente.

– Digamos que eu seja curioso. Eu queria conhecê-lo.

– Você queria saber se eu era digno o suficiente de Aimee.

Ele aperta os lábios, mas por fim concorda com a cabeça. O cara tem coragem.

– Voltou de vez? – questiono.

Ele balança a cabeça.

– Eu e meus filhos estamos no Havaí. Nós moramos lá agora.

Agradeço a Deus por isso.

— Vou ser franco com você. — James firma as pernas. — Encontrei Aimee ontem para me desculpar por algumas coisas que aconteceram entre nós enquanto estávamos juntos. Eu não queria que você achasse que está rolando algo entre nós.

— E por que eu acharia isso?

O canto da boca de James se curva.

— Porque eu acharia, se estivesse no seu lugar.

É verdade, eu admito.

Coço distraidamente minha bochecha.

— Aimee me disse que o perdoou da última vez que você a viu. O que torna este momento diferente?

— Quando nos encontramos antes, nós... — James para como se estivesse considerando suas palavras. Ele olha para a calçada. — Muitas coisas deixaram de ser ditas.

Porque sua língua estava na garganta de Aimee.

Tenho vontade de estrangular James, mas posso respeitar a necessidade do cara de pôr um fim à questão. Aimee buscava a mesma coisa quando foi procurar James no México. Ainda assim...

— Você beijou a minha *esposa*.

Não posso deixar isso para lá.

O rosto de James adquire uma coloração vermelha.

— Correndo o risco de você acertar esse punho na minha cara — ele aponta para a minha mão cerrada —, Aimee e eu sempre teremos uma história. Não há nada que qualquer um de nós possa fazer para mudar isso. Mas é por você que ela está apaixonada. E eu... bem, eu também tenho alguém.

— Natalya?

James abre um sorriso. Aimee está certa. Ele está apaixonado.

— Mas não é por isso que estou aqui. — James enfia a mão no bolso. — Uma mulher me procurou na praia no mês passado. Ela me deu isto. — Ele mostra um cartão de visita e um arrepio explode em meu peito, espalhando-se por todo o meu corpo. Os pelos em meus braços e nuca se eriçam.

— Eu reconheci o nome dos diários que mantive como Carlos. Ela me disse que alguém que eu conhecia estava procurando por ela, então, fiz algumas verificações. Acredito que ela estava falando sobre você.

Fico olhando fixo para o cartão preso entre os dedos de James, nem um pouco surpreso ao ver o nome impresso em letras pretas e grossas. LACY SAUNDERS, CONSELHEIRA MÉDIUM. Uma "especialista" em encontrar pessoas desaparecidas e as "respostas que procura", conforme descrito em impressão elegante abaixo de seu nome. Lacy, de quem me lembro me contando que seu nome era Laney, havia me encontrado em uma vala quando eu tinha nove anos e sumiu. Ela também conduzira Aimee para o México para que encontrasse James, o que me fez pensar que poderia fazer o mesmo por mim e ajudar a encontrar minha mãe.

Mas Sarah Collins não tinha desaparecido. Ela foi embora.

Pego o cartão com o número de telefone do Novo México e sou atirado de volta para a beira da estrada, onde um anjo etéreo encontrou o meu eu sujo e faminto de nove anos de idade.

James aponta com a cabeça para o cartão.

— Que coincidência ela, entre tantas pessoas, estar na mesma praia ao mesmo tempo, como se ela soubesse que eu estaria lá. Mas isso é impossível, certo?

Impossível? Não.

Improvável? Sim.

Mas quem sou eu para questionar o destino? Ele não tem nenhum problema em ser um filho da mãe sacana quando quer. Todo mundo termina em algum lugar e com alguém, espera-se que em melhores circunstâncias.

James desce os degraus da varanda, chamando minha atenção.

— Espero que você encontre o que está procurando, Ian. — Ele acena para mim de forma breve com dois dedos, depois se vira e parte. Presumo que de volta para o carro alugado e, em seguida, para o Havaí.

Capítulo 6

IAN, NOVE ANOS

— E que tal essa camisa? — sua mãe perguntou.

Ian torceu a cara para a polo azul-marinho. Trajes de "filhinho de papai". Nem ferrando. Ele estava comprando roupas para a escola com sua mãe há trinta minutos, vinte e nove minutos a mais do que gostaria de passar no empório de roupas no centro da cidade. Ele olhou ansiosamente pela vitrine ampla e quadrada para a Main Street. Três garotos que reconheceu da escola passaram pedalando em suas bicicletas. Um deles andava de skate. Ele deixou instantaneamente a loja, apressando-se até o meio-fio. Os sábados eram destinados a tacar pipoca nas meninas nas sessões de matinê ou brincar de luta com seu melhor amigo, Marshall, enquanto se equilibravam nas pedras lisas do riacho para ver quem encharcava quem primeiro.

Passar o dia fazendo compras com sua mãe não era a ideia de um sábado divertido para Ian, ainda mais porque ela vinha alternando demais entre as personalidades.

Na noite anterior, ela flertara com Doug, o caixa do mercado. Eles moravam em uma cidade pequena. Todo mundo conhecia todo mundo, e Doug sabia que a mãe de Ian era casada. Ele também sabia, como muitos dos cidadãos, que ela não estava bem da cabeça. Mas isso não a impediu de perguntar a Doug se ele gostava de sua nova blusa. Caía melhor nela com o corpete abotoado ou desabotoado? Para fora ou enfiado na cintura da saia? Então, ela ia provando as opções. Doug não era o único que parecia desconfortável ao responder meio sem jeito às suas perguntas e empacotar as compras do mercado. Ian morreu de vergonha. Seu rosto ardeu uns cem graus. Ele rezou para que Doug empacotasse mais rápido para que eles pudessem ir logo embora da loja antes que um de seus amigos visse que sua mãe estava agindo como uma aluna veterana do ensino médio procurando uma ficada. A última coisa que Ian queria era que ela o constrangesse novamente enquanto eles compravam roupas. Implorou silenciosamente para que nenhum de seus amigos aparecesse na loja.

– Qual é o problema com esta camisa? – Sua mãe a admirou e Ian sacudiu a gola. Produziu um ruído de impaciência. – É a moda. Todos os atores de Hollywood estão usando.

Sua mãe lia religiosamente suas revistinhas de moda, como seu pai as chamava, de capa a capa.

– Eu não gosto disso.

– Nós não vamos embora até que você encontre algo.

Ian resmungou sua insatisfação e perambulou até chegar a uma prateleira de camisetas estampadas. Ele deslizou os cabides, analisando as peças, parando em uma camiseta preta com a estampa de uma câmera tendo como flash uma estrela amarela. A camiseta era feia. Nem morto que ele usaria uma coisa dessas tanto quanto a camisa polo que sua mãe queria comprar. Mas a camiseta o lembrava de uma ideia que teve ao voltar do mercado para casa na noite anterior.

Ele mostrou a camiseta para a mãe.

– E se eu tirar fotos suas?

Ela devolveu a polo à prateleira.

– Minhas? Para quê?

– Lembra quando você me perguntou ontem à noite por que eu estava chateado?

– Aqui está uma camiseta. – Ela lhe mostrou uma peça verde.

– Mãe – ele reclamou –, você estava agindo de forma estranha no supermercado e não acreditou em mim.

– Ainda não acredito.

Ela nunca acreditava quando ele lhe contava. Ele mostrava as garrafas de vodca vazias e ela o acusava de esvaziá-las. Então, deixava-o de castigo. Como não conseguia se lembrar de beber o álcool, aquilo não tinha acontecido.

– Você se lembra de ter pago as compras do mercado?

Sua mão hesitou sobre a prateleira.

– Você se lembra de desabotoar sua blusa na frente de Doug? – Seu pescoço esquentou só de pensar nisso.

Ela engasgou.

– Ian Collins, veja como fala. Eu nunca faria uma coisa dessas.

– Mas eu vi você fazer. Assim como Doug. – Ian murmurou a última parte.

Ela empurrou com violência para o lado um grupo de camisas.

– Eu me lembro de fazer compras e dirigir para casa.

Mas não daqueles momentos na fila do caixa.

– E se eu tirar fotos suas quando você age de forma diferente? Você sabe, aquelas vezes em que você faz papai e eu chamá-la de Jackie.

Sua mãe interrompeu a caça à camisa. Ela puxou alguns fios de cabelo presos no canto da boca, olhou para baixo e então para longe. Ian viu seu pescoço tremer e soube que havia atingido um ponto sensível. Sua mãe não gostou de ouvir aquele nome dito em voz alta. Ian lembrava-se de ouvi-la falar o nome pela primeira vez quando tinha cinco anos, mas Jackie já existia desde antes de ele nascer. Seu pai sempre implorava para que ela parasse. Mas como ela poderia, quando não se lembrava daquelas horas, ou dias, em que ela insistia que seu nome era Jackie?

Sua mãe se atrapalhou para enganchar um cabide.

– Não tenho certeza se é uma boa ideia, Ian.

– Talvez as fotos mostrem a você e a papai por que Jackie precisa de dinheiro. Ela está sempre procurando sua carteira e sei que você a esconde sempre que estamos em casa. Eu posso descobrir por que ela precisa dele.

Sua mãe lançou um olhar penetrante a Ian por cima da prateleira.

– Como sabe disso?

– Ouvi você e papai conversando.

– Você não deveria ficar bisbilhotando.

– Eu sei, desculpe. Mas posso mostrar o que Jackie faz e para onde vai. Não quer saber o que acontece?

– Ian...

– Posso seguir Jackie e tirar fotos.

– É muito perigoso.

Ian fez cara de corajoso. Endireitou o corpo de modo a parecer mais alto.

– Jackie nunca me machucou. Ela só é má, e eu estou ficando mais forte. – E maior. Ele faria dez anos em breve.

– Não.

– Mas você sempre me pergunta o que aconteceu, mesmo quando diz que não acredita em mim.

Sua mãe arrancou a camiseta estampada das mãos dele e jogou-a sobre a prateleira.

– Eu disse não. – Ela agarrou seu pulso. – Terminamos aqui.

Ian puxou o braço das mãos de sua mãe. Já era ruim o suficiente que ela ficasse aborrecida com ele em público, mas ele não a deixaria arrastá--lo da loja como uma criancinha fazendo birra. Ele a seguiu porta afora, emburrado.

– Eu terei cuidado – ele insistiu quando chegaram ao carro, ainda não disposto a desistir. Sua mãe podia não perceber, mas ela precisava dele. A temporada de beisebol fizera seu pai cair na estrada com os Padres. Suas longas ausências a deixavam irritada e ansiosa.

– Você não vai fazer isso – disse sua mãe quando Ian afundou no banco de trás da perua.

– Mas eu quero ajudar.

– Não dessa forma. Sem fotos, Ian. Fim de discussão. – Ela ligou o carro. – Seu pai deve chegar em casa em algumas horas e eu tenho que começar a preparar o jantar. Não posso ficar preocupada com você correndo por aí e bancando o super-herói.

— Eu não corro. — Ian fez beicinho. Pegou sua câmera do chão e ficou colocando e retirando a tampa da lente, produzindo um ruído. *Clique-claque.*

Ele também não estava tentando bancar o super-herói. Mas via Jackie como a vilã.

— Pare com esse barulho. É irritante.

Ian fez uma careta. Tornou a colocar e retirar a tampa, mais rápido desta vez. *Clique-claque. Clique-claque.*

Sua mãe freou com força, parando totalmente. A testa de Ian bateu no banco do passageiro diante dele.

— Pare já com isso.

Ian esfregou a cabeça. Seus pais mal se viam durante a temporada de beisebol. O pai só podia se perguntar o que sua mãe estava aprontando quando assumia a personalidade de Jackie.

— Vou perguntar ao papai. Ele pode querer ver as fotos.

— Estou me lixando para o que você pergunta a ele.

Os pelos finos do pescoço de Ian se eriçaram. Sua pele se arrepiou como se formigas percorressem seus ombros e braços.

Sua mãe pisou fundo no acelerador. O carro deu um tranco, avançando em vez de virar em direção à sua casa. Ian observou a rua que deveriam seguir desaparecer de vista. Balançou a cabeça e estava prestes a dizer a sua mãe que ela se esquecera de dobrar a esquina. Mas não era sua mãe no banco do motorista, não mais. Ele sabia pela postura dela, pelo jeito determinado de sua mandíbula e pela maneira como ela segurava o volante. Estava tudo errado.

O suor umedeceu as palmas das mãos de Ian. De repente, a ideia de documentar Jackie parecia estúpida.

— Aonde estamos indo? — ele ousou perguntar.

Jackie não respondeu. Ela abriu o porta-luvas com um estalo e enfiou a mão por entre medidores de pressão de pneus, guardanapos de papel e óculos de sol velhos até encontrar um elástico. Usando o joelho para guiar, amarrou o cabelo em um rabo de cavalo alto e abriu as janelas. O ar pungente, azedo com o odor de fertilizante, impregnou o interior do carro como a fumaça dos jantares queimados de sua mãe. Ele pairou abaixo do teto, preenchendo todos os cantos.

– Mãe? – Ian questionou, sem estômago para chamá-la de Jackie. Talvez se ele continuasse dizendo *mãe*, ela mudasse de volta. – Mãe? Mãe... Mãe... *Mãe!*

– Mãe. Mãe. Mãe. *Mamãããae!* Pare de me chamar assim. Eu não sou sua mãe. Eu sou Jackie. Fale.

Ian manteve a boca bem fechada e balançou a cabeça.

– Fale – ela ordenou.

Ele balançou a cabeça con   ind   is veemência e Jackie pisou no freio. Sua cabeça chicoteou para a frente, esticando o pescoço.

– Ai.

Ela tascou o pé no acelerador e freou novamente.

– Fala!

Ian esfregou a nuca e fez uma cara feia para ela.

– Vou continuar fazendo isso.

Seu pescoço e testa doíam.

– Jackie – sussurrou.

– Como? Não estou te ouvindo.

– Jackie. – *Vadia*, pensou ele consigo mesmo e, então, sentiu-se culpado pelo simples fato de fazê-lo.

– Assim é bem melhor. – Ela sorriu. Não era o sorriso de sua mãe.

Jackie acelerou. O carro decolou ao longo da estrada de mão dupla, conduzindo-os para mais longe da cidade.

Ian respirou fundo e, lentamente, da forma mais silenciosa que conseguiu, removeu a tampa da lente. Reuniu sua bravura e ergueu a câmera até o rosto. Centralizou Jackie com a máquina e tirou uma foto. O flash disparou.

A cabeça de Jackie girou. Ela o fuzilou com os olhos.

Ian disparou outra foto, capturando sua expressão transtornada, a pele manchada pela raiva e pelo vento. Ela mostrou o dedo do meio para ele.

Ele pressionou o botão do obturador. A lâmpada do flash espocou de novo.

Jackie freou, desviando para o acostamento. Ian chacoalhou violentamente no banco de trás. Ela colocou a alavanca do câmbio em ponto morto e jogou o conteúdo da bolsa de Sarah no banco da frente. Abriu a carteira e praguejou.

– Quase não tem dinheiro. – Ela embolsou uma nota de cinco e balançou o cartão do caixa eletrônico para Ian. – Você conseguiu a senha?

Ele negou com a cabeça.

– Você prometeu que conseguiria a senha.

Ele também prometeu a si mesmo que protegeria sua mãe quando seu pai não pudesse. Não tinha intenção de quebrar essa promessa.

– Ela não quis me dizer. – Porque ele não perguntou.

– Claro que ela não vai te contar, seu idiota. – Ela deu um peteleco na orelha dele. Ian estremeceu. – Você deveria observá-la sacar o dinheiro e memorizar os números.

– Você me faz esperar no carro.

Ian percebeu sua escorregada assim que falou.

– Não faço você esperar. Sarah faz. Não sou Sarah! – ela gritou. – Sarah é fraca. Ela não tem coragem. É por isso que tenho que fazer tudo por ela.

– O que você tem que fazer por ela?

Jackie encarou-o ameaçadoramente. Ele endireitou os ombros. Tinha que lhe mostrar que ela não podia intimidá-lo, embora ele tremesse em seus Vans surrados.

Jackie olhou para ele com repulsa e, então, atirou o conteúdo de volta na bolsa de sua mãe.

– Sem senha, nada de carona. Saia do carro.

– O quê? – Ian esquadrinhou a área ao redor deles. Estavam no meio do nada. Campos abertos se espalhavam em todas as direções.

Jackie se inclinou sobre o assento do passageiro e abriu a trava da porta de Ian com um estalo.

– Eu disse pra sair da merda do carro.

Algo no timbre de sua voz manteve o traseiro de Ian colado ao banco forrado de vinil. Ele não se mexeu. Não conseguia se mover, suas pernas tremiam muito.

Jackie pegou uma caneta e pressionou a ponta profundamente no próprio pescoço, ameaçando perfurar a pele.

– Saia ou eu me esfaqueio. Você nunca verá sua mãe novamente.

– Você não faria isso – Ian desafiou.

– Não me teste. – Ela pressionou com mais força. Uma gota de sangue formou uma poça.

A crença de Ian de que Jackie jamais o machucaria, muito menos a si mesma, caiu por terra. Ele saltou da perua.

– Feche a porra da porta – Jackie gritou quando Ian simplesmente ficou ali parado.

Ele a fechou com força, batendo-a.

– Vá para casa andando, perdedor – gritou ela pela janela do passageiro aberta. – Não pegue uma carona e não deixe ninguém ver você. Faça isso e eu me certificarei de que você nunca mais veja sua mãe de novo.

A perua acelerou, o motor roncando, os pneus cuspindo cascalho e terra.

Quando não avistava mais o Pontiac, suas lágrimas derramaram-se livremente. Ele não apenas havia deixado sua câmera no banco de trás, mas também não sabia o caminho para casa.

❧❦

Por cinco dias, Ian seguiu a estrada na direção que pensava ser de sua casa. Ele se mantinha nas margens dos campos de milho e das fazendas de leite, bebendo dos irrigadores e comendo milho em amadurecimento, arriscando-se a ser visto. A cada carro que se aproximava, ele se escondia atrás de uma árvore ou em caules que mal eram altos o suficiente para ocultá-lo. Ele queria voltar a ver sua mãe, então, seguiu a ordem de Jackie. Dormia durante o dia e caminhava à noite para não ser visto. Mas, depois de passar a terceira noite vagando sozinho, percebeu que havia tomado o caminho errado em algum ponto.

Estava perdido.

Perguntou-se se algum dia encontraria sua casa. Ele sentia falta de sua mãe. Seu pai ficaria preocupado. Estariam procurando por ele?

No quinto dia, Ian caiu em um sono agitado na borda inclinada de uma vala de irrigação sob a sombra de uma grande árvore, acordando apenas quando sentiu uma borboleta tocar sua cabeça. Seus olhos abriram-se de súbito para a imagem fora de foco de uma mulher ajoelhada ao seu lado.

Ele se levantou instantaneamente e se afastou, suas costas pressionando a casca da árvore. Seu coração batia furiosamente. Ele não deveria ser visto. Jackie descobriria e tiraria sua mãe dele. Ele tentou se levantar, fugir, mas a mulher agarrou seus ombros e gentilmente o empurrou para baixo. Exausto e fraco, ele desabou de volta ao chão.

– Olá, Ian. – A mulher sorriu.

Ele apertou os olhos contra o brilho do sol, então, piscou de perplexidade para ela. Os cabelos finos e claros formavam um halo em sua cabeça à luz do fim da tarde. Ele encarou, fascinado, o estranho tom de azul de seus olhos. Com certeza deveria estar sonhando.

Ele ouviu uma porta de carro bater e ficou rígido. Tentou fugir. A mulher manteve o controle sobre seus ombros.

– Está tudo bem – sua voz acalmou. Seu sorriso se ampliou um pouco mais e, então, ela olhou por cima do ombro. – Ele está aqui, Stu.

Pai.

Um soluço irrompeu de Ian. Seu choro convulso lembrava um sapo coaxando.

– Não tenha medo – assegurou-lhe a mulher. – Seu pai vai levá-lo para casa.

Sua boca tremia.

– Quem é você? – E como ela conhecia o pai dele?

– Sou uma amiga. Pode me chamar de Laney.

– Como me acharam? – Não queria que Jackie descobrisse que ele não percorreu todo o trajeto até em casa.

– Mágica. E Jackie nunca saberá. – Ela pressionou um dedo contra os lábios e se levantou, recuando.

– Ian. Meu Deus, filho. – Stu caiu de joelhos e agarrou Ian, segurando-o com firmeza contra o peito. – Estive procurando você em toda parte.

– E a mamãe? – gritou. Ele começou a tremer, não sabia se era por falta de comida, alívio por ter sido encontrado ou medo de que Jackie não tivesse alternado de volta para sua mãe. – Onde está mamãe?

– É hora de irmos. – Seu pai levantou-o no colo, embalando-o como um bebê em direção à sua caminhonete.

Capítulo 7

iAN

Ela me disse que seu nome era Laney. Apresentou-se a Aimee no funeral falso de James como Lacy. No México, Imelda Rodriguez, dona do Casa del Sol, o hotel onde Aimee e eu havíamos nos hospedado, a conhece como Lucy.

Um enigma, eu acho, recordando a maneira como Imelda descreveu Laney-Lacy-Lucy, ou quem quer que ela seja, para Aimee.

Observo James ir embora, então olho para o cartão na minha mão.

LACY SAUNDERS

CONSELHEIRA MÉDIUM, CONSULTORA E
ESPECIALISTA EM SOLUCIONAR ASSASSINATOS,
DESAPARECIMENTO DE PESSOAS
E MISTÉRIOS NÃO RESOLVIDOS.

**AJUDANDO VOCÊ A ENCONTRAR
AS RESPOSTAS QUE PROCURA.**

Fiz imediatamente a conexão entre a Laney que me encontrou e a Lacy que levou Aimee ao México em busca de James quando vi a foto que Kristen Garner havia tirado na inauguração do Aimee's Café. Não dava para confundir aqueles olhos azuis-lavanda.

Num impulso, pensei que Lacy poderia me ajudar a encontrar minha mãe. Consegui as informações de Lacy no banco de dados de reservas do Casa del Sol com Imelda Rodriguez. Mas o número de telefone que Imelda me passou havia sido desconectado. Até aí, surpresa nenhuma. O que me surpreendeu, porém, foi meu alívio. Porque, se eu encontrasse minha mãe, o que diria a ela?

O que eu poderia dizer?

Falar sobre sua identidade fragmentada e o subsequente desmoronamento de sua vida? Sou parcialmente culpado. As palavras "sinto muito" nunca serão suficientes.

O cartão de Lacy em minha mão parece pesado enquanto me pergunto por que ela me contatou da forma mais estranha: por meio do ex-noivo da minha esposa.

Que sutileza, Saunders. Por favor, não me diga que esta é a maneira dela de dizer que só quer que todos nós nos déssemos bem.

Porque não vai acontecer. Quanto a Laney-Lacy...

A última vez que a vi foi em uma estrada deserta no fim do mundo, Idaho. Ela se despediu com um aceno, sua saia até o tornozelo ondulando na brisa da tarde, enquanto o meu pai me colocava no banco da frente de sua caminhonete. Ele me levou ao hospital, onde passei os dias seguintes com uma intravenosa enfiada no braço, repondo líquido.

No segundo dia lá, acordei com a minha mãe sussurrando o meu nome. Ela se sentou na beirada da cama, inclinando-se sobre mim. Afastou minha franja delicadamente para o lado e eu comecei a chorar. Não pude evitar. Durante aquelas horas em que vaguei a esmo pela noite, perdido e sozinho, perguntei-me sinceramente se algum dia voltaria a vê-la.

– Shhh – minha mãe me acalmou com lábios rachados, o canto da boca inchado e machucado. Uma lágrima escorreu volumosa por sua bochecha e, quando ela a enxugou, notei as crostas de feridas em seus dedos. A raiva queimava como brasas dentro de mim, fechando a torneira lacrimal. Aquela mulher que vivia dentro da minha mãe havia feito isso com ela. Jackie tinha machucado Sarah. De novo.

– Me desculpe, Ian. Sinto muito, muito mesmo. Eu não queria machucá-lo. Pode me perdoar?

– A culpa não é sua. – Assim como a mente fragmentada de minha mãe, o meu eu pré-adolescente desassociava Jackie de Sarah. Da forma como eu enxergava, Jackie não era minha mãe, mas uma pessoa totalmente à parte. Elas não se vestiam da mesma forma e usavam os cabelos de maneira diferente. Seus maneirismos não eram os mesmos.

Minha mãe soluçou. Desculpou-se várias vezes, deixando-me inquieto. Eu não sabia como agir diante dessa sua versão oprimida e derrotada.

– Eu estou bem – assegurei, querendo fazê-la se sentir melhor, mais como ela mesma. Limpei meu rosto grosseiramente e esbocei um sorriso.

– Não, você não está. Seu pai me disse que você ficou desaparecido por dias. Eu... – Ela olhou para a cama. Passou a mão no meu peito, alisando as rugas do lençol. A umidade acumulou-se ao longo das bordas inferiores de seus olhos. Observei o volume aumentar até que as lágrimas se derramaram e caíram no lençol. – Ele me contou o que aconteceu. Não acredito que fiz isso com você. Não posso acreditar que demorei esse tempo todo para voltar para você.

– Quando você chegou em casa?

– Esta manhã.

– Você esteve fora esse tempo todo? – Isso me surpreendeu. Para onde ela tinha ido?

Minha mãe acariciou de leve minha testa com as unhas. Ela não conseguia parar de me tocar, como se quisesse se assegurar de que eu estava seguro e vivo. Penteou minha franja novamente.

– Preciso de sua palavra de que você não seguirá mais Jackie.

Eu não a havia seguido. Ela mudou de personalidade enquanto dirigia.

– Mas as fotos...

Minha mãe agarrou meus ombros.

– Chega de fotos.

Meu olhar baixou para os tubos presos em meu braço. Eu nunca seria um fotojornalista se não conseguisse superar meus medos, não importa quão ameaçadora Jackie pudesse ser.

– Eu só quero ajudar.

– Meu Deus, Ian. – Minha mãe me puxou para um abraço. – Se Laney não tivesse ajudado o seu pai a encontrar você... – Ela soluçou, segurando minha cabeça contra o peito.

Mas ela *tinha* me encontrado. Eu nunca soube como ela fez isso além da explicação que me deu: mágica. Meu pai não falava sobre isso.

Eu viro o cartão. O verso está em branco, mas a frente é igual àquele que ela dera a Aimee mais de sete anos antes. O mesmo layout, a mesma fonte, mas número de telefone diferente.

James está com este cartão há várias semanas. Isso é muito tempo no mundo de Lacy.

Bato o cartão contra minha mão. Provavelmente, ela já se mudou a essa altura, seu número de telefone está inoperante. Não há razão para ter esperanças.

Jogo o cartão na tigela do console onde guardo meu troco e digo a mim mesmo que não se trata de mais uma desculpa. Não estou protelando mais uma vez o que deveria ter feito quinze anos atrás.

✦❧ ❧✦

Não consigo evitar. Entro no Aimee's Café com um ar de superioridade porque me sinto como uma estrela do rock. Eu me controlei bem perto de James. E daí se eu quisesse aumentar o ângulo de seu nariz torto que obviamente um dia foi quebrado? Isso não aconteceu e não terei que explicar a Aimee os hematomas nos nós dos dedos porque não há nenhum. E nunca haverá, já que James está retornando para o Havaí.

Tchauzinho. Já vai tarde.

Aimee e eu podemos finalmente nos libertar do "e se" do retorno de James que tem pairado sobre nosso casamento desde... hum... desde sempre.

– Quero um brownie – diz Caty, ainda adornada em trajes de princesa enquanto pula atrás de mim.

Eu me viro e lhe lanço um olhar significativo.

– Quero um brownie, *por favor.* – Ela dá um grande sorriso, mostrando todos os dentes. – E leite achocolatado.

– Claro, Caty-Fofa. – Inclino-me para perto de seu ouvido. – Mas não conte à sua mãe sobre o leite achocolatado. – Uma guloseima à tarde já é ruim, mas duas?

Sou um otário.

E Caty sabe disso. Ela me manipula.

Colocamos os dedos nos lábios e os enganchamos um no outro em nosso sinal secreto.

O café está relativamente vazio, a multidão do horário do almoço veio e já foi. Alguns retardatários demoram-se com seus cafés e bolinhos, com narizes enfiados em seus laptops e telefones. Sento Caty em uma mesa menor onde posso vê-la de trás do balcão, então, me sirvo dos produtos assados, depositando um brownie no prato. O maior que sobrou, é claro. Preparo uma caneca de leite achocolatado usando a mistura personalizada de Aimee que leva cacau, açúcar em pó e baunilha.

Trish limpa a bancada.

– Oi, Ian.

Sorrio para ela.

– Fala, Trish. Como foi hoje?

– Movimentado. Fomos xingados esta manhã. Sempre acontece quando estamos com poucos funcionários.

– Lei de Murphy.

– Nunca falha. Aimee manteve a calma, no entanto. – Trish dobra o pano de prato. – Faz muito tempo que eu não a vejo trabalhando na cozinha. Ela parecia adorar. Acho que sente falta de estar lá.

– Aposto que você está certa. Ela está aqui? – Olho em direção à cozinha.

– Ela acabou de voltar de alguns compromissos. Está no escritório dela. – Trish vai até a pia para enxaguar canecas.

– Obrigado.

Trago para Caty seu brownie com leite achocolatado. Ela está espalhando seus gizes de cera sobre a mesa e tem seu caderno aberto em uma página em branco.

– Fique aqui onde Trish possa vê-la. Eu vou falar com a sua mãe.

– Ok, papai.

Beijo o topo de sua cabeça coroada e me dirijo aos fundos, passando pelo corredor, até o escritório de Aimee. Ela está sentada atrás de sua mesa, a cabeça apoiada na mão, folheando uma pilha de papéis. Parecem contratos de aluguel ou documentos de empréstimo, um bocado de texto tomando as páginas, pelo que posso ver.

Apoio-me no batente da porta, desejando não interromper. Meus dedos formigam, a vontade de ir até ela quase me empurrando para o pequeno espaço do escritório. Mas não me movo, apenas observo. Eu poderia fazer isso o dia todo.

Cinco anos casados e ainda sou acometido por uma sensação de euforia só de botar os olhos nela. Esse elástico de emoção que nos conecta não se rompeu. Ele fica cada vez mais tenso em sua ausência e me retrai de volta quando estou em sua presença. Senti isso no dia em que nos conhecemos na galeria de Wendy e, pela primeira vez desde que voltei da França para os Estados Unidos, não senti necessidade de continuar me mudando. Por causa de Aimee, eu quis ficar.

Aimee boceja, cobrindo a boca com o dorso da mão. Sua expressão parece abatida, seus cabelos presos em um coque com dois lápis.

Ela deve ter sentido minha presença, pois olha para cima e sorri, uma curva cansada nos lábios. Olheiras escurecem as cavidades sob seus olhos como sombras noturnas.

– Oi. – Sua voz é suave, exausta.

– Oi – sussurro, afastando-me da porta. Contorno a mesa dela e me sento na beirada. Fiapos de cabelo escaparam da treliça de lápis, conferindo ao seu rosto uma aparência delicada e cativante, apesar do esgotamento pesando em seu semblante. Deslizo o polegar ao longo de sua bochecha.

– Dia longo?

Seus olhos fecham-se com vagar. Ela se inclina na minha mão.

– Estou cansada. – Ela ri de leve ao afirmar o óbvio e levanta o queixo. Eu aceito seu convite e a beijo, demorando-me em seus lábios. Sinto o gosto de café e cacau, uma pitada de menta. E sinto o gosto de Aimee, doce e divino.

– Senti sua falta esta manhã. Eu estava esperando reprisar a noite passada. – Acaricio a coluna de sua garganta com a parte de trás dos meus dedos.

Ela vibra a garganta em resposta, um ruído de satisfação.

– A noite passada foi boa. Eu teria adorado passar a manhã na cama com você, mas o dever me chamou. – Ela balança uma caneta na direção da cozinha, em seguida, bate na pilha de documentos em sua mesa. – E isso tem prazo. Li o mesmo parágrafo cinco vezes neste contrato de aluguel. Minha vista está trocando as letras de cansaço. – Ela se afasta da mesa e se levanta. Alonga-se, com os braços erguidos e as mãos unidas enquanto se inclina para a esquerda e depois para a direita.

Espio a papelada.

– Qual espaço comercial você decidiu escolher?

– Eu não decidi. Estou me sentindo sobrecarregada.

– Tem certeza que é isso que você quer fazer?

Aimee olha para mim.

– Abrir outro local? Claro. Já discutimos a respeito. Por que você está perguntando isso?

Encolho os ombros.

– Você não assa mais. – E não estou dizendo isso porque sou viciado em seus biscoitos *snickerdoodle*. Ela costumava ser apaixonada por panificação. Uma verdadeira artesã.

Um leve sorriso toca seus lábios como um selinho.

– Eu realmente gostei de trabalhar na cozinha esta manhã.

– Então, por que você não está trabalhando lá? Você não precisa de outro local, que dirá dois. Não precisamos do dinheiro extra. – Mas eu preciso da minha esposa. Ela esteve distraída durante todo o verão, mal tendo tempo para colocar Caty na cama, muito menos reservar alguns momentos para mim antes de mergulhar em seus planos. Até o La Fondue na noite anterior, não tínhamos um encontro há semanas. Meses, até.

Aimee gesticula para os acordos.

– É um pouco tarde para mudar de ideia.

Eu folheio a pilha de papéis.

– Não vejo nenhuma assinatura. Olha, não estou tentando fazer você mudar de ideia. Apenas pense a respeito.

Eu me levanto e posiciono as mãos em seus ombros.

– Você está se forçando a cumprir um prazo que você mesma criou, Aims. É você quem está no comando. Vá devagar. Não há pressa em fazer isso. – Aperto os nós de tensão e ela geme, deixando sua cabeça pender para a frente.

– Isso é maravilhoso.

– O objetivo é esse. – Inalo seu cheiro. Uma enxurrada de imagens passa por trás dos meus olhos, cada uma delas envolvendo Aimee e eu. Nus. No escritório. A porta fechada e trancada, obviamente.

E com esse pensamento...

Perco completamente o fio da meada do que quero dizer. Algo sobre nós, mas sem o estresse e aquele sentimento constante de que há algo não dito entre nós. Eu sinto falta dela. Eu sinto falta de *nós*.

Roço minha boca ao longo da linha de seu pescoço exposto e beijo a base. Minhas mãos deslizam para baixo pela lateral de suas costelas e da saia em torno de seu abdômen.

– Sobre o que estávamos falando?

– Hã... hum... – Aimee inclina a cabeça para o lado, proporcionando-me acesso à curva de seu ombro. – Algo sobre reconsiderar aluguéis e empréstimos.

– Ah, é. – Sorrio contra sua pele. – Você vem acumulando tensão desde junho e...

Aimee desvencilha-se de minhas mãos tão rápido que chego a sentir uma brisa. Meu equilíbrio vacila. Ela cruza seu escritório e se vira, a mesa entre nós.

— Lá vem você de novo, trazendo James para a conversa.

— Ei, calma lá. — Agito as mãos à minha frente, em um gesto defensivo. — Eu não disse nada sobre ele.

— Nem precisou dizer. — Ela levanta as mãos. — Eu desisto.

Tudo dentro de mim enrijece, e não de um jeito bom.

— O que você quer dizer com "desiste"?

— Eu contei a você o que aconteceu com ele, cada detalhe. Você sabe o quanto eu precisava dizer adeus a ele como o homem que ele é agora, não o cara que ele era no México. Sim, nós nos beijamos e, sim, ele me apalpou. Ele estava desesperado e perdido, e tinha passado por um inferno. Quantas vezes tenho que dizer que foi você quem eu escolhi para passar minha vida ao lado? O que eu preciso fazer para provar a você que é você quem eu amo? Pedir desculpas? Acho que já me desculpei o suficiente. Mas, se você precisar ouvir de novo, sinto muito. Eu sinto muito por magoá-lo.

— Não estou procurando um pedido de desculpas.

— Então, o que você quer de mim?

Cerro os dentes e desvio os olhos.

— O que você quer? — ela repete, soando desesperada.

Quero que James nunca mais entre em contato com ela, e quero suas pinturas fora das paredes. Quero que ela esqueça a pilha de acordos em sua mesa e se concentre no que ela ama — assar —, não no que ela acha que precisa realizar: conquistar o universo das cafeterias. Quero ser o melhor marido possível, porra, e um pai que está sempre por perto. Quero mandar bem no serviço da *National Geographic* para que os assinantes se lembrem do meu trabalho nos próximos anos. Para que minhas imagens fiquem impressas em suas lembranças como as do papel fotográfico.

Há tantas coisas que desejo, mas quando meus olhos fixam-se nos dela, não consigo verbalizar outra coisa, exceto...

— Eu quero encontrar minha mãe.

Capítulo 8

iAN

— Sua mãe? — A postura rígida de Aimee murcha como uma vela de barco que parou de inflar com o vento. — Sério?

— Sim. — Agora que disse isso em voz alta, percebo que é algo que eu tenho de fazer e não posso mais adiar.

— O que provocou isso?

Eu dou de ombros, rolando meus lábios sobre os dentes e cerrando-os. Não vou mencionar o cartão de Lacy, porque, se o fizer, terei de mencionar James. Vou provar a Aimee que nem sempre trago ele para a conversa.

— Você não fala em procurá-la desde o México. Por que agora?

— Tenho pensado muito nela ultimamente. Vejo muito dela em Caty.

— Ela é linda.

— Assim como minha mãe.

Aimee revira os olhos.

— Eu sei. Era da sua mãe que eu estava falando. Você me mostrou fotos. Há *mesmo* muito dela em Caty — ela diz enquanto zanza ao redor da mesa. Ela pega na minha mão. — Há muito dela em você também. Então, você vai contratar um investigador particular? Um legítimo? — ela brinca.

O canto da minha boca se levanta. Podemos rir disso agora, mas não foi engraçado seis anos antes, quando Aimee contratou um detetive para procurar James. O investigador particular alimentou suas mentiras e fugiu com seu dinheiro.

— Ainda não pensei sobre isso.

— Quando você vai começar a procurar? — ela pergunta. Não respondo de imediato, achando fascinantes as pequenas cicatrizes em seus dedos. Ferimentos de batalha de anos trabalhando em uma cozinha comercial. Eu viro sua mão e percorro a linha da vida com meu polegar. Ela geme meu nome, puxando sua mão da minha. — Você ainda vai para a Espanha, não vai?

— Não tenho certeza. — Logo que tenho uma ideia, como para uma das minhas próximas expedições fotográficas, ponho-me a pesquisá-la exaustivamente, e isso me preocupa. Não vou conseguir me concentrar em meu serviço até fazer progressos com minha mãe.

Aimee me lança um olhar severo; em seguida, pega sua bolsa, as chaves e o telefone.

— Vamos pegar meu carro. Vou pedir a Trish que feche.

Seu tom de voz dá um empurrão no meu coração. Ele bate mais rápido. Eu a deixei com raiva.

— Você está puta da vida.

Ela para na porta, a mão na maçaneta.

— Não, não estou. Estou confusa.

Eu cruzo os braços.

— Você não acha que eu deveria procurá-la.

— Eu não disse isso. Apoio sua decisão cem por cento. Vou até ajudá--lo. O que estou pensando, porém, é que precisamos discutir isso esta noite. — Ela ziguezagueia um dedo entre nós. — Porque eu quero entender por que você precisa fazer isso agora. Por que não pode esperar até depois da Espanha? Por que você está disposto a desistir de seu sonho de trabalhar com a *National Geographic* para ir atrás de uma mulher que abusou de você e o negligenciou?

Sarah não abusou de mim, não intencionalmente. Já Jackie, o monstro dentro da minha mãe, era outra história. Aimee sabe que passei minha infância cuidando de minha mãe com mais frequência do que o contrário. Como ela me enchia de amor em um momento e expressava aos berros seu ódio por mim no momento seguinte. Cresci acostumado a vê-la ler para mim uma história de ninar à noite e jogar seus livros em mim pela manhã, quando não conseguia encontrar as chaves do carro que havia escondido de si mesma. Tumulto era a norma na casa dos Collins. Eu me ajustei às mudanças de temperamento tão suavemente quanto ela trocava de identidade.

O que é difícil para quem está de fora entender, como acho que é o caso de Aimee, e às vezes eu mesmo me pergunto, é por que ainda amo minha mãe. Tenho a convicção de que, se ela não tivesse tido uma infância tão traumática e se eu não tivesse desempenhado um papel no agravamento de sua doença mental, ainda me amaria. Ela não teria me abandonado. Se tivesse a chance de me desculpar, eu poderia mudar as coisas com ela. Não sua doença, infelizmente. Isso eu não posso consertar. Mas talvez ela possa encontrar um lugar para mim em seu coração novamente. Ela pode me perdoar.

Eu nos conduzo para a garagem de Nádia para deixar Aimee e Caty. Depois que concordo em estar em casa na hora do jantar e elas estão na caminhonete de Aimee, vou para a academia. Vamos conversar esta noite, o que significa que preciso descobrir a resposta para a pergunta de Aimee. Por que devo procurar minha mãe agora?

Faço minha rotina usual de levantamentos terra, agachamento e burpees, então corro cinco quilômetros em velocidade rápida na esteira. Quando termino e meu corpo ainda é um rolo de filme firmemente apertado, coloco um par de luvas e mando ver num saco de areia. Desfiro vários golpes vigorosos e estou para concluir a sequência quando quase atinjo o queixo sorridente de Erik.

Ele esquiva a cabeça para o lado no último segundo.

– Opa, cuidado com essa mira. – Ele agarra o saco de areia.

Aponto minha mão enluvada para ele.

– Ainda bem que você tem reflexos rápidos. Eu teria mandado você de volta para o ortodontista.

– Não ia rolar. – Ele passa a língua ao longo de seus dentes brilhantes feito teclas de piano.

– Avise-me antes de aparecer. – Bufo as palavras. Arrasto meu antebraço pela testa úmida.

Erik estabiliza o saco.

– Você está com a corda toda e parece que quer matar alguém. Vai em frente. Eu seguro as pontas aqui. – Ele posiciona as pernas, preparando-as.

Pelos dez minutos seguintes, eu extravaso no saco os últimos três meses. A *Rapa* na Espanha. A chegada de James enquanto eu estava lá e seu repetido retorno. Minha esposa sobrecarregada e exausta que se saiu muito melhor do que eu com o ressurgimento de James. Penso em nossa filha, que a cada dia se parece mais com uma mistura de minha esposa e mamãe, o que me faz pensar no cartão de visita que deixei em casa. Qual é o papel de Lacy em tudo isso? Claro, pensamentos sobre ela me conduzem de volta a James e à *Rapa*, lembrando-me das fotos que tirei e quem eu pensei ter visto através da lente da minha câmera sentada nas arquibancadas. É quando percebo por que estou nervoso desde junho, e nada tem a ver com James e Aimee, não diretamente. Aquela imagem um pouco fora de foco entre milhares de fotos que tirei na *Rapa* vem operando silenciosamente no fundo da minha mente, alimentando discretamente minha frustração e decepção comigo mesmo. E eu estou descontando em Aimee, usando sua história com James como uma desculpa para minha inação.

Eu desfiro um último golpe de punição, cujo impacto vibra no meu braço e faz meus dentes baterem, e me afasto do saco. Devo à minha esposa um sério pedido de desculpas.

Com as mãos cruzadas atrás da cabeça, o peito arfando, ando em um círculo fechado.

– Quem é a vítima? – Erik pergunta.

– Eu. – Sufoco uma risada e abro o fecho de velcro na minha luva esquerda.

Erik dá um tapa no saco.

– Acho que esta é uma forma de dar uma bela surra em si mesmo. O que te deixou pilhado?

Balanço a cabeça. Essa é uma conversa entre mim e Aimee. Eu prevejo rastejar em meu futuro.

Erik acena com os dedos para que eu desembuche de uma vez.

– Passei os últimos dez minutos rezando para não sair da academia hoje com um olho roxo. O mínimo que você pode fazer é me deixar ir embora sabendo por que arrisquei meu lindo rostinho. – Ele cruza os braços sobre o peito.

– Dá para ser mais convencido?

Ele encolhe os ombros.

– Provavelmente.

Balanço a cabeça, puxando a luva e enfiando-a debaixo do braço.

– Não estou transformando isso num showzinho de autopiedade.

– Como quiser. – Ele espana o meu ombro.

– Isso significa o quê?

– O que quer que esteja pressionando você – ele levanta o punho e o abre rápido, como se soltasse o ar –, "shake it off"* – ele cantarola uma versão em falsete de Taylor Swift.

– Obrigado por lembrar como sou mais velho do que você.

– Sete anos a mais do que eu.

– Aproveite a casa dos trinta enquanto durarem. – Arranco a segunda luva e as deixo cair no chão. Sacudo uma toalha para desdobrá-la e enxugo meu rosto e pescoço. O cheiro acre de suor velho que nunca sai das toalhas da academia arde fundo no meu nariz. – Você enviou suas fotos do Big Sur?

– Sim. O artigo foi publicado esta manhã. Coisa que você obviamente perdeu.

Lanço-lhe um olhar de "culpado da acusação" e bebo minha água em goladas. O jornal que trouxe para dentro de casa depois da corrida desta manhã foi visto pela última vez dobrado e não lido no balcão da cozinha.

– E quanto a você? – Erik bate os nós dos dedos no meu ombro. – *National Geographic*, hein?

A intensa satisfação vai às alturas somente para despencar aos meus pés.

– Al ligou com o serviço. Ele está me mandando de volta para a Espanha.

---

* "Deixe pra lá". (N.T.)

– Fantástico. Suas fotos da *Rapa* são brilhantes. Eu sabia que eles iriam selecionar você. Quando você vai?

– Não tenho certeza se vou. – Recolho minhas luvas e meu celular, e gesticulo para Erik me seguir até o vestiário.

Ele fica embasbacado.

– Como assim "não vai"?

– Posso estar em conflito. – Um conflito do tipo "não-dá-mais-para--adiar-a-busca". – Eu vou explicar mais tarde. – Tenho que voltar para casa e ligar para o Al.

– É melhor que seja um conflito de vida ou morte. Você nunca terá outra oportunidade como esta.

Meu telefone apita com uma mensagem de Aimee e eu me sobressalto com a distração. Leio o que diz. Kristen entrou em trabalho de parto e, como aconteceu em suas duas gestações anteriores, ela quer seus amigos no hospital para darem apoio moral. Aimee está preocupada comigo. Chega outra mensagem de texto apitando.

> **Vem comigo. Podemos conversar lá enquanto esperamos Kristen.**

Pelo jeito, vamos ter essa conversa na lanchonete do hospital. Espero que estejam servindo tortas de "retiroquedisse".

– Tenho que ir nessa – digo a Erik. – A esposa está chamando.

– Minha reputação está em jogo, cara. Eles nunca vão me deixar recomendá-lo novamente. É bom você ir para a Espanha.

"Estou grávida."

Enquanto dirijo para o hospital, lembro-me da declaração de Aimee cinco anos antes. Duas palavras que valem um murro.

Ela sussurrou o anúncio, o teste de gravidez tremendo em sua mão.

Estava preocupada. Nós dois estávamos. Dada a minha própria infância, eu tinha sérias dúvidas sobre como me comportaria como pai. Será que eu seria como meu pai e tornaria minha presença rara quando a vida em casa se tornasse difícil? Eu queria mesmo ser pai? Aimee e eu namorávamos há apenas alguns meses. Não tínhamos discutido nem sobre o casamento ainda, quanto menos o futuro. Mas imediatamente após o seu anúncio, em um piscar de olhos, percebi duas coisas. Eu queria ser o pai do filho de Aimee e queria passar minha vida com ela. Eu faria qualquer coisa para fazê-la feliz. Desistira da fotografia, tamanho é meu amor por ela. Continua assim.

Em um turbilhão de atividades, ela foi morar comigo e, no início de junho, nos casamos. Seis meses depois de começarmos oficialmente a namorar.

Seis meses depois de ela ter deixado James para trás no México.

Será que a apressei para se casar? Pondero sobre a pergunta de Aimee enquanto aguardo o semáforo abrir. Estive loucamente apaixonado por ela por mais meses do que gostaria de admitir e, finalmente, tê-la desejando a mim tanto quanto? Significou tudo. Porque, até aquele momento da minha vida, eu não tinha ninguém exceto eu, eu mesmo e a minha fotografia, da qual eu não queria desistir – *nunca*. Percebi em casa enquanto tomava banho depois da academia. Quero tudo: minha família, fazer as pazes com a minha mãe e aquele trabalho da *National Geographic* pelo qual anseio desde que pus as mãos numa câmera pela primeira vez.

A luz do semáforo muda e reconheço que o plano que desenvolvi em casa, aquele com o qual convenci Al Foster a concordar, é o certo.

Entrando no estacionamento do hospital, encontro uma vaga vazia perto da entrada principal – que sorte a minha – e subo as escadas em direção à ala da maternidade. Encontro Nádia folheando uma revista da sala de espera, que cheira a higienizador para as mãos e buquês de flores. Plantas de plástico preenchem os cantos. O alto-falante solicita a presença de uma tal de Evelyn Wright no posto de enfermagem.

Nádia deixa de lado a revista e se levanta ao me ver.

– Oi, Ian. – Ela me dá um abraço.

– Oi, como está Kristen? – Lembro-me de perguntar enquanto procuro em volta por Aimee.

– Ela está bem. Aimee e eu estávamos lá com ela até o médico chegar. – Nádia espia seu telefone. – O bebê Theo deve chegar a qualquer momento. Nick está nas nuvens.

É seu primeiro menino.

– Que ótimo. – Assinto, um tanto distraído. – Onde está Aimee? Tentei contatá-la para que ela soubesse que eu estava a caminho.

– Ela provavelmente não recebeu sua ligação. O sinal de celular aqui é irregular. Ela está no berçário.

Eu aperto o braço de Nádia.

– Obrigado.

Guiando-me de cabeça pela última vez que estivemos aqui para o nascimento de Caty, vou até Aimee. Ela está em frente à ampla janela do berçário, os braços cruzados, as mãos segurando os cotovelos. Posto-me ao lado dela e a envolvo com o braço, deixando minha mão descansar em suas costas.

– Dá para acreditar que Caty já foi pequenina assim? – Aimee pergunta, admiração em sua voz.

– A cabeça dela costumava caber na palma da minha mão.

– E o cheiro dela. – Ela inala profundamente, perdida em suas lembranças.

– Qual das extremidades? Porque o cheiro que eu me lembro...

– Ian. Que nojento. – Aimee ri, uma vibração grave, e não posso deixar de sorrir. Ela me repreende cutucando minhas costelas com seu cotovelo. – Seu couro cabeludo, não seu bumbum. E sua pele, seu perfume especial de bebê. – Ela suspira, melancólica. – Sinto falta disso.

– Eu também – reconheço, olhando para Aimee, lembrando-me da maneira como ela segurava Caty enquanto a amamentava, a forma como aquele vínculo especial entre mãe e filha se desenvolveu diante dos meus olhos.

O olhar de Aimee percorre os bebês alinhados como automóveis em um estacionamento de carros à venda. Ambos crescemos como filhos únicos e nenhum de nós trouxe à baila o assunto de dar um irmão a Caty. Temos estado muito ocupados, mas vejo saudade em Aimee.

– Ian. – Ela se vira para mim. – Você...

Coloco um dedo em seus lábios, interrompendo a pergunta que eu sei que ela vai fazer. *Você quer outro bebê?* Eu quero. Com Aimee, terei uma dúzia. Mas há algo que tenho de dizer a ela, o pedido de desculpas que percebi que lhe devo. E tem uma coisa que preciso fazer antes de considerarmos trazer outra criança ao mundo. Preciso resolver meus próprios problemas e encerrar o meu passado.

Aimee franze a testa, sua expressão me questionando sobre o que há de errado.

– Fiz uma bateria de exercícios muito boa. Limpei minha cabeça e descobri por que tenho sido tão babaca com você ultimamente.

– Você não tem sido um...

– Sim, tenho – eu a interrompo. – Não tenho sido justo com você sobre James. Não é a sua história com ele que me incomoda. Nós dois temos relacionamentos anteriores, alguns mais significativos e intensos do que outros. – Levanto uma sobrancelha em referência ao seu ex. – Não podemos mudar nosso passado, mas podemos fazer algo sobre como podemos seguir em frente juntos.

Agarro seus ombros e baixo meu rosto para que meus olhos fiquem na altura dos dela.

– Confio em você, Aimee. Acredito quando você diz que me ama e quer passar sua vida comigo. Sei que James está no seu passado e que você seguiu em frente. Você encerrou aquele capítulo da sua vida, enquanto com a minha mãe, eu... – meus braços pendem flácidos nas laterais do meu corpo e dou um passo para trás – eu não.

Seus olhos se movem para a esquerda e para a direita, tentando ler os meus sentimentos.

– O que está dizendo, Ian? Seu tom de voz está soando estranho.

– Houve uma mudança de planos. Eu parto para a Espanha esta noite.

– Esta noite?

— Meu voo sai em algumas horas. Já fiz as malas e estou pronto para ir.

— Mas pensei que você queria que eu fosse com você.

— Fica para a próxima.

Seu cenho franze ainda mais. A preocupação se manifesta em seus olhos.

— O que diz não está fazendo sentido, Ian. O que a Espanha tem a ver com a sua mãe?

— Tem tudo a ver.

Capítulo 9

iAN, ONZE ANOS

— Você dormiu bem? — perguntou a mãe de Ian quando ele entrou na cozinha. Ela estava sentada à mesa, tomando chá.

— Sim. — Ian bocejou, coçando a cabeça através dos cabelos desgrenhados do sono, e preparou uma tigela de Wheaties. Juntou-se à sua mãe na mesa e colocou uma colherada na boca. Com uma expressão vazia, ela o observou mastigar. Podia estar olhando para ele, mas ela não o estava vendo.

Ian odiava quando ela o encarava daquela forma. Sentiu uma pontada no peito e sua mastigação diminuiu enquanto a observava, aguardando. Quem poderia dizer em que momento sua mãe retornaria quando ela se recolhia em sua própria cabeça? Ele notou seus cabelos despenteados e as olheiras sob os olhos, os botões desalinhados em seu robe. Ela cutucou suas unhas maltratadas.

Ian revolveu os flocos de cereal em sua tigela.

— Ouvi o telefone tocar. Era o papai?

Ela assentiu e tomou um gole de chá.

— Era.

Ian exalou de alívio quando foi sua mãe quem respondeu.

— A que horas ele vai estar em casa?

— Ele quer ficar para a coletiva de imprensa. Estará em casa amanhã de manhã.

Ian afundou em sua cadeira. Esperava que eles pudessem ir pescar no lago esta tarde, como costumavam fazer. Eles aguardariam o peixe morder a isca e seu pai lhe ensinaria novos truques com sua câmera. Ian tinha lido um artigo sobre fotografia temporizada e queria experimentar a técnica. Ele não tinha a habilidade nem o equipamento necessário. Seu pai, por sua vez, sim. Mas agora, com a extensão da viagem, eles não teriam tempo juntos, pois seu pai logo partiria para o próximo trabalho.

Ele sentia falta de seu pai.

Sentia falta de passar tempo com ele.

Por quase um ano depois que Jackie abandonara Ian na beira da estrada, seu pai ficou em casa e trabalhou para o jornal local. A mãe de Ian concordou em ser internada no hospital, onde a mantiveram sob observação, como seu pai se referiu, e depois a liberaram com ordens de se consultar com um psiquiatra. Uma mulher também apareceu na casa de Ian logo depois que ele próprio saiu do hospital. Ela fez todo tipo de perguntas a Ian sobre morar com seus pais. Foi quando seu pai decidiu que precisava ficar mais em casa. Ele não queria ser o pai negligente e arriscar que Ian fosse colocado em um orfanato.

Quando Ian ouviu a mulher de terninho de lã bege e pasta grossa dizer a seu pai que ele poderia acabar em um orfanato, jurou a si mesmo que cuidaria de sua mãe com mais atenção. Ele se certificaria de que ninguém que não fosse de casa soubesse quantas vezes seus pais costumavam deixá-lo sozinho. Não queria ser levado de seu lar. E, durante um ano, a vida na casa dos Collins beirou a normalidade. Ele e seu pai partiam em aventuras juntos quase todo fim de semana. Eles efetuavam explorações depois da escola, expedições fotográficas rápidas em torno de sua propriedade.

Mas sua mãe começou a resistir à terapia e não queria tomar os medicamentos. Seu pai começou a se cansar de tanto brigar com ela. Eles sempre discutiam até que sua mãe passava a chorar e seu pai a puxava para seus braços e apenas a segurava ali, confortando-a. Ian podia jurar que algumas vezes testemunhou seu pai chorar também.

Então, havia as contas médicas em atraso. Certa vez, Ian ouviu seu pai explicar à mãe que havia muita coisa que o seguro deles não cobriria e seu trabalho no jornal mal pagava para colocar comida na mesa. Ele precisava começar a pegar mais trabalhos ou eles poderiam perder a casa. Não demorou muito, Ian e sua mãe viam cada vez menos seu pai. E, no fim das contas, sua rotina retornou ao jeito que era antes de Ian se perder.

Perdendo totalmente o apetite, Ian levou sua tigela para a pia transbordando de pratos. Sua mãe costumava deixar a louça acumulada ao longo do dia e lavá-la após o jantar. Ian nunca tinha visto a pilha alcançar aquele nível. Panelas e pratos entulhavam a pia e o balcão. O bolo de carne de duas noites antes e o espaguete da noite anterior foram deixados para estragar.

Seu lábio se franziu em reação ao leite coalhando na tigela de cereal do dia anterior e ele olhou para a mãe. Ela permanecia sentada, imóvel, o olhar perdido para além da janela da cozinha. Uma camada de poeira dos campos arados turvava o vidro. Os talos de milho secos haviam sido removidos para o ciclo de plantio seguinte. A paisagem inclinada se estendia em direção à elevação montanhosa no horizonte.

– Você quer que eu lave a louça?

Ela não respondeu, o que preocupou Ian. Estava desligada desde que seu pai partira no início daquela semana. Ela tirava uma soneca todos os dias e havia parado de ler. Ian voltara para casa com um A na prova de ciências no dia anterior. Ela havia pegado o papel de sua mão e pronunciara um simples "Que bom, querido" antes de colocá-lo de lado sem lhe dispensar um olhar mais detido.

– Vou lavá-la – murmurou para si mesmo. Ele duvidava que ela estivesse ouvindo.

Ele esvaziou a pia e abriu a torneira. Vinte minutos depois, os balcões limpos e a máquina de lavar louça carregada, Ian folheou a agenda de sua mãe.

– Terminou as camisetas para a tropa de escoteiros do sr. Hester? – Ele olhou para a mãe e ela concordou uma vez com a cabeça. Ian virou a página. – Você começou as fantasias da sra. Layton para o – ele apertou os olhos para a anotação – musical *Oklahoma!*?

A xícara de chá bateu com barulho na mesa.

– Sim, Ian. – A voz de sua mãe assumiu um tom perturbado.

– Só estou tentando ajudar.

– Obrigada, mas isso não é necessário. – Ela escondeu o rosto nas mãos, respirou fundo algumas vezes e cruzou-as sob o queixo. Sua boca se abriu em um leve sorriso. – O que vai fazer hoje?

Ian olhou pela janela. Nuvens brancas como algodão salpicavam o céu azul.

– Vou fazer uma expedição fotográfica.

– Vai, é? – ela respondeu com interesse exagerado.

– Quer vir comigo? – Ela precisava de um dia ao sol. Estivera enfurnada em casa a semana toda, enterrada sob cobertores como um coelho no mato.

Sua mãe se levantou e levou sua xícara de chá para a pia.

– Convide Marshall. Ele irá com você.

– Hunf, não. – Ian não queria convidar seu vizinho. Não queria a companhia de amigo nenhum.

– Por que não? Faz tempo que você não o recebe aqui em casa.

Ian não queria correr o risco de sua mãe virar a Jackie Maluca na frente de seus amigos.

Ele poderia ir para a casa de Marshall em vez disso, mas aí ficaria preocupado com sua mãe. Seu pai queria que o filho ficasse na casa de Marshall quando ele estivesse fora da cidade. Ele até pediu à sra. Killion para ficar de olho nele. Mas se Ian saísse de casa, não haveria ninguém para cuidar de sua mãe até que seu pai voltasse.

– Marshall está ocupado hoje.

Sua mãe franziu a testa.

– Vocês não estão brigados, não é?

– Não, estamos de boa. Eu não quero que ele venha aqui, só isso.

– Ah. – Ela estudou as mãos, em seguida cruzou os braços, escondendo as unhas malcuidadas.

– Eu não quis dizer que... O que eu quis dizer foi... – Ian esfregou a mão pela cabeleira desgrenhada, baixando os olhos para os pés descalços. – Quero que você venha comigo – disse ele em voz baixa.

Ian podia sentir sua mãe encarando-o, então, ele ergueu a cabeça. Ela sorriu.

– Tudo bem. Eu vou.

Quinze minutos depois, os dois estavam com trajes de sair e caminhando na direção da lagoa dos patos próxima ao limite oeste da propriedade. O ar cheirava a terra fertilizada e grama seca. Um rato-do-campo passou correndo. Ian parou e fez sinal para sua mãe ficar em silêncio.

– Ele vai voltar. – Ian deitou-se na terra, apoiado nos cotovelos com a câmera perto do rosto, e aguardou.

Sua mãe acomodou-se no chão ao lado dele. Em instantes, o rato cinza-amarronzado surgiu debaixo de um arbusto, espiando, e, veloz, tornou a percorrer o caminho, desaparecendo na grama alta. As lâminas das folhas balançaram na luz do sol, denunciando seu trajeto. Eles observaram o rato circular até que o animalzinho passou rápido de novo por eles, folhas de grama e galhos do tamanho de agulhas em sua boca. Ele correu para debaixo do arbusto.

– O que ele está fazendo? – ela sussurrou.

– Consertando sua toca, eu acho.

O rato retornou, parando no caminho para esfregar o nariz. O obturador da câmera disparou. Sua mãe se retraiu e o rato saiu correndo.

– Consegui capturar. – Ian ficou de pé num salto e espanou a terra de sua camiseta e seu shorts.

Eles continuaram andando, passando pelo freixo branco. Sua mãe quebrou um galho. Girou-o nos dedos.

– Você ainda quer ser fotógrafo quando crescer?

Ian queria ser fotógrafo desde o dia em que seu pai lhe comprou sua primeira câmera de verdade em seu quinto aniversário e mostrou como usá-la. Ele também o ensinou a revelar filmes. Ian valorizava muito aquelas horas em que estiveram lado a lado na câmara escura.

– Sim, mas não quero registrar jogos de futebol como meu pai. Quero viajar pelo mundo e tirar fotos de todos que encontrar. – Com exceção de acompanhar o pai em algumas viagens, Ian não tinha viajado para fora de Idaho. – Se pudesse ir a qualquer lugar do mundo, para onde iria? – ele perguntou à mãe.

– Essa é fácil. Paris.

Ian abriu um sorriso.

– Eu também.

– Tenho certeza de que um dia você irá.

– E você? Não vai?

– Adoro estar aqui. – Ela olhou de volta para a casa. – É seguro e tranquilo. Além disso – virou-se para ele –, eu viajo todos os dias.

– Não, não viaja.

– É um tipo especial de viagem.

Ian lançou-lhe um olhar de soslaio.

– É mesmo?

Ela se inclinou e sussurrou em seu ouvido.

– Viajar da poltrona de leitura.

– *Pfff* – Ian zombou. – Isso não é viajar.

– Para mim, é. Eu vou aonde meus personagens vão nos livros que leio.

– Mas isso não é viajar *de verdade*.

Ela apenas sorriu.

– Prometa-me uma coisa, Ian.

– O quê? – Ele tirou foto de uma folha vermelha.

– Prometa que, quando se apaixonar, será tão bom para sua esposa quanto é para mim.

O rosto de Ian se contraiu à menção de uma esposa. Ele gostava de uma garota na escola. Lisa era quieta e meiga, mas ele não tinha coragem de lhe dizer outra coisa senão "Oi". Ele tinha onze anos. Ainda não beijara uma garota, então, por que sua mãe estava falando sobre casamento? Que nojo.

A não ser que...

– Papai é bom para você?

Sua mãe quebrou o galho em dois.

– Eu me lembro da primeira vez que vi seu pai. Eu estava trabalhando no quiosque de lanches do estádio dos Padres. A fila para bebidas era imensa e estávamos enchendo os refrigerantes o mais rápido que podíamos durante o intervalo da sétima entrada. Os Padres perdiam e alguns dos fãs começavam a ficar desordeiros. Estavam barulhentos, rudes e impacientes. Tinha um cara e ele era grande, muito maior do que o seu pai. Ele pediu dois refrigerantes e começou a berrar para que eu me apressasse antes que eu pudesse pegar os copos para enchê-los. Estava um pandemônio atrás do balcão. Volta e meia trombávamos uns com os outros, e foi exatamente isso o que aconteceu. Eu levava os refrigerantes de volta ao balcão de pedidos quando alguém esbarrou no meu braço. As bebidas voaram de minhas mãos e encharcaram o homem que as pediu. Ele ficou tão bravo comigo. – Ela assobiou com a lembrança. – Então, lá estava o seu pai. Ele apareceu do nada. Acalmou o homem falando com jeitinho com ele e tal. Seu pai até pagou pelas bebidas.

– O que você fez?

– Nada. Eu congelei. Não conseguia me mexer. Seu pai teve que pedir as bebidas várias vezes antes que eu percebesse que ele estava falando comigo. Ele deve ter notado como eu estava abalada porque voltou depois do jogo para me ver. Acompanhou-me até meu carro e pediu meu número de telefone.

– Você deu a ele?

– Dei, com certeza. Seu pai foi o primeiro homem que foi legal comigo. Ele me garantiu que sempre me amaria e cuidaria de mim. Queria me manter segura.

Exatamente aquilo que Ian queria fazer por sua mãe. Ele apreciou o fato de ele e seu pai serem iguais nesse aspecto.

– O papai... – Ele se deteve abruptamente e olhou para as mãos. Rolou a tampa da lente entre os dedos.

Sua mãe curvou o dedo e ergueu seu queixo. Ela sorriu gentilmente.

– Papai o quê?

– O papai sabia sobre você... quero dizer... ele sabia sobre Jackie antes de vocês se casarem?

Um corvo crocitou alto ao voar sobre eles. Sua mãe ergueu a vista e olhou em volta. Eles haviam chegado à lagoa.

– Chegamos.

A mãe de Ian sentou-se em um toco de árvore e Ian examinou a borda da lagoa, buscando seu próximo momento Kodak. Localizando um sapo, ele se apoiou nos calcanhares e posicionou a câmera.

Sua mãe aproximou-se amassando o mato ruidosamente e caiu de joelhos ao seu lado.

– Uau! Olhe só esse sapo. Ele é enorme.

O sapo pulou para a água antes que Ian pudesse tirar uma foto.

– Ops. – Ela riu. – Acho que o assustei.

Sem brincadeira. Ian gemeu de irritação.

– Fique quieta. Ele pode voltar.

– Ok – ela sussurrou audivelmente. Sentou-se de pernas cruzadas e puxou um junco. Mastigou a ponta e a girou nos dedos. Enfiou o junco nos cabelos e cutucou repetidamente a cabeça. Então, jogou o junco na lagoa e suspirou dramaticamente. – Isso está chato. Vamos para o riacho.

Ian baixou a câmera para o colo e olhou para sua mãe, que não era mais sua mãe. Sarah não mastigava junco e os enfiava no cabelo. Mas Billy, sim.

Ian achava que Billy era um eterno menino de oito anos, porque agia da maneira que Ian imaginava que um irmão mais novo irritante agiria. Billy se manifestou depois que Jackie abandonou Ian na beira da estrada dois anos antes. Certa vez, Ian ouviu seus pais conversando sobre a consulta de sua mãe com um psiquiatra. O médico argumentou que Billy era a maneira de sua mãe lidar com a culpa pelo incidente na estrada. Sua mente se fragmentou ainda mais e junto veio Billy. Ian percebeu que, quanto menos ele recebia em casa seus amigos, mais frequentemente Billy aparecia, como se sua mãe soubesse em algum nível que Ian precisava de uma companhia.

Ele gostava de passar o tempo na companhia de Billy, exceto nas vezes em que Billy queria ir junto quando Ian e seus amigos iam para a pista de skate. Seria esquisito.

Billy levantou-se rápido e saiu correndo. O sapo retornou. Incrível. Ian tirou uma foto, então, ouviu um grande barulho. Ele ergueu a cabeça na direção do barulho e ficou boquiaberto.

– Billy! O que você está fazendo?

Sua mãe estava no centro da lagoa rasa, com água até os quadris. Ela deslizava os dedos ao longo da superfície da água, cantarolando com a garganta vibrando. Uma melodia cadenciada que Ian não reconheceu, a beleza da melodia em contraste com a imundície da água.

Ian fez uma cara de repulsa. Ele podia ver a espuma suja da lagoa nos antebraços da mãe. Os patos nadavam, comiam e defecavam naquela água. Mesmo ele não se aventurava ali dentro, exceto naquela vez em que Marshall o fez tropeçar. Ian cambaleou para trás, os braços balançando como moinhos de vento, e caiu de costas. Ficou encharcado. O cheiro por si só o fez voltar correndo para a casa para pegar a mangueira.

Mas, apesar da água espessa com musgo, da lama e sabe-se lá mais do quê, sua mãe parecia serena. Bela. Billy fora embora e Sarah retornou. A luz do sol dançava pelas ondulações que ela produzia enquanto avançava suavemente. Cintilava ao longo dos fios brilhantes de seus cabelos. Ela continuou a cantarolar, a cabeça inclinada em direção ao céu e os olhos fechados, um leve sorriso iluminando sua face.

Ian ergueu a câmera até o rosto. Queria lembrar-se de sua mãe assim. Tranquila, não fragmentada. Era dessa forma que ele começava a compreender como sua mente funcionava. Ian apertou o botão do obturador. A câmera disparou e sua mãe estremeceu. Ela estendeu as mãos para o céu, dedos bem separados, e gritou, fumegando.

– Que nojo! – Ela se virou, olhando para a água à sua volta, depois encarou Ian. Sua expressão refletia a aversão que sentira pouco antes. Então, ela viu a câmera. Cerrou os dentes, os lábios puxados para trás, marchou através da água espessa e subiu a margem, parando na frente de Ian.

Água pingava de sua saia encharcada. Seu peito subia e descia, a respiração que partia dela soando como um motor no fundo de sua garganta.

Jackie.

Ian não sabia o que o impulsionara a tirar uma foto naquele momento. A diferença entre Jackie e Sarah um instante antes era espantosa. Ele queria documentar a mudança. Mas sabia que estava brincando com a sorte. O obturador disparou e a câmera voou de suas mãos. Sentiu a bochecha queimar. Ian colocou a mão sobre a forte ardência, seu olhar saltando rápido de sua câmera na terra para Jackie.

– Você acertou a minha câmera.

– Espero tê-la quebrado. – Jackie bateu os pés e gritou. – Eu me sinto nojenta. – Ela torceu a saia. – Que dia é hoje?

Atordoado com o tapa que ela lhe desferira, Ian a encarou, mudo.

Ela agarrou seu braço e Ian sibilou.

– Em que dia estamos? – ela perguntou.

– Vai se foder – ele vociferou, recobrando a voz. Ele aprendera com ela essas palavras. Sarah lavaria sua boca com água e sabão se ficasse sabendo como ele respondeu para Jackie com tamanha insolência.

Jackie o empurrou e correu para a casa.

Ian se apressou de modo desajeitado para recolher a câmera. Soprou a terra das lentes, inspecionou o compartimento do filme e olhou pelo visor. Apertou o botão do obturador e a câmera produziu um clique. Deu um suspiro de alívio. Tudo estava intacto.

Ele se virou para a casa no momento exato em que Jackie abria a porta telada dos fundos. Seus pais não queriam que ele fotografasse Jackie. Persegui-la era perigoso demais. Ela era imprevisível. Ou passava horas zanzando pela casa como um animal enjaulado ou saía para ir Deus sabe onde. Jackie nunca lhe contava. Ela tratava Ian mais como a um irmão do que como a um filho. E Ian estava começando a vê-la como uma irmã malvada que não pensaria duas vezes antes de machucá-lo.

No entanto, se ele pretendia ser um fotojornalista, não podia permitir que o medo o impedisse de ir atrás de seu assunto.

Uma sombra se moveu por trás das cortinas de renda no quarto de seus pais. Jackie estava lá em cima. Ian disparou para a casa e, no segundo em que entrou, vidro se estilhaçou. Ele olhou para o teto. Gavetas bateram e algo pesado caiu no chão. Ele subiu as escadas correndo, subindo dois degraus de cada vez, e parou derrapando em frente ao quarto que Jackie estava vasculhando. Roupas se esparramavam da cômoda de sua mãe como um mingau de aveia fervendo espuma fora da panela. As peças íntimas e camisetas de seu pai amontoavam-se no chão, poças de roupas. As gavetas eram reviradas e jogadas de lado. As roupas sujas de sua mãe estavam em um montinho perto da porta. Jackie trocou-se para uma blusa e jeans.

Ela abriu a porta do armário e empurrou para o lado as camisas do pai e os vestidos da mãe. Apalpou os bolsos das peças.

— O que você está fazendo? — Ian entrou no quarto. Segurou a câmera com força, ancorando-a.

Ela jogou o cabelo por cima do ombro.

— Onde estão as chaves do carro?

— Não sei. — Ian percorreu o aposento com os olhos, assimilando a cena. Em menos de cinco minutos, Jackie havia criado mais confusão do que um tornado passageiro. Ele disparou uma foto.

— Eu juro pra você, moleque, tire mais uma e eu vou estrangulá-lo com a alça da câmera. — Jackie pegou uma caixa de sapatos na prateleira do alto.

Ian se moveu mais para o interior do quarto.

— Você não deveria estar aí.

Jackie sorriu para ele por cima do ombro. Não era um sorriso agradável, e Ian precisou de muita força para não se acovardar. Jackie passou o braço pela prateleira, esvaziando seu conteúdo. Caixas de sapatos e bolsas caíram com um baque, tudo se espalhando pelo chão.

— Pare de fazer bagunça. — Ian pegou uma caixa de sapatos. Jackie a arrancou dele. Ela olhou para dentro e riu.

— Você é um tremendo idiota. — Ela ergueu um molho de chaves e balançou-as na cara de Ian.

O estômago de Ian se revirou. Pelo jeito, eles estavam indo dar um passeio.

Jackie guardou as chaves no bolso.

– Onde seu pai guarda as armas dele?

Ian soltou um ruído estrangulado no fundo da garganta. Ele cambaleou para trás. Jackie agarrou seu pulso.

– Fala. – Ela deu um safanão forte no braço dele.

– Ele... ele não tem armas – respondeu Ian, tentando não mijar nas calças.

– É mesmo? – ela zombou. – Sei que ele tem armas, então não precisa mentir. Onde elas estão?

Ian apertou a mandíbula e travou os joelhos. Ele ainda tremia como um vira-lata assustado e esperava que Jackie não percebesse.

Ela desferiu um tapa em sua têmpora para mostrar quem é que mandava.

– Não seja um merdinha, Ian. Me fala logo.

Ian agarrou a própria cabeça.

– Não.

– Meu Deus, como você é irritante. Tudo bem, tanto faz. – Ela o empurrou para longe. – Onde colocou o meu dinheiro?

– O dinheiro não é seu. – Ian esfregou o pulso. – Aonde você está indo?

– Não te interessa. – Jackie procurou nas bolsas, que se revelaram vazias. – Em que dia estamos? – ela perguntou de novo.

– Por que quer saber?

Ela pegou uma lixa de unha de metal da penteadeira e a segurou contra o pulso.

– Diga-me que dia é hoje ou farei sua preciosa mamãe sangrar por todo o tapete.

– Dez de julho – Ian revelou, temeroso demais para não responder.

– Merda. – Ela descartou a lixa e rodou o aposento, a mão no bolso balançando as chaves. – Ele mudou de novo. Merda, merda, merda. – Ela agarrou os cabelos com força, esticando a pele da testa. – Será que ainda dá tempo? – Ela espiou pelas cortinas da janela. – Ainda está claro. Ok, ok, ok. Tem tempo. Ele virá.

Ian franziu a testa, sem saber o que ouviu.

– Tempo pra quê? Quem vem? Papai?

– Que se dane o seu pai. – Ela se virou à janela e zombou. – Ele está fora da cidade de novo, não está? – Ela cruzou o quarto e confrontou-o, provocando. – Sente falta do seu papai? – ela perguntou com uma voz afetada, como se falasse com um bebê.

Seu pai estava fotografando o jogo dos Padres contra os Cardinals. Sim, Ian sentia falta dele, mas não iria deixar Jackie saber desse segredo. Esperando distraí-la de perguntar sobre seu pai, ele moveu a câmera entre os dois e tirou uma foto. O flash piscou, cegando-a temporariamente.

Jackie voou para cima dele. Ian se esquivou por baixo de seu braço. Ele saltou para a cama e deslizou, aterrissando do outro lado. Mas Jackie não foi atrás dele. Ela saiu correndo do quarto, batendo a porta atrás de si.

Jackie estava levando sua mãe para longe dele.

Ian correu atrás dela, derrapando até parar na varanda da frente. A caminhonete disparou pela entrada de carros, erguendo uma nuvem de poeira.

Mais uma vez, fora deixado sozinho.

Lentamente, arrastando os pés, ele voltou para dentro de casa.

Pelo jeito, comeria cereal no jantar. De novo.

Capítulo 10

AIMEE

Ian e eu estamos casados há mais de cinco anos. Estou acostumada com a forma como ele seleciona cuidadosamente o próximo destino para uma de suas expedições fotográficas. Eu o observei pesquisar meticulosamente a área, sua cultura e os padrões climáticos, os costumes dos nativos. Quando chega lá, ele sabe exatamente que tipo de fotos deseja capturar. Mas essa pressa de chegar à Espanha quando não planejava partir até a semana seguinte não era nem um pouco de seu feitio. Em um momento, ele está falando sobre James; em outro, sobre sua mãe; e, então, me diz que vai partir para a Espanha dentro de três horas. E, de alguma forma, essas três coisas – meu relacionamento com James, Ian buscando um desfecho com Sarah e seu trabalho na *National Geographic* – estão todas conectadas.

Dizer que estou perplexa é um eufemismo.

– O que diz não está fazendo sentido, Ian. Você não pode adiar a Espanha até a próxima semana, como planejara originalmente? Podemos conversar sobre isso primeiro? – Mas seus músculos faciais estão tensos e há uma determinação em sua mandíbula. Seus olhos estão distantes e sei que ele já está no avião com destino à Espanha. – Estou preocupada com você.

– Não fique. Vai ficar tudo bem. Saiba apenas que não há maneira de eu me desculpar o suficiente pela forma como estou tratando você. Vou consertar isso.

– Consertar o quê?

– Eu. Nós. Sei que isso é maluco e repentino, mas tenho um plano para consertar tudo. Para dar um jeito em mim mesmo. Só preciso que confie em mim. Vou ligar para você quando pousar. Te amo.

Ele me beija e me dá um abraço de quebrar as costelas. Então, tem a audácia de ir embora.

Estou paralisada. Não consigo pronunciar as palavras. *Precisamos consertar algo entre nós?* Ele está quase alcançando as escadas quando desperto do meu estupor. Ele não estava brincando. Está mesmo partindo esta noite. E eu não quero que ele vá, não assim.

– Ian, espere!

Corro atrás dele, esquecendo-me de como se move rápido. Eu me esquivo de enfermeiras e visitantes carregando buquês da largura do corredor. Grito seu nome novamente apenas para ter a pesada porta de metal da escada batendo na minha cara. Recuo, abro a porta e olho para baixo. Ian já está dois andares abaixo. Uma porta bate. Ele se foi.

Deixo a escadaria. O elevador ao meu lado apita e as portas se abrem, expulsando um par de avós carregando balões e um Bisonho de pelúcia. Olho para o elevador vazio e pondero sobre o que fazer.

Seja lá pelo que Ian esteja passando, não quero que ele sinta que deve fazer isso sozinho.

– Vi Ian indo embora apressado. Por que tanta afobação dele? – Nádia pergunta, vindo e parando ao meu lado, com o celular na mão.

Distraída, pisco de perplexidade para Nádia.

– Que foi? – As portas do elevador se fecham sem eu entrar.

Eu deveria estar com ele.

Pressiono repetidamente o botão para descer. Números acendem acima da porta. O elevador continua subindo.

– Aonde ele está indo?

Golpeio violentamente o botão com o dedo. Saco.

– Ele está voando para a Espanha.

Nádia termina uma mensagem de texto e a envia. Ela me encara inclinando a cabeça.

– Esta noite? Achei que ele partiria só na próxima semana.

– Ele mudou o voo. – O elevador começa a descer.

– Agora mesmo? Sem chance. Ele não conseguiria um voo internacional esta noite. – Ela verifica a hora em seu telefone. – São seis horas. – Uma mensagem de texto recebido apita. Ela lê e sorri.

– Ele me disse que conseguiu fazer a reserva. – Torço o meu lábio inferior. As portas do elevador se abrem e eu as deixo fechar. Não há a menor chance de detê-lo. Provavelmente está a caminho agora. Acho que vamos conversar quando ele pousar.

Envio uma mensagem de texto para Ian nesse sentido e acrescento um emoji de beijo. Meu telefone mostra uma barra aparecendo e desaparecendo, dependendo da direção para qual estou virada. Espero que ele receba minha mensagem, e vou ficar preocupada com ele até saber que a recebeu.

O desejo de estar com ele, de juntar-me a ele na Espanha, fica mais forte. Mas eu não encontrarei um voo assim tão tarde.

De repente, a expansão do café não parece mais tão importante. Na verdade, meu interesse começou a diminuir muito antes de Ian me confrontar esta tarde. *É isso mesmo que você quer fazer?*

Não, não é. Um sorriso aparece em meu rosto quando penso em como me senti enquanto olhava para os recém-nascidos.

Os dedos de Nádia pairam ligeiros sobre seu celular. Ela envia outra mensagem de texto. Minhas sobrancelhas se unem no centro da minha testa.

– Está recebendo sinal aqui?

– Ele vem e vai.

– Para quem está mandando mensagem?

– Um amigo.

Sorrio com o tom de flerte em sua voz.

– Você está mandando mensagem para um cara. Quem é o sujeito? Está namorando? – Ela não saiu com ninguém desde que terminou com Mark, no ano anterior. Ta aí a definição perfeita de um relacionamento sem futuro. Ele é bem-sucedido e está muito comprometido com sua carreira, o que teria sido admirável se tivesse mostrado o mesmo nível de compromisso para com Nádia. Mas ela não gostou de ficar em segundo plano. Que mulher gosta, em um relacionamento sério?

– Sim, é um cara. Não, não estamos namorando. É relacionado ao trabalho.

– Aimee! Nádia! – Nick Garner corre até nós, sorrindo. Seus cabelos estão arrepiados e sua camisa do emprego como advogado está desabotoada na gola, com as mangas arregaçadas. Uma aba da camisa escapou da cintura da calça de seu terno. – Eu sou pai! De novo! Tenho um menino! Oh, meu Deus, eu tenho um menino. – Ele segura o rosto com as mãos e ri.

– Parabéns! – Nádia e eu dizemos em uníssono. Nick abraça cada uma de nós, levantando-me do chão quando chega minha vez. Pego-me sorrindo que nem boba tanto quanto ele. O homem está mesmo nas nuvens.

Ele gesticula para que o sigamos.

– Kristen está perguntando por vocês. Venham conhecer o bebê Theo.

Depois de arrulhar sobre Theodore Michael por algumas horas e assistir às filhas de Kristen conhecerem seu irmão mais novo – quero muito dar a Caty um irmão –, Nádia e eu deixamos a família Garner desfrutar com privacidade do novo membro da família. Assim que saímos do hospital, nossos telefones emitem um chiado com notificações. Nádia imediatamente busca o seu com avidez.

– Estou pensando em cancelar os meus planos de expansão – digo a Nádia quando paramos na passarela antes de seguirmos caminhos separados. Ela havia perguntado sobre o andamento do projeto no elevador durante a descida, já que eu a contratei para o projeto dos novos pontos.

– É porque você está naquela fase nem um pouco divertida que envolve papelada e financiamento – argumenta ela, realizando simultaneamente várias tarefas ao telefone. Ela digita outra mensagem de texto. – Todo projeto parece tedioso neste momento.

– É mais do que apenas isso. – Olho para além do estacionamento. Tráfego noturno, o zumbido constante dos carros que passam e as buzinadas e sirenes ocasionais, o ruído poluindo a noite. O primeiro indício do outono permeia o ar, a fumaça de lenha e o cheiro de pós-queimada. Folhas secando e maçãs. Meu estômago ronca. Já passou da hora do jantar.

Preciso pegar Caty e encontrar algo para comer. Vai ser tarde da noite e estou acordada desde antes do amanhecer.

— Eu trabalhei na cozinha esta manhã. Estive com minhas mãos afundadas até os pulsos na massa e adorei. Pensei em três novas misturas de bebidas enquanto esperava o café ficar pronto. Bati papo com meus clientes regulares e... e para quem você está enviando mensagens de texto? – quero saber, perguntando-me se ela está me ouvindo. Tento olhar para o telefone dela. Ela inclina o aparelho para longe.

— Eu já disse. Um cliente. – Ela envia a mensagem e enfia o celular debaixo do braço. – O que você estava dizendo?

Dou de ombros, pensando no meu dia.

— Sinto falta de tudo isso.

— Sente falta de quê?

— Você ouviu alguma coisa do que eu disse?

— Humm... massa?

— Sim, isso! – Levo as mãos ao alto, curvando os dedos em frustração. Quero dar uma boa sacudida em Nádia. Quero que ela entenda meu desejo de retornar ao básico. – Tenho saudades de sovar massa e preparar café. As coisas simples. Parece bobagem?

O celular de Nádia apita com uma mensagem.

— Desculpe.

Sinto minhas sobrancelhas se erguerem até o couro cabeludo.

— Fala sério.

— Só um segundo. – Ela me lança um sorriso de desculpas. – O prazo final deste projeto está em cima. – Ela lê a mensagem de texto. Eu também. Não consigo evitar. Ela está parada ao meu lado e seu telefone está bem ali e ela não está escondendo a tela.

> **Vamos nos encontrar para um jantar mais tarde.**

– Quem você vai encontrar para jantar? – Eu me ouço perguntando, enquanto meu olhar desliza para o nome do contato no topo da tela. THOMAS DONATO.

Demora três segundos de silêncio mortal para eu registrar o nome de Thomas e que é para ele que Nádia está enviando mensagens de texto porque não consigo processar o significado disso. Nádia e Thomas. Juntos.

Ela sente o instante em que vejo o nome dele. Seu braço pende ao longo do corpo e sua expressão fica nublada por culpa.

Fico boquiaberta, apontando para o telefone dela.

– Você está trabalhando com Thomas? – soo incrédula. Com o coração partido. Traída pela minha melhor amiga.

– Eu estava pensando em lhe mencionar isso na noite passada, mas...

– Mas o quê? James veio à cidade? Achou que eu estava abalada demais depois de vê-lo para lidar com a notícia de que está trabalhando com o irmão dele?

– Algo assim – Nádia admite em voz baixa, o que é muito contrário à sua natureza. Ela sabe o quanto me magoou.

– O que não entendo é por que concordou em trabalhar com ele, para começo de conversa. Depois de tudo o que ele fez comigo.

– É apenas um trabalho pequeno. Vai estar concluído em duas semanas – ela se defende.

– Você pensou que eu nunca iria descobrir.

Nádia baixa os olhos para o chão.

– Eu nem deveria mencionar o projeto. Assinei um acordo de confidencialidade.

– Como pôde fazer isso?

Nádia abre a boca apenas para voltar a fechá-la e balança a cabeça lentamente. Ela olha além de mim e me dou conta de algo terrível.

– Você gosta dele – digo. Ela já teve uma quedinha por Thomas, mas isso foi no ensino médio.

– Não. Não é nada disso.

— Então, o que é?

Seus lábios se comprimem, finos como papel. Ela guarda o telefone.

— Não posso discutir os detalhes ou por que peguei o projeto. Além disso, duvido que qualquer coisa que eu disser agora vá fazer você compreender.

— Tente. — Meu telefone apita e eu coloco a palma da mão na frente de seu rosto para impedi-la de falar. — Esqueça. Não quero ouvir. Não consigo nem... — Minhas palavras vão sumindo. Preciso de um momento para me recompor. Preciso de Ian.

Olho para o meu telefone e leio uma série de mensagens dele.

> **Estou no voo noturno para o JFK saindo do SFO.**
> **Voo para a Espanha amanhã de manhã.**
> **Aqui estão as informações do meu voo.**

> **Estou no aeroporto**
> **esperando para embarcar.**

> **Embarcando agora no avião.**
> **Você está recebendo minhas mensagens?**

> **Você está brava?**
> **Você está brava.**

> **Sinto muito, Aimee, amor. O momento é péssimo,**
> **mas eu tenho que fazer isso. Estou farto dessa coisa**
> **me angustiando. Pode me perdoar?**

> **Vou ligar quando pousar. Eu te amo.**
> **Bons sonhos, meu amor.**

Fico arrasada. Eu não deveria ter dado ouvidos a Nádia. Eu deveria ter entrado naquele elevador. Eu deveria ter ligado para ele. Ian partiu e eu nem tive a chance de dizer adeus.

— Não posso lidar com você agora — digo a ela e me afasto, indo embora.

— Para onde está indo?

— Espanha — grito por cima do ombro. Então, mostro o dedo médio para ela.

Capítulo 11

AIMEE

Já passa da meia-noite quando chego em casa com Caty. Minha mãe ofereceu o jantar quando eu disse a ela que não tinha me alimentado e, enquanto comia, meu pai comentou que Ian havia aparecido a caminho do aeroporto para se despedir de Caty.

— Papai vai ver os pôneis de novo — disse Caty, sentando-se na cadeira ao meu lado com uma tigela de sorvete. Já passava das nove da noite, no dia seguinte ela teria escola. Lancei para minha mãe um olhar acusatório. Ela encolheu os ombros e devolveu o pote ao freezer.

— Ele vai tirar algumas fotos para mim. — Caty mergulhou a colher no sorvete de creme com massa de biscoito e flocos sabor chocolate.

— Mal posso esperar para vê-las — eu lhe disse, desejando ter insistido para que Ian me mostrasse as que ele havia tirado no verão anterior.

Quando terminei de comer, Caty já havia adormecido no sofá. Eu não podia ligar para Ian, pois ele não deveria pousar até dali várias horas e, a essa altura, já estarei no sétimo sono. Não teremos chance de conversar até a manhã antes do segundo trecho de seu voo, então, eu permaneci e conversei com meus pais sobre os prós e contras da expansão do café. Eles passaram décadas trabalhando na indústria de restaurantes e eu valorizava seus conselhos, mesmo que não fosse nada que eu já não tivesse ouvido. Quais eram as minhas prioridades?

Família, obviamente. Porém, o que é mais importante, eles me disseram para fazer o que eu amo, não o que eu achava que precisava fazer.

Humm. Isso soa familiar.

Caty se mexe em meus braços quando fecho e tranco a porta da frente. Eu a deixo deslizar por mim e ficar de pé, onde fica cabeceando de cansaço. Com as mãos em seus ombros, conduzo-a pela casa até seu quarto. Ela troca de roupa, vestindo o pijama no piloto automático, e rasteja para cima da cama, desabando nos travesseiros. Beijo sua testa e volto para a porta de entrada, onde deixei minha bolsa. Preciso carregar meu celular. Também quero responder às mensagens de Ian com uma minha.

> **Estou preocupada com você. Saudades.**
> **Me ligue quando pousar. Tudo bem me acordar.**

Pego os recibos que Ian deixou espalhados sobre a mesa, coloco algumas moedas que não haviam caído dentro no prato de troco e retiro o cartão de visita que não pertence àquele lugar, acrescentando-o aos recibos que eu deixaria na escrivaninha de Ian. O nome no cartão chama minha atenção e quase o deixo cair.

LACY SAUNDERS

Uma enxurrada de lembranças me invade. Elas me bombardeiam de uma só vez. Lacy me encontrando no funeral de James para me dizer que ele estava vivo. Sua aparição repentina na porta da minha casa com a carteira que eu não percebi que deixara cair. Seu comparecimento de surpresa na inauguração do café apenas para sumir antes de falar comigo. A pintura de James que ela enviou do México junto com a nota manuscrita que mudou tudo.

Aqui está sua prova... Venha para Oaxaca.

Posso ter voado para o México para encontrar James, mas foi nos braços de Ian que eu pousei.

Ian.

Onde ele arranjou isso?

Largando tudo, menos o meu telefone e o cartão de Lacy, vou para a outra sala e afundo no sofá de couro. Apenas um nome me vem à cabeça.

James.

Preciso conversar com seu marido. Você se importaria se eu entrasse em contato com ele?

Fico girando o telefone nas mãos, pensando no dia anterior. James me ligou na linha principal do café. Eu não esperava que ele voltasse a me contatar, muito menos vê-lo. Eu não queria vê-lo. Mas sua voz carregava um toque de desespero que eu achei difícil ignorar. Ele tinha algumas coisas que precisavam ser ditas. Coisas importantes, demoradas e há muito postergadas que eu merecia ouvir dele. Ele queria me encontrar cara a cara, presumindo que eu estivesse bem com isso.

Na verdade, não estava, mas digamos que eu seja curiosa. Encontrei-me com ele mesmo assim em um café em Palo Alto. Ele estava visitando amigos da faculdade do período que cursara Stanford – amigos que pensavam que ele tinha morrido, acrescentou com uma risada curta – e estava hospedado em um hotel próximo.

– A cafeteria é um território neutro – argumentou James com um tom de vulnerabilidade que eu nunca tinha ouvido nele antes. Era um lugar que nunca havíamos frequentado juntos. Não havia risco de despertar antigas lembranças.

Mas elas despertaram, não teve jeito.

Só de estar na presença de James, mesmo na outra extremidade do café, foi o suficiente para abrir a velha ferida. Parei na entrada e esperei que a dor familiar que se manifestava sempre que eu pensava em James se apoderasse de mim. A sensação veio, mas parecia mais amortecida, mais branda, e não surgiu do desejo de que as coisas pudessem ter terminado de forma diferente entre nós. Nunca terminou. A dor apertando meu peito e prendendo a minha respiração provinha da antiga mágoa pela maneira como terminamos. Os segredos, as mentiras, a traição. E, finalmente, meu perdão.

Respirei de maneira meditativa e a sensação desapareceu quase tão rápido quanto surgiu. Ao contrário da vez que vi James no início do verão, estava determinada a permanecer no controle.

Caminhei em sua direção. Ele se levantou quando me aproximei, até puxou minha cadeira. Percebi que, quando fez isso, ele manteve distância. Também não tentou me abraçar antes de eu me sentar.

– Posso pedir algo a você? Fiz o meu pedido quando cheguei aqui. – Ele apontou para o seu café quando retornou ao lugar.

Olhei para o líquido turvo.

– Não é preto sem creme.

– Não, não é. – Um canto de sua boca se ergueu em um meio-sorriso. – Agora tomo com creme e coco.

– Kauai está influenciando você.

Ele bateu no peito.

– Este velho cachorro pode aprender truques novos.

– Sim, bem, todos nós mudamos.

James franziu ligeiramente a testa. Eu desviei o olhar. Não quis parecer sarcástica. Simplesmente escapou dessa maneira. Inspirando profundamente, levei um momento para me recompor. *Mantenha o controle de suas emoções, Aimee.*

Eu não estava apaixonada por James, mas sentar diante dele me lembrou de como era estar apaixonada por ele. Lembrou-me da pessoa que eu costumava ser com ele. Ingênua, tímida e imatura.

Tínhamos muita história juntos. Ele foi a minha infância.

Mas não era o meu futuro, e levei meses e muita terapia para aceitar minha própria inépcia durante meu relacionamento com ele. Eu estava tão deprimida comigo mesma.

A meu convite, Ian compareceu a algumas de minhas sessões de terapia comigo. Ele segurou minha mão e ouviu atentamente enquanto eu explicava como eu não queria voltar a ser aquela mulher – uma mulher com antolhos e ouvidos tapados para a realidade – enquanto eu estava em um relacionamento com ele. Ian me abraçou e se apaixonou mais profundamente por mim enquanto eu reaprendia a me amar.

Desculpei-me com James.

– O que eu estava tentando dizer é...

Ele ergueu a mão.

– Não se preocupe com isso. Eu entendo. – Ele apontou para sua caneca. – Posso pedir um café para você?

Estudei o cardápio na parede. As opções eram sem graça e comuns em comparação com o Aimee's Café.

– Não, obrigada. Já tive a minha cota hoje.

– É mesmo. Você tem um suprimento ilimitado ao seu alcance. – James apoiou-se nos antebraços e examinou o conteúdo de sua caneca. – Nunca tive a oportunidade de lhe dizer isso, mas estou orgulhoso de você. – Ele ergueu seu olhar para o meu. – Por abrir seu próprio restaurante.

Concordo com a cabeça, absorvendo o elogio. Foi James quem me encorajou, mas, na época, eu estava com medo de me aventurar por conta própria.

– Obrigada – eu disse. – Isso significa muito para mim. Você reparou no meu logotipo?

– Reparei. Aquele foi um esboço rápido. Eu não quis... – Ele parou abruptamente e tomou um longo gole de café. Pousou a caneca, sua expressão tornando-se triste e arrependida. James estava com pressa de partir para o México. – Posso desenhar um logotipo melhor para você.

– Gosto do que tenho. – Eu não quis modificá-lo. O logotipo com a xícara de café e o redemoinho de vapor representavam tudo o que passei para chegar onde estava hoje. Desde tomar a decisão de trabalhar por conta própria até abrir os locais adicionais. Se eu os abrisse.

Mas havia algo que eu deveria mudar no estabelecimento de Los Gatos.

– Estou pensando em tirar suas pinturas. Você as quer?

Ele balançou a cabeça.

– Fique com elas. São suas.

– Não posso.

Suas sobrancelhas se ergueram.

– Não pode ou não quer?

– Ambos. – Eu tinha que fazer mais do que apenas dizer a Ian que eu havia superado James.

Ele sorriu.

– Mande-as para minha mãe.

– Sua mãe? Ela odiava suas pinturas.

– Por que você acha que eu disse para enviá-las para ela?

Eu ri, balançando a cabeça.

– Você é terrível.

– Acredita que ela costumava ser uma artista?

– Não acredito.

– Ela era. É.

– Ela pinta?

James assentiu.

– Não consigo imaginar isso. – Mas seu talento deve ter sido herdado de alguém.

– Também não consegui no início. – Seu olhar ficou pensativo, mas ele não elaborou. Eu sabia que havia uma história ali em algum lugar, mas não era para os meus ouvidos. Não naquele dia.

– Você quer mesmo que eu as envie para ela? – perguntei, só para confirmar.

– Não, estou brincando. Embale-as e envie-as para mim para cobrança na entrega. – Ele pegou seu telefone. – Qual é o seu número? Vou mandar uma mensagem de texto com o meu endereço.

Eu hesitei. Será que eu queria que James tivesse acesso direto a mim? Eu queria isso com ele?

Vê se cresce, Aimee, repreendi a mim mesma silenciosamente. Eu bloquearia seu número caso ele me enviasse uma mensagem sobre qualquer outra coisa que não estivesse relacionada ao envio de suas pinturas.

– Deixe-me ver seu telefone. – Ele me entregou seu aparelho e eu adicionei meu número de celular ao meu contato. James tinha o número do café. Devolvi o telefone e ele imediatamente mandou uma mensagem. Meu aparelho apitou.

– Avise-me quando você as enviar. – Ele depositou o telefone virado para baixo sobre a mesa. – Você está com uma aparência boa. Cortou o cabelo.

Toquei distraidamente uma mecha na lateral da minha cabeça.

– Você quer mesmo fazer isso? Ficar de conversa-fiada?

Ele balançou a cabeça uma vez.

– Não.

– Por que me chamou aqui?

– Responder isso não é fácil pra mim. – Ele esfregou a ponte do nariz e deixou o braço cair de volta na mesa. – Quero me desculpar pela maneira que agi no ano passado... depois que...

– Depois que Phil tentou me estuprar? – concluí, mantendo meu tom de voz inalterado.

– É. Isso.

Engoli o nó que se formou na minha garganta e olhei momentaneamente pela janela. Estávamos em um shopping lotado em frente ao *campus* de Stanford. A escola ao lado havia acabado de liberar os alunos. Uma fila no balcão de pedidos crescia constantemente enquanto conversávamos.

Phil tinha me atacado pouco depois de James me pedir em casamento. Foi a maneira que encontrou de se vingar de James por sua expulsão dos negócios da família Donato. Atordoada, assustada e desmoralizada, concordei com o apelo de James para não dizer uma palavra sobre o ocorrido com Phil. De acordo com James, algo grande estava acontecendo nas Empresas Donato que envolvia Phil e, como eu soube mais tarde, o DEA.

Pensei no último mês de junho.

– Você se desculpou e eu o perdoei.

– Quero explicar por que fiz o que fiz.

– Você não precisa.

– Por favor. Deixe-me dizer isso – ele pediu, sua voz áspera como uma casca seca.

Eu não devia nada a James, mas se ele queria um desfecho, o mínimo que eu podia fazer era dar isso a ele.

Concordei devagar com a cabeça.

James pigarreou atrás do punho e se preparou.

– Phil estava usando as Empresas Donato como fachada para lavagem de dinheiro em negócios. Eu não sabia que Thomas estava trabalhando com o DEA ou que os federais estavam atrás do intermediador de Phil, não apenas de Phil. Eu não tive acesso a essas informações – acrescentou ele, de forma desdenhosa. – Eu acreditava que se você tivesse prestado queixa contra Phil, ele teria fugido. E se os federais não conseguissem pegar Phil, eles teriam ido atrás das Empresas Donato. A companhia teria de abrir mão de seus ativos e muito provavelmente abrir falência. – Se isso tivesse acontecido, eu não teria dinheiro para abrir minha galeria ou para ajudá-la a concretizar o Aimee's Café, que era algo que eu realmente queria fazer. Não teria nenhum dinheiro sobrando para dar a você a vida que eu queria lhe dar. Eu achei que iria perder tudo. Achei que iria perder você.

– James. – Senti-me condoída dele e de tudo o que ele havia perdido. Pois, no fim, seu erro custou-lhe tudo. Ele perdeu a vida que tinha. Ele perdeu a mim.

James recostou-se na cadeira e suas mãos caíram em seu colo.

– Às vezes, acho que você deveria prestar queixa contra mim.

– Por que eu faria isso?

– Porque eu insisti para você fingir que aquilo nunca aconteceu.

Eu tinha fingido, por mais de dois anos, até que encontrei James como Carlos e reconheci o quanto me machuquei. Nós dois nos machucamos. E James já tinha sofrido o bastante.

– James, não. Eu não vou fazer isso com você. Precisamos seguir em frente. E seus filhos precisam de você.

Flagrei o brilho de umidade nos cantos de seus olhos.

– Sim, precisam. Obrigado pela compreensão.

Pousei minha mão sobre a dele e assumi uma expressão séria para que ele entendesse que eu estava sendo sincera em cada uma de minhas palavras.

– Não vou prestar queixa. Eu perdoo você. Agora, perdoe a si mesmo. Não tem problema seguir em frente.

– Estou tentando. Mas, Aimee, quanto a Phil.

Meu sangue gelou.

– Não quero falar sobre ele.

– Nem eu. Mas se você quiser prestar queixa, vou ajudá-la. Use-me como testemunha.

Balancei a cabeça enfaticamente.

– Não vou prestar queixa. Não quero convidar sua família de volta para a minha vida. Não quero ter nenhuma relação com eles.

– Incluindo eu.

– James...

Ele ergueu as mãos.

– Não, você está certa. É melhor assim. – Então, sorriu, o primeiro sorriso genuíno que vi nele desde que partiu para o México antes do nosso casamento. Minha garganta se apertou de emoção.

– Conheci uma pessoa. Eu a conheci no período em que fui Carlos, mas passei a conhecê-la como eu mesmo. O nome dela é Natalya. Estou me apaixonando por ela.

Eu estaria mentindo se dissesse que suas palavras não doeram. Mas a felicidade que senti por ele foi mais forte. Eu o parabenizei; depois, conversamos sobre seus filhos e como Carlos foi parar no México. Ele explicou que Thomas o havia escondido ao colocá-lo no programa de proteção a testemunhas daquele país. Então, chegou a hora de dizer adeus e, desta vez, James realmente me abraçou. Ele disse para eu me cuidar e eu desejei o mesmo a ele. Virei-me para ir embora, mas ele chamou meu nome.

– Preciso conversar com o seu marido. Você se importaria se eu entrasse em contato com ele?

Não respondi porque o peso da nossa conversa estava começando a me atingir. Mas ele obviamente havia conversado com Ian esta tarde, pensei, segurando o cartão de Lacy. E Ian não mencionara isso.

Lidarei com meu marido sobre isso mais tarde.

Mando uma mensagem de texto para James.

> **Você se encontrou com Ian.**
> **Onde conseguiu o cartão de Lacy?**

É tarde, quase meia-noite e meia. Não tenho ideia se ele já voltou ao Havaí ou ainda está na Califórnia. Não me importo. Envio a mensagem, sem esperar uma resposta até que seja de manhã. Jogo o telefone de lado e começo a me levantar quando o aparelho apita.

> **Ele não te contou?**

Não, não contou. Mas não vou dizer isso a James.

Outra mensagem de texto chega.

> **Lacy me deu o cartão.**

Ele conheceu Lacy? Meus polegares golpeiam agilmente o teclado.

> **Quando? Onde? O que ela queria?**

> **Mês passado. Ela me encontrou**
> **em uma praia em Kauai.**

Meu corpo parece duro, como se estivesse no congelador. Tremo. Ok, isso é assustador.

> Ela disse que eu conhecia alguém que precisava do cartão dela. Que ele estava a procurando. Não contei para você porque não queria deixá-la ainda mais desconfortável do que nossa conversa de ontem deixou.

Não faço ideia de como James deduziu que Lacy queria que ele entregasse o cartão dela para Ian, mas aqui estamos nós. Lacy está de volta e há uma boa chance que ela tenha informações sobre Sarah, o que explica o interesse renovado de Ian em encontrar sua mãe.

Droga, Ian, por que não me contou?

Chega outra mensagem de texto.

> Aimee?

> Sim?

> Boa noite.

Eu o deixo ter a última palavra. Apesar da hora, ligo para o número de Lacy. Toca uma vez antes de uma gravação responder: "O número que você discou...".

Encerro a ligação, nem um pouco surpresa. Ian também não teria conseguido contatá-la. O número no cartão tem mais de um mês. Nunca saberemos que informações ela tem sobre Sarah ou como ela pode ajudar Ian a encontrar sua mãe.

Mas conheço uma pessoa que talvez seja capaz. Que Deus me ajude.

Capítulo 12

IAN, ONZE ANOS

Ian pode ter comido cereal como jantar, mas ele não passou a noite inteira sozinho. Sua mãe retornou por volta das duas da manhã. Ele sabia que horas eram porque estava acordado, sempre atento aos números em seu relógio digital até ouvir o barulho do cascalho. Faróis iluminaram seu quarto quando a perua parou em frente ao anexo da garagem. O motor desligou e seu quarto voltou a ficar escuro. As chaves chacoalharam e a porta da frente se abriu. Poucos segundos depois, o último degrau da escada rangeu e foi isso. Ele não ouviu mais nada. Ian afrouxou a pressão nos lençóis que estava segurando apertado. O ar foi expelido dos pulmões cheios ao máximo.

Sarah tinha retornado para casa, não Jackie.

Sua mãe tinha consideração. Ela retirava os sapatos e caminhava silenciosamente pela casa enquanto os outros dormiam. Jackie não estaria nem aí para os outros. Ela bateria portas e armários. Subiria as escadas batendo os pés como um cavalo, cantando a plenos pulmões "Jack & Diane" de John Cougar Mellencamp. Ela cantava horrivelmente. Uma galinha estridente.

Ian se enroscou de lado, de frente para a parede. Roupas farfalharam do lado de fora do quarto. A pele em suas costas se contraiu. Podia sentir sua mãe olhando para ele, verificando se ele estava lá. Jackie teria continuado andando, passando por sua porta e indo direto para o quarto de seus pais.

Ela se jogaria na cama de bruços em uma posição de estrela-do-mar, um braço e uma perna dependurados pela beirada. Ela não ousaria deixar seu pai dividir a cama se ele estivesse em casa. O pai de Ian dormia no sofá de couro surrado em seu estúdio quando Jackie estava por perto.

Ian fingiu dormir. Embora aliviado por sua mãe ter voltado para casa, ele ainda estava abalado. Jackie queria a arma de seu pai. Ian ligou para o pai assim que Jackie partiu. Seu pai ordenou que ele saísse de casa. Mas e se a mãe dele retornasse e não o encontrasse lá? Ian não queria preocupá-la, então, permaneceu. Seu pai ficaria furioso e Ian esperava que ele ficasse de castigo neste fim de semana. Ele havia ligado para Marshall mais cedo e cancelado seus planos de irem ao cinema. Assistiria a *Jurassic Park* na semana seguinte.

Ian ouviu sua mãe encostar a porta. Seu corpo foi ficando pesado e ele começou a pegar no sono. Estava exausto. Passara a maior parte do dia e boa parte da noite arrumando a bagunça que Jackie fizera. Sarah ficaria triste se visse o estado de seu quarto e Ian não queria que ela se sentisse assim. Ela passaria o restante do dia na cama. Atrasaria seus prazos de bordado e perderia clientes. Se ela deixasse de ter encomendas, seu pai precisaria pegar mais trabalhos. Ele ficaria ausente com mais frequência do que já ficava, e Ian estava cansado de fazer tudo sozinho. Ele estava sempre sozinho.

– Ian – sua mãe chamou de seu quarto no fim da manhã seguinte. – Poderia vir me ajudar?

Ian jogou de lado a revista *Popular Photography* de seu pai e encarou o teto acima de sua cama. Seu coração disparou como uma lebre em seu peito. O dia anterior tinha sido difícil.

– Ian, venha aqui. Preciso de ajuda.

Ele engoliu o nó na garganta e balançou as pernas para o lado. Empurrando-se para fora da cama, caminhou com lentidão pelo corredor.

– Ian – insistiu sua mãe, com mais impaciência.

Ele parou na porta e agarrou o batente. O quarto dos pais cheirava a loja de departamentos. Jackie quebrara um frasco de perfume e encharcara o tapete trançado durante sua busca ensandecida pelas chaves do carro e por dinheiro no dia anterior. Ele recolhera os cacos de vidro, mas não conseguira tirar o cheiro.

Sua mãe estava sentada diante da penteadeira, de costas para ele e com o zíper do vestido parcialmente fechado. Ela tampou uma caneta e dobrou um pedaço de papel, que depositou na gaveta superior do centro da penteadeira.

– O que você quer? – Ian perguntou em um tom relutante.

Ela olhou por cima do ombro e sorriu de leve.

– Aí está você. Meu cabelo está preso. – Ela apontou para o zíper traseiro.

Ian entrou no quarto e posicionou-se atrás da mãe. Cosméticos, pincéis de maquiagem e grampos de cabelo atulhavam o móvel. Outra bagunça que Jackie havia deixado. Ele havia se esquecido de arrumar, estava tão cansado.

Sua mãe pendurou seus longos cabelos castanho-claros sobre um dos ombros e apontou para o emaranhado preso no zíper.

– Pode soltar meu cabelo?

Ele olhou para a mãe no espelho e fez o possível para distinguir as feições dela das de Jackie. Sarah sorria mais. Jackie fazia caras feias. Seu olhar encontrou o de sua mãe, cuja boca se curvou em uma lua crescente. Ela sussurrou um agradecimento. Ele assentiu e começou a soltar com cuidado o cabelo emaranhado nos dentes do zíper.

– Seus dedos estão frios – comentou ela, com uma risada baixa, e estremeceu.

– Desculpe. – Ele franziu o cenho. O zíper não saía do lugar, então, ele partiu os fios, um por um, tentando não se deixar incomodar por isso. Ele gostava dos cabelos de sua mãe, de um tom mais claro do que os dele. Ela os escovava todas as noites antes de dormir até que brilhassem. Jackie gostava de desfiar os cabelos, como explicou certa vez quando ele teve coragem de perguntar. Dava uma levantada. *Volume.*

Ian lembrou-se da palavra que Jackie havia usado. Jackie odiava o cabelo de Sarah. Dizia que era lambido e sem graça. Cabelo de menina pobre.

Do lado de fora da janela aberta, ele ouviu seu pai conversando com o sr. Lansbury sobre o arrendamento de sua terra e a safra da estação. A produção estava baixa e o sr. Lansbury precisava de mais duas semanas para fazer o pagamento. O pai de Ian não gostou.

Ian sentiu sua mãe observando-o.

– Fiz isso com você? – ela sussurrou de uma forma que lhe dizia que ela já sabia a resposta.

Ian se olhou no espelho. O hematoma em sua bochecha de quando Jackie arrancara a câmera de suas mãos tinha aumentado e ficado vermelho, pior do que estivera na noite anterior.

– Não foi você – respondeu Ian. Seus olhos baixaram para as discretas sombras ovais no pulso dela. Ele gentilmente tocou uma.

Ela puxou o braço para longe.

– Vão desaparecer – ela murmurou, organizando seus cosméticos. Ocupou-se deles, nervosa. Amassou um pedaço de papel, jogando-o no cesto de lixo, onde aterrissou ao lado dos comprimidos que seu psiquiatra havia prescrito. Ian esticou o braço para apanhar o pequeno recipiente de plástico.

– Deixe-os aí – disse sua mãe. – Fazem meu estômago embrulhar.

– Mas eles não vão ajudar?

Sua mãe balançou a cabeça.

Ian endireitou-se devagar, desejando que houvesse um medicamento que fizesse Jackie ir embora, e voltou a trabalhar no zíper.

– O que aconteceu ontem? – perguntou Sarah.

Ele sabia que sua mãe não gostava de ouvir as respostas, mas ela se forçava a fazer as perguntas. E Ian sempre lhe contava, não importava quão desconfortável os eventos o deixassem.

– Jackie arrancou a câmera das minhas mãos.

– A mim parece que eu... que *ela*... errou.

Ian deu de ombros. Ele lutava com o zíper.

– Ian – disse sua mãe após um momento –, sinto muito.

– Não é culpa sua. Está tudo bem.

– Não, não está. – Ela balançou a cabeça, puxando o cabelo preso.

– Não se mexa. – Ian finalmente desenroscou o emaranhado e soltou o zíper. Ele pediu o pente e, enquanto trabalhava nos cabelos embaraçados, sua mãe chorou silenciosamente. As lágrimas brilharam em sua bochecha como trilhas de caracol no concreto. Testemunhá-las fez os olhos de Ian arderem. Ele manteve o foco nos cabelos de sua mãe para que não tivesse de encará-la no espelho. Sua mão acompanhou o pente ao longo das costas a cada passada até que seus cabelos reluzissem.

Ian devolveu-lhe o pente.

– Prontinho.

Ela puxou um lenço de papel. Enxugou os olhos e assoou o nariz.

– Você fotografou Jackie?

Ian rolou os lábios para dentro e assentiu.

– Ian – ela lamentou –, foi por isso que ela machucou você. Já te disse, ela é perigosa. Por que continua a se colocar em risco?

Ele pegou o pó compacto da mãe. Abriu e fechou o estojo antes de devolvê-lo.

– Pois bem – disse ela, resignada. Ela depositou um lápis de sobrancelha em um jarro de vidro junto com delineadores labiais e tubos de rímel. – Já revelou as fotos?

Ian assentiu.

Ela girou na cadeira e alisou a saia no colo.

– Me mostre.

Ela não iria gostar delas. Nunca gostava.

Ian foi pegar em seu quarto as fotos que havia revelado no quarto escuro de seu pai no dia anterior, após Jackie ter partido. Ele as entregou para a mãe.

Ela fechou os olhos e respirou fundo. Então, baixou o queixo e estudou a imagem do topo, Jackie vasculhando o quarto principal. A mãe de Ian aprendera a manter escondidos seu documento de identidade, cartões de crédito e cartões de saque em caixas eletrônicos. Jackie já havia esvaziado a conta bancária deles uma vez antes.

— Ela está procurando dinheiro de novo — supôs ela.

— Sim e... — Ian agarrou o ombro e mudou o pé de apoio, desconfortável. Ela ergueu a cabeça.

— E o quê?

Ele ficou puxando a barra da camiseta, hesitante.

— Ian. Diga-me.

— Ela queria... ela queria uma arma.

O rosto dela empalideceu.

— Jesus. — As fotos tremeram em suas mãos. Ela passou para a próxima imagem, um close do rosto de Jackie, ela berrando esganiçada com ele, *Vou estrangulá-lo com a alça da câmera!*

Ela correu os olhos pelas duas seguintes. Jackie entrando no carro e depois indo embora.

— Eu queria ter tirado mais fotos.

— Fico feliz que não tenha tirado. — Ela enxugou o nariz. — Eu daria qualquer coisa para mantê-lo seguro de mim — murmurou.

— Estou a salvo de você. É a Jackie. Ela é má, não você, mãe.

— Eu sei, querido. — Ela segurou a bochecha de Ian com a mão em concha. — O que eu fiz para merecer você? Você é bom demais para mim.

— Eu te amo. — Ele puxou a camisa um pouco mais, esticando o tecido. — Queria que papai estivesse em casa com mais frequência. — Ele sempre sabia o que fazer quando Jackie surgia. O que ele não sabia era com que frequência Jackie dava as caras, e ultimamente essas manifestações estavam se tornando mais frequentes.

Certa vez, Ian ouviu seu pai sugerir à mãe que a internassem em um hospital, caso suas transições se tornassem mais violentas. Mas Ian não queria perdê-la e acreditava que sua mãe também não desejava ir embora, porque não gostou da ideia de seu pai sobre o hospital. Além disso, Ian estaria sozinho, já que Stu não podia parar de trabalhar. Então, Ian assumiu ele próprio a responsabilidade de cuidar da mãe. Afinal de contas, seu pai já não estava fazendo um ótimo trabalho mesmo.

Sua mãe lhe devolveu as fotos.

– Guarde-as com as outras em seu esconderijo especial. – Um lugar que ele jurou jamais mostrar a ela ou a Jackie. Porque, um dia, aquelas fotos poderiam ser úteis.

Capítulo 13

iAN

Eu tinha vinte e dois anos e acabara de me formar com bacharelado em fotojornalismo quando minha mãe foi liberada do Centro Correcional Feminino Florence McClure, em Las Vegas, Nevada. Ela cumpriu sua sentença sem incidentes. Era uma mulher livre. Ela imediatamente desapareceu do mapa.

Esperando ver minha mãe pela primeira vez em nove anos antes que meus pais voltassem para Idaho e antes que eu soubesse que ela havia desaparecido, encontrei-me com meu pai em seu quarto de hotel no Mirage em Vegas, onde ele me contou que ela tinha ido embora.

– Aguardei por mais de uma hora para ela aparecer. Esperava vê-la no vestido com estampa florida e sapatilhas de couro azul que escolhi e enviei para ela pelo correio – explicou ele em uma voz rouca e rude. – Eles me disseram para buscá-la às duas. Duas da tarde, juro por Deus que foi isso que me disseram. Mas não. – Ele arrastou a palavra, seu rosto endurecendo. – Ela saiu à uma. Ela já tinha ido embora quando eu cheguei.

Em pânico, ele encheu de perguntas o agente de segurança. Ela pegou um táxi? Foi andando? Foi embora com outra pessoa, outro homem? Por favor, não diga que ela se apaixonou por outra pessoa.

Ela não disse, mas o agente de segurança sugeriu que meu pai fosse ao terminal de ônibus. Não era incomum que um policial desse carona a um preso recém-libertado, caso este solicitasse um meio de transporte.

Ele poderia dar sorte e encontrá-la lá se ainda não tivesse partido para onde pretendia ir.

Meu pai não deu sorte. E, na minha opinião, ele não procurou exaustivamente o bastante. Ligar para as empresas de táxi. Verificar os aeroportos. Telefonar para todos os números de reserva de hotel na cidade.

– Faça alguma coisa! – gritei com ele. Ela poderia ter ido a qualquer lugar. Poderia estar em qualquer lugar.

– A mensagem da sua mãe é bem clara. Ela não quer ficar conosco – disse meu pai com a boca próxima ao seu copo de uísque aguado, o cubo de gelo solitário há muito derretido. Ele inclinou a cabeça para trás e deu um gole generoso.

– É isso, então? – questionei em total descrença. – Você está desistindo? – Não apenas de procurá-la. Ele estava desistindo *dela*.

Eu não estava pronto para fazer isso.

– Estou dando a ela o que ela quer! – Meu pai bateu a mão no tampo da mesa. O copo sacudiu. Bitucas de cigarro pularam no cinzeiro sujo. Um fio de fumaça fantasmagórico elevou-se da extremidade de seu cigarro aceso, pairando entre nós como uma aparição na noite. Ele pegou o cigarro e deu uma longa e profunda tragada.

– Eu não fiz nada além de dar a ela o que ela quer – disse ele ao exalar. A fumaça circundou sua cabeça. Preencheu o aposento. – E o que ela quer não somos nós.

– Não me vem com essa. – Golpeei seu copo de uísque. Ele ricocheteou na parede, deixando uma marca. O líquido atingiu a TV e a cômoda, sujando o carpete. O cheiro turfoso de desinfetante e caneta hidrográfica do álcool recendeu à nossa volta. – Se você não vai procurá-la, eu vou. Vou encontrá-la.

Meu pai manteve seu olhar fixo no meu por vários tique-taques do meu relógio. Ele baixou o queixo e encarou a mesa onde estava sentado com uma expressão vaga. Bateu as cinzas.

– Ela não te ama. Eu não perderia meu tempo com ela.

Faria isso pelo simples fato de ela ser a minha mãe. Eu precisava saber que ela estava bem. Que estava estável física e mentalmente. Será que isso era mesmo possível?

Meu pai correu os dedos pelos cabelos, engordurados pela oleosidade natural de sua pele. Ele ergueu o rosto para me olhar com os olhos vermelhos de cansaço e eu imaginava seu próprio fracasso como marido. A barba grisalha salpicava sua mandíbula.

– Você está procurando sarna para se coçar e vai acabar magoado, Ian.

– Isso é problema meu. – Saí do quarto. Exceto quando liguei para informá-lo de que estava me casando, foi a última vez que falei com ele.

Seis meses depois de Vegas, eu já havia trabalhado como freelancer o suficiente para contratar Harry Sykes, um investigador particular que encontrei nas páginas amarelas de Las Vegas. Eu me mudaria para a França em um mês e queria encontrar minha mãe antes de partir. Não tive sorte procurando por conta própria. Harry disparou uma série de perguntas sobre as informações pessoais e antecedentes de Sarah, suas amizades conhecidas e locais de residência. Respondi a cada uma com uma resposta decidida. Eu já a conheci melhor. Em seguida, discutimos os eventos que levaram à sua prisão e condenação.

– As transcrições do tribunal são de registro público. Você leu as dela? – Harry perguntou.

– Não – admiti. Eu tinha apenas catorze anos na época de seu julgamento. Exceto quando testemunhei, meu pai não me permitiu participar.

– Vou solicitá-las para análise. Pode haver algo lá que indique para onde ela poderia ter ido. Você também deveria lê-las. – Ele apontou seu lápis número dois com a ponta gasta para mim do outro lado de sua mesa de escritório de metal dos anos setenta. – Ela é sua mãe. Algo lá pode soar familiar ou fazê-lo se lembrar de alguma coisa. – Bateu com o lápis na cabeça. – Isso pode me ajudar a encontrá-la para você.

Segui sua sugestão, li as transcrições e descobri um monte de coisas. Eu tinha contribuído para a causa de sua doença. Havia exacerbado sua condição. Não era à toa que ela não me amava.

Passadas várias semanas, Harry Sykes deixou uma mensagem. Ele havia localizado Sarah Collins. Nunca retornei sua ligação, ou as outras que se seguiram. Achei que um dia faria um esforço para ir até ela. Devo-lhe um pedido de desculpas colossal. Eu só precisava encontrar coragem para fazer isso, e esse momento é agora. Fiz uma promessa para minha esposa. Eu confrontaria meus problemas sobre meu passado para que pudéssemos seguir em frente juntos. Consertaria meu relacionamento com minha mãe.

Aterrisso em Nova York ao amanhecer e encontro um canto relativamente calmo, longe do rush matinal. Ele compreende uma poltrona, uma tomada e uma porta USB. Isso e um copão de café tamanho Venti são tudo de que preciso enquanto me preparo para a escala de três horas.

Ligo o laptop, carrego meu telefone totalmente sem bateria e bebo o café. Dedos posicionados sobre o teclado, recupero o fôlego e paro para pensar. *O que foi que fiz?* As últimas vinte e quatro horas são assimiladas como papel fotográfico absorvendo tinta de impressora, e a imagem resultante não é bonita. Deixei Aimee na mão. Ela está consumida pelo trabalho e cuidando da nossa filha, e aprontei as malas e fui embora.

Mandou bem, Collins.

É verdade que eu planejava partir de qualquer maneira na semana seguinte. Mas minha pressa espontânea para me mandar da cidade mais cedo lhe deu menos tempo para ajustar seu horário de trabalho e planejar os cuidados de Caty, já que não estou lá para vigiá-la à tarde. Para piorar as circunstâncias, não sei quanto tempo vou ficar fora. Tenho cinco dias para cobrir o trabalho antes de estar em Idaho. E quando eu chegar lá? Eu poderia ficar preso naquele lugar por vinte e quatro horas ou por algumas semanas. Não posso deixar de me comparar a meu pai.

Ele deixou minha mãe várias vezes. Uma entrevista coletiva de última hora o arrancava da cidade. Surgia um escândalo sobre algum jogador com um contrato multimilionário adulterando o equipamento. Um astro novato da defesa sendo preso por solicitar uma prostituta. Meu pai nos abandonava de surpresa para que ele não perdesse nenhuma oportunidade fotográfica espontânea que pudesse vender para os meios de comunicação.

Precisávamos do dinheiro, ele dizia como desculpa, deixando-me pensar se esse era mesmo o único motivo pelo qual ele ia embora. Ele nunca admitiu abertamente, mas acho que, por mais que amasse minha mãe e quisesse mantê-la segura, também tinha medo dela. Ele sabia como lidar com as mudanças, dando-lhe espaço e deixando-a em paz, mas eu tinha certeza de que suas alterações o deixavam desconfortável. Suas personalidades e maneirismos eram totalmente diferentes da mulher com quem ele se casou.

Foi durante minha adolescência que meu relacionamento com meu pai não se tornou problemático. Tornou-se o problema. Eu não me importava onde ele estava ou quando estaria em casa. Eu arranjava brigas, negligenciava o dever de casa e me tornei um pé no saco totalmente beligerante. No fim do segundo ano, eu já colecionava atrasos e detenções suficientes para cobrir as paredes do meu quarto da mesma forma que alguns bares cobrem as deles com cédulas de dinheiro. Envolver-me em apuros mantinha minha cabeça longe do fato público e notório de que minha mãe estava na prisão e que eu estava em terapia por causa dela.

Estresse pós-traumático. Esse foi o diagnóstico do meu psiquiatra. Para o mundo exterior, viver com uma mãe diagnosticada com transtorno dissociativo de identidade e um pai ausente era um inferno. Sempre encarei isso como uma versão distorcida do purgatório. Eu acertaria minhas contas e um dia receberia meu cartão de saída livre da prisão. Quando isso acontecesse, eu deixaria Idaho e nunca mais olharia para trás.

Foi só na metade do meu terceiro ano e depois de algumas suspensões com a ameaça de expulsão – uma nuvem sombria pairando sobre meu futuro imediato – que eu me recompus. A sra. Killion, mãe de Marshall, colocou-me sob sua proteção quando meu pai lhe pediu para cuidar de mim enquanto ele estava sob contrato e viajava com suas equipes esportivas. Ainda bem que a sra. K interveio a essa altura, do contrário, a faculdade estaria fora de cogitação para um aspirante a fotógrafo. Ela me mandava ficar sentado na mesa da cozinha até que eu terminasse o meu dever de casa. Depois, insistia que eu ficasse para o jantar. Era assim cinco dias por semana.

Claro, eu poderia ter saído quando quisesse. Ir para casa beber a cerveja do meu pai e jogar videogame. Não era como se a sra. K me amarrasse à cadeira e apontasse uma arma para a minha cabeça. Eu queria estar lá. Pela primeira vez desde que minha mãe partira, alguém se importava.

A terapia me ajudou a processar os anos que vivi com minha mãe. Mas foi a sra. K, que Deus a tenha, que restaurou minha confiança em mim mesmo.

Meu telefone vibra, com carga suficiente para ligar. As notificações invadem a minha tela. Abro a última mensagem de Aimee e leio as que ela enviou durante o meu voo. Ela não está brava com a minha partida. Eu afundo na curva profunda do encosto da cadeira, grato por ela não ter me banido para o velho sofá na garagem. Droga, como amo essa mulher.

É madrugada na Califórnia. Ela ainda está dormindo e provavelmente Caty está com ela, esparramada no meu lado da cama, onde fiquei sabendo que ela dorme quando estou fora da cidade em viagens prolongadas. Mando uma mensagem para Aimee em vez de ligar, como ela pediu, senão vou acordar as duas. Eu comunico que tinha pousado com segurança. Teremos muito tempo para conversar mais tarde. Em seguida, mando um e-mail para Al Foster perguntando sobre o autor do artigo designado e quando ele deve chegar.

Forço-me a ler o restante dos meus e-mails, então abro meu navegador, pronto para meter bronca na minha pesquisa, com renovada determinação em localizar minha mãe. Minhas mãos pairam sobre o teclado, os dedos se contraem, e eu...

Não faço coisa alguma.

Nada. Zero. Necas de pitibiriba.

Mais uma vez, eu resmungo.

Fecho meu laptop com força.

Do lado de fora da grande janela ao meu lado, aviões decolam e pousam. Os carrinhos de bagagem transitam pela pista como o PeopleMover da Disney World. Lá dentro, pelos alto-falantes, os voos são anunciados e os passageiros são convocados aos portões.

Durante o ensino médio, desprezei minha mãe pelo constrangimento que ela me causou. Enquanto as mães dos meus amigos torciam por eles em nossas competições de atletismo e jogos de futebol, minha mãe estava na prisão.

A raiva e o ressentimento alimentaram o meu ódio. Mas, na faculdade, eu me apaixonei por uma mulher que me lembrava em aparência e temperamento o lado Sarah de minha mãe.

Eventualmente, minha raiva se reduziu a um fogo brando e o ressentimento diminuiu, abrindo espaço para o arrependimento. Eu deveria ter tentado compreender melhor a sua doença. Eu deveria ter insistido com mais frequência e, apesar das objeções de minha mãe por meu pai, obrigá-la a buscar a ajuda que todos sabíamos que ela precisava. Minha terapeuta sempre me assegurou de que o que aconteceu com minha mãe não foi minha culpa. Sim, bem, ela não leu as transcrições do julgamento do tribunal.

Qual é, Collins. Toma coragem!

Há uma razão para eu ter partido mais cedo para a Espanha. Posso muito bem fazer bom uso do meu tempo enquanto espero meu próximo voo.

Coço o pescoço na parte inferior da minha mandíbula e transfiro o laptop empoleirado nos meus joelhos para a mesa baixa diante dos meus pés. Procuro no Google sobre o mecanismo de busca de que Erik me falou, aquele programado para pesquisar apenas pessoas. A ex-namorada de Erik havia se mudado do estado e ido morar com um homem que ela conhecera em um voo de negócios para Nova York. Ele estava prestes a entrar no modo ex-namorado perseguidor maníaco obcecado até que eu coloquei algum juízo em sua cabeça – literalmente, desferindo um pescotapa em sua nuca. Insiro *Sarah Collins* no campo de busca e seleciono "Todo o território dos Estados Unidos" no menu suspenso. Aperto Enter e aguardo. Uma lista de mais de vinte e cinco Sarahs é exibida. São muitas. Eu edito meus parâmetros de pesquisa para incluir o nome do meio de Sarah: Elizabeth. O mecanismo retorna em minha tela três Sarah Elizabeth

Collins que residem nos Estados Unidos. Uma na Virgínia, outra em Utah. Quanto à terceira? Ela está em Las Vegas, Nevada.

Viva Las Vegas.

É ela. Só pode ser.

E me dói saber que ela nunca viajou para mais longe do que isso.

Um nó se forma no meu estômago, duro e amargo na base do meu esterno. Ela esteve morando em Vegas esse tempo todo? Menor custo de vida. Sem impostos estaduais. Muitas oportunidades de emprego questionáveis para uma mulher com ficha criminal e doença mental. Faz sentido, presumindo que seja mesmo ela.

A dúvida se manifesta sorrateiramente, uma ladra espreitando nos recônditos da minha mente, furtando o vestígio de esperança que me resta. Pode ser outra Sarah Elizabeth Collins, pelo que sei. Minha mãe pode estar em qualquer lugar, seu telefone e endereço não listados.

Mas essa Sarah tem um número.

Pego meu celular. Minha mão treme tanto que quase o deixo cair. Digito o número e o telefone toca uma vez, duas vezes. No terceiro toque, a chamada cai numa gravação. A saudação está distorcida, a voz de uma mulher, e não consigo confirmar se é da minha mãe. Não ouço sua voz desde que tinha catorze anos, e as lembranças nem sempre são fiéis.

Estou prestes a deixar uma mensagem – É você? –, quando lembro com o que me comprometi antes de partir para a Espanha.

Encerro a ligação. Esperei metade da minha vida. Posso esperar mais cinco dias.

***

Já é tarde da noite quando chego à pousada, uma casa de fazenda reformada feita em cantaria. Um labrador amarelo corre para mim enquanto abro o porta-malas e retiro minha bagagem. Ele late uma saudação, seu rabo abanando e batendo no para-choque do carro alugado. Ele cutuca minhas pernas e cheira minha mão.

– Oi, garoto. – Coço seu queixo. Ele me segue até a entrada, até farejar uma galinha cacarejando na grama. Solta um latido alto. Então, sai correndo atrás da ave, contornando a construção, abandonando de vez suas responsabilidades como manobrista.

Situado em uma pitoresca zona rural da Galícia, uma região no noroeste da Espanha, noto imediatamente que a pousada, La Casa de Campo, é um local de veraneio ideal para passar uma lua de mel. Um jovem casal relaxa no pátio da frente admirando o céu do crepúsculo que escurece acima das florestas de pinheiros e eucaliptos. Enquanto saboreiam queijos e bebem vinho branco, eles acenam para mim.

– *Buenas noches* – cumprimentam em uníssono.

– Boa noite – eu respondo.

O homem sorri brevemente e se volta para sua esposa. Inclina-se em direção a ela e acaricia seu pescoço. Ela ri, então geme baixinho, inclinando languidamente a cabeça para o lado para lhe dar mais espaço. Seus olhos se erguem para os meus por cima do ombro dela quando percebe que ainda estou ali, observando-os. Balançando a cabeça para sair do meu devaneio, apoio uma das bolsas no ombro e entro na recepção, com saudades da minha esposa.

Na sala de jantar ao lado, os hóspedes realizam suas refeições. O cheiro de frango assado e pão quente me faz pensar em casa e em Aimee. Sinto sua falta. Durante a minha escala, ficamos tentando telefonar um para o outro, num pingue-pongue de ligações perdidas, e, com exceção de uma mensagem de texto que lhe enviei quando aterrissei em Santiago de Compostela, em um pequeno aeroporto a uma hora daqui, não falei com ela desde que a deixei no hospital. Eu lhe devia uma ligação e uma explicação. Não foi apenas o desfecho dela com James que motivou a minha própria necessidade de um desfecho.

Uma lareira brilha no lounge do lobby e uma mulher sentada de costas para a sala conversa em seu celular em francês. Dirijo-me ao balcão de registro e deixo cair minhas malas aos meus pés. Estou com fome e exausto. Quero realizar o check-in, pedir comida e cair duro na cama.

Um homem baixo com óculos redondos de aro metálico sorri atrás do balcão. Ele se apresenta como Oliver Perez, o proprietário.

– *Buenas noches.* Você tem reserva?

– *Sí.* Ian Collins.

Oliver puxa minhas informações em seu computador.

– Aí está você. Você permanecerá conosco por três noites. – Ele pega meu cartão de crédito e começa a contar que ele e sua esposa há trinta anos são os donos da pousada e que o jantar agora está sendo servido na sala de jantar. Frango assado no forno ao xerez espanhol e vinagre de vinho tinto. – A galinha foi criada aqui mesmo na propriedade.

– E abatida pelo seu cachorro?

Os olhos de Oliver se arregalam por trás dos óculos.

– Perdão?

– O labrador amarelo lá fora que eu vi perseguindo a galinha.

Ele pressiona os lábios em uma linha reta e murmura algo em espanhol.

– Ele não deveria estar perseguindo as galinhas – diz ele, voltando a falar em inglês.

Minha boca se contorce.

– Desculpe. Foi uma piada ruim. – Foi uma péssima piada. Deus, como estou cansado. Corro os dedos pelos cabelos, escovando-os para trás. – O que estava dizendo?

Ele bate meu cartão no balcão.

– Não possuímos serviço de quarto. Sugiro que você coma agora se estiver com fome e antes que a comida acabe. – Ele gesticula em direção à sala de jantar. – Meu cachorro não vai abater mais galinhas até amanhã.

– O quê? – Ergo os olhos da tarefa de devolver meu cartão de crédito de volta à carteira. Oliver me encara fixamente, sua expressão séria. Então, ele sorri, exibindo uma dentadura cheia de dentes manchados de cigarro.

Aponto um dedo para ele.

– *Touché*, Oliver.

Ele me entrega uma chave de verdade – nada de cartões de plástico neste lugar.

– Espero que ache seu quarto confortável, atendendo a todas as suas necessidades.

Exceto bebidas do frigobar como cortesia.

– *Gracias.* – Deposito a chave no bolso e me curvo para apanhar minhas malas.

– Ian. Collins.

Meu nome é dito atrás de mim, pronunciado em duas frases distintas. Aquela voz.

Uma violenta enxurrada de lembranças da minha adolescência e início da casa dos vinte faz download na minha cabeça. Recesso escolar regado a Corona em Ensenada. Fins de semana de inverno repletos de adrenalina esquiando a mil nas encostas das montanhas cobertas de neve do Colorado. Semanas de noites sem dormir devido às provas finais pontuadas por interlúdios acalorados entre as pilhas de livros na biblioteca da universidade. Longas tardes carregadas de café trabalhando lado a lado em um café de calçada no sul da França. A cama vazia e sua indiferença quando ela foi embora. Ela já tinha se divertido. Já estava farta de mim.

Tudo em mim fica tenso quando me endireito em toda a minha altura, as malas permanecendo no chão. Não preciso me virar para saber quem está atrás de mim, mas ainda assim eu o faço, como não faria? A mulher tagarelando ao celular momentos antes está parada diante de mim, um braço cruzado enquanto dá batidinhas com o telefone contra o queixo. Ela me encara fixamente, olhando para a esquerda e para a direita como se também não conseguisse acreditar que está me vendo. Com seus longos cabelos louros cor de areia, bochechas encovadas, olhos amendoados e físico magro como um cabide ambulante, ela não mudou nada em treze anos, mas, ao mesmo tempo, parece mais velha. Sou instantaneamente acometido por uma onda de repulsa que embrulha meu estômago. Nítido como uma imagem de alta resolução, eu vejo plenamente o que neguei naquela época, o que ela jogara na minha cara. Ela tem a aparência da minha mãe.

Fico sem palavras, embora não devesse estar surpreso que ela esteja aqui. Isso uma hora ou outra aconteceria. Temos frequentado os mesmos círculos desde que meu trabalho adotou uma abordagem mais humana e jornalística.

Ela inclina ligeiramente a cabeça.

— É bom te ver.

Pena que não posso dizer o mesmo sobre ela.

Pelo menos agora eu não tenho mais que me atualizar com Al Foster. Uma ligação a menos para fazer esta noite, pois é evidente que a *National Geographic* se embaralhou com meu pedido de mudança no cronograma, mas trouxe uma articulista aqui a tempo.

Eu respiro fundo e faço um upload da minha paciência. Vou precisar dela nos próximos dias porque sei como ela trabalha. Posso até antecipar o ângulo que ela vai adotar nesta matéria, e não será favorável. Tenho três dias para convencê-la do contrário, se quiser vincular meu nome a este artigo.

Forço um sorriso.

— Oi, Reese.

Capítulo 14

IAN

A *Rapa das Bestas* acontece anualmente no primeiro fim de semana de julho. Durante minha visita no início deste verão, eu tinha acabado de receber acesso à área do curro cheio de cavalos selvagens galegos quando a vi pela primeira vez. Este era o meu segundo de três intervalos de dez minutos que concedem a um fotógrafo que assinou um aviso de isenção de responsabilidade no centro da ação da *Rapa*. Eu estava estressado, preocupado e exausto, pensando em Aimee, a uma longa distância do estado de espírito em que deveria estar cercado por milhares de quilos de uma manada de cavalos.

Estive acordado desde o amanhecer tentando não interpretar – mas fazendo-o ainda assim – minha ligação com Aimee na noite anterior, junto com as várias conversas que tivemos desde que cheguei à Espanha, nove dias antes. Ela dizia que estava bem sempre que eu perguntava, mas sua voz sugeria que ela estava qualquer coisa menos bem. Estávamos casados já há algum tempo. Eu sabia quando minha esposa estava estranha. Ela não conseguia esconder as lágrimas em sua voz. Ofereci-me para voltar para casa. Ela insistiu que eu ficasse. Há anos eu vinha falando sobre a *Rapa*. Eu vinha planejando esta excursão fotográfica há meses. Conversaríamos quando eu chegasse em casa. Ela encerrou a ligação e me revirei durante a noite apenas para me arrastar para a missa na manhã seguinte com os aldeões, muitos deles cavaleiros, habitantes locais montados que iriam cercar os cavalos, e aloitadores, os tratadores de cavalos, que ficaram acordados a maior parte da noite, comemorando. A igreja cheirava a incenso e bebida, uma combinação nauseante que me deixou com uma sensação de desmaio. Eles oravam a San Lorenzo para que os participantes da *Rapa* sobrevivessem sem ferimentos. Eu deveria ter interpretado isso como um aviso.

Após a cerimônia religiosa, caminhei com os moradores e turistas até as colinas, seguindo o trajeto que os cavaleiros haviam tomado para cercar as manadas. O que mais me surpreendeu no evento foi a forma calma e metódica como todo o processo se desenrolava. Não foi turbulento. Os cavalos não estavam agitados. Eles obedientemente desceram a colina e entraram na aldeia, onde foram confinados em um grande campo aberto até a hora de serem conduzidos ao curro.

A segunda surpresa não foi a quantidade de cavalos que amontoavam na pequena arena, que era de cerca de duzentos de cada vez, mas o motivo para fazê-lo. Sem espaço para se movimentarem, o risco de ferimentos nos cavalos diminuía drasticamente. O mesmo não acontecia com os aloitadores. Muitas vezes, terminavam com nariz e dedos dos pés quebrados e as costelas fraturadas por lutarem contra os animais até imobilizá-los. Um por um, eles trabalhavam em equipes de três para aparar as crinas e as caudas, desparasitar e injetar um microchip, caso o cavalo não portasse um. Eles sacrificavam sua própria segurança por seu amor aos animais que vagavam pelas colinas verdes ao redor de Sabucedo. É como administravam a manada, como os mantinham saudáveis e selvagens. Um antigo ritual que evoluiu com o tempo e que é nada menos do que espetacular. Eu não conseguia acreditar que estava no centro de tudo aquilo.

O curro abarrotado cheirava a esterco e suor de cavalo. A fumaça de churrasco carregada com o fedor de carne queimada preenchia a arena. Disparei uma foto atrás da outra, seguindo os aloitadores pelo lugar. Eu mantinha um olho neles e o outro nos cavalos perto de mim, pronto para pular para fora do caminho caso eles empinassem ou dessem coices. Na parte de trás do meu pescoço pingava suor por causa do sol escaldante e minhas mãos úmidas rapidamente trabalharam nos controles da minha câmera. Se, por um lado, os cavalos estavam relativamente calmos, por outro, seu pânico era muito evidente em seus olhos. E isso estava me afetando. Flashes do pânico de minha própria mãe que eu capturei em minhas fotos continuavam nublando minha visão.

Com o peito apertado, fiz uma pausa momentânea para respirar, desviando o olhar para não ser mais sugado pela turbulência emocional que minhas lentes capturavam foto após foto. Eu conhecia muito bem os tipos de sombras que se escondiam nos olhos de um assunto, e registrar a *Rapa* estava me afetando de uma forma que eu não esperava, lembrando-me da razão de eu inicialmente enveredar para o ramo da fotografia de paisagem.

Limpei o suor da testa, levantei o olhar para as arquibancadas e vi minha mãe. Uma tontura apoderou-se de mim e o tempo parou. Ela virou o rosto na minha direção, sem olhar para mim de fato, e a angústia deturpando seu semblante, as lágrimas que encharcavam seu rosto, atingiram-me com força no peito. Eu cambaleei para trás apenas para perceber que não era minha mãe, mas Reese. O que ela estava fazendo lá?

Ergui minha câmera, aumentei o zoom, apertei o botão do obturador e um aloitador gritou na minha cara.

– *¡Cuidado!*

Um garanhão empinou ao meu lado, seu flanco batendo forte em meu ombro. Caí para trás, esbarrando em outro cavalo, minha câmera balançando em volta do meu pescoço. Recuperando meu equilíbrio, meu coração palpitando descontroladamente, levantei os olhos de volta para as arquibancadas, esquadrinhando-as. Reese se fora.

Mais tarde, no meu quarto de hotel, quando coloquei gelo no ombro, concluí que ela nunca tinha estado lá. Que eu a havia imaginado porque fui arrebatado pela energia da arena e minha mãe estava em minha mente. A imagem estava muito borrada na tela do visualizador da câmera para confirmar se a mulher era, de fato, Reese.

Acho que não a imaginei, no fim das contas.

Meus olhos se estreitam para Reese. Ela sorri.

— Como está você, Ian?

— Por que você está aqui?

Seu olhar se desvia e retorna.

— Pela mesma razão que você. A *National Geographic* me enviou.

— Você não gosta de cobrir vida selvagem.

— Eu não chamaria cavalos que têm contato com humanos exatamente de animais selvagens. Não são leões, tigres ou ursos.

— Deus me livre, não? — acrescento sarcasticamente.

Ela solta uma risada forçada.

— Engraçadinho. Eu não gosto de animais encurralados. Certamente você se lembra.

— Ah, é mesmo. Você soltou na rua o gato que adotei para você. No mesmo dia, enquanto eu estava no trabalho, então, não pude convencê-la do contrário, como você me disse.

— Eu era alérgica.

— Eu não sabia.

— Você não perguntou — ela bufou.

— Ele foi atropelado por um carro.

— Aquilo foi um acidente. Eu nunca tive um gato. Eu não sabia que ele correria direto para a rua. Você sabe como eu me senti mal com isso. — O remorso transparece momentaneamente em seu rosto.

— Ele ia ser sacrificado. Eu estava tentando salvá-lo.

— Bem, você deveria ter me perguntado antes de levá-lo para casa. Nem todo mundo precisa ser salvo. Ou consertado — ela acrescenta.

— O que está querendo dizer com isso?

— Estamos mesmo fazendo isso? — Ela gira o dedo indicador no ar. Sempre nos movendo em círculos, e nunca sabemos quando isso vai parar.

— Não, não estamos.

Não desta vez. Eu poderia destacar que ela deveria ter me pedido para devolver o gato ao abrigo ou encontrar outro lar para ele, mas essa é uma discussão antiga e não vou embarcar nela.

Checo o meu telefone. Nada de e-mail de Al ainda.

– Ainda não fui informado pelo meu editor que fomos designados para trabalhar juntos.

– O quê? Não vai conversar comigo sobre a matéria até lá?

Coloco o telefone de volta no bolso.

– Você não deveria estar em Yosemite?

Ela parece surpresa.

– Como sabe disso?

– Temos um conhecido em comum. – Ela me encara, esperando que eu compartilhe quem é, e eu decido agir de forma mais agradável, ser mais amigável. Teremos que aturar um ao outro pelos próximos dias. Posso muito bem fazer minha parte para não tornar isso um verdadeiro inferno. – Erik Ridley. Ele é meu amigo. Um sujeito bacana. Pegue leve com ele. – O canto da minha boca se levanta.

– Não sou tão inconvivível assim em campo. – Seu tom é provocador.

– Ouvi ótimas coisas sobre seu trabalho. Aquele serviço foi adiado por duas semanas para que eu pudesse fazer este com você.

Algo na forma como ela diz isso me faz parar enquanto pego minhas malas. Não sei o que pensar disso e decido não fazer qualquer interpretação. Estou muito exausto.

– Jante comigo. Temos muito para conversar.

Pego minha bolsa da câmera.

– Preciso tomar um banho e ligar para o meu editor. – E para a minha esposa.

– Você ouviu o que Oliver disse. Não tem serviço de quarto. O único jantar por perto é na sala de jantar. E, como me lembro bem que você pesquisa exaustivamente antes de cada trabalho fotográfico que recebe, aposto que já sabe que não há outro restaurante num raio de quilômetros. Acho que começamos com o pé esquerdo. Por favor – ela junta as palmas das mãos como em oração –, vamos fazer uma boa refeição, colocar o papo em dia e discutir nossa estratégia para os próximos dias. Vou me comportar direitinho.

Ela sorri, um sorriso largo e belo, e eu sinto o soco no meu estômago. Houve um tempo em que aquele sorriso a fazia extrair o que quisesse de mim. Perfume francês, uma bicicleta *beach cruiser* com a qual pedalava por toda parte. Noites delirantemente longas e suadas de sexo incrível. Um gato malhado. Mas não mais. No momento, aquele sorriso faz meu estômago se revirar. Ou talvez eu só esteja com fome.

Olho para o meu relógio.

— Pegue uma mesa para nós. Encontro você em vinte minutos.

Saio pela entrada da frente e atravesso o gramado. Os quartos estão espalhados pela propriedade em chalés de dois andares, cada qual com quatro suítes. Meu quarto fica no andar térreo, com um pátio voltado para a floresta. É decorado com cores monótonas e os lençóis parecem usados e gastos, mas a cama é confortável. Pelos próximos dias, isso é tudo de que preciso.

Sento-me na beirada da cama e ligo para Aimee, desamarrando meus tênis enquanto o telefone toca. Seu correio de voz atende e, tentando não me sentir frustrado por não estar falando com ela diretamente, deixo uma mensagem. Eu estou na pousada. E sinto falta dela. *Deus, como sinto sua falta, amor.* Mais do que consigo me lembrar de ter sentido em minhas outras viagens. Provavelmente é por causa da maneira como parti. Digo que a amo e peço a ela que me ligue quando estiver livre.

Tiro a roupa, tomo banho, faço a barba e, em seguida, verifico meu celular. Aquele maldito e-mail de Al finalmente chegou. Ele se desculpou pelo atraso. Estava esperando uma resposta do editor de recursos. Reese Thorne tinha sido designada. Ela estava realizando um trabalho em Londres e deveria poder se juntar a mim na Espanha imediatamente. Al incluiu links para seus três artigos publicados mais recentemente. Um deles apareceu na *National Geographic Traveller* do mês anterior, uma matéria sobre as melhores trilhas do mundo para pessoas comuns.

Depois de me vestir rapidamente com jeans e uma camisa de algodão azul-marinho, encontro Reese na sala de jantar. Ela pediu uma garrafa de vinho e aperitivos, uma tábua de queijos e carnes locais. Uma garçonete aparece quando me sento e começa a me servir uma taça. Levanto a mão para impedi-la. Com a iluminação suave da sala, a mesa à luz de velas e o casal trocando olhares apaixonados na mesa ao nosso lado, compartilhar uma garrafa com minha ex não parece certo.

– Vou tomar uma cerveja, Alex – digo, olhando seu crachá. Estico meu pescoço para verificar que bebidas há disponíveis no bar. – A San Miguel.

– *Sí, señor.*

Reese aponta para sua taça para Alex completar seu vinho. Alex obedece, tratando de apresentar as opções para o jantar. Eles não têm um cardápio, servindo apenas o que o chef escolhe para cozinhar. Esta noite é *caldo gallego*, uma sopa galega de feijão e legumes, e frango assado no forno. Ela vai pegar minha cerveja e nos dar tempo para terminar o aperitivo antes de trazer a sopa.

Reese acena com os dedos para mim quando Alex sai.

– Desembucha. Como você conhece Erik?

– Nos conhecemos vários anos atrás em uma conferência. Ele está se aventurando pela primeira vez na fotografia de paisagem enquanto me dá dicas de fotojornalismo. Temos dado conselhos um para o outro.

Alex chega com minha cerveja. Agradeço e tomo um longo gole.

Reese sorve seu vinho, observando-me por cima da borda da taça.

– Tenho que admitir: quando você mencionou Yosemite, pensei que estivesse me vigiando.

– Seu nome surgiu vez ou outra ao longo dos anos. – Mas nunca me esforcei para procurá-la. Normalmente, ficava sabendo sobre seu trabalho por outro fotógrafo ou quando me deparava com seu nome assinando um artigo em alguma revista. Tirando isso, não tinha ideia de como estava sua vida pessoal.

– Tenho acompanhado você. Quer dizer, sua carreira.

Isso é surpreendente, considerando a maneira como ela partiu. Sem qualquer aviso, sem qualquer explicação, nada de "vamos tentar trabalhar o nosso relacionamento". Eu tinha voltado para casa mais cedo de um trabalho no Vale do Loire. Uma vinícola queria fotos profissionais de seu vinhedo para a campanha de marketing. Cheguei ao nosso apartamento e encontrei seu amigo Braden aguardando do lado de fora em seu Fiat conversível.

– Sinto muito, cara – disse ele quando perguntei por que ele estava lá.

– Pelo quê?

Braden ergueu as mãos.

– Vá falar com Reese.

Estiquei o pescoço, erguendo a vista para nossas janelas dois andares acima. As vidraças estavam abertas para deixar entrar a brisa noturna. Uma sombra passou por trás das cortinas de gaze de linho.

Reese.

Subi as escadas para o nosso apartamento de dois em dois degraus, com o coração acelerado, e parei na porta do nosso quarto do tamanho de uma caixa de sapatos.

– O que está fazendo?

De costas para mim, Reese soltou um gritinho de sobressalto, virando--se. A pilha de roupas que ela segurava voou de seus braços. Eu tinha lhe dado um susto.

Ela pressionou a mão contra o peito e arfou.

– Ian, o que está fazendo aqui?

Vi as malas abertas na cama atrás dela. Ela seguiu meu olhar.

– Eu queria ter partido antes de você retornar para casa.

Minha bagagem caiu no chão com um baque alto.

– Partido? Para onde?

– Ainda não sei. Vou ficar com Braden por um tempo. Pode enviar minhas coisas para lá, caso eu tenha esquecido algo.

Entrei no quarto, os pensamentos embaralhando-se em minha cabeça até que se alinharam e a imagem ficou clara. Ela não estava partindo para uma escapadela de fim de semana ou um trabalho fora da cidade. Ela estava me deixando.

Segurei a coluna de ferro forjado da cama. Encontramos a estrutura daquele móvel em uma loja de artigos usados. Reese imediatamente se apaixonou pelo design torneado. Nós a compramos no mesmo momento.

Todas as horas que passamos limpando a ferrugem e a sujeira do metal. Todas as horas que passamos enroscados no colchão. Essas horas não tinham significado algum sem Reese deitada ao meu lado. Essas horas não significavam coisa alguma sem ela aqui.

– Por quê? – murmurei.

– Não posso mais ficar com você – respondeu ela, com a voz trêmula.

– Eu te amo.

– Eu não. Não mais.

Estendi o braço para ela e ela se esquivou da minha mão, afastando-se para o outro lado da cama.

– Não se pode simplesmente deixar de amar, Reese. O que aconteceu? Onde foi que errei?

– Você...

– Eu o quê?

Ela balançou a cabeça.

– Deixa pra lá. Eu preciso de espaço. Só isso.

Ela precisava de espaço. Pressionei com força o pé da cama, minhas juntas ficando brancas. Engoli em seco, lutando para reprimir as dolorosas lembranças que essas palavras induziram.

– Por quanto tempo?

Ela baixou o olhar para a cama.

– Permanentemente. – Ela fechou o zíper da mala.

Durante muito tempo, aquele ruído não me saiu da cabeça, o modo como o zíper perfurou meus ouvidos. Um som de algo definitivo. Tampouco esqueci o silêncio em nosso apartamento depois que ela fechou a porta atrás de si ou como me senti solitário. Aquela sensação de deixar de ser amado e não mais sentir-se desejado? Eu já tinha vivenciado aquilo e não doeu menos por isso.

– Seu trabalho é fenomenal. – A voz de Reese interrompe a reprodução das lembranças. – Você nem imagina como fiquei contente em saber que iríamos trabalhar juntos. Depois de todos esses anos.

Algo que ela dissera antes, no lobby, deixou-me intrigado. Descanso meus antebraços na mesa.

– Como você conseguiu este trabalho?

Alex traz nossa sopa. Eu me inclino para trás, dando-lhe espaço.

– O cheiro está delicioso. – Reese apanha sua colher. – Pegar o trabalho resumiu-se a mim e outro articulista, Martin Nieves. Ele é um experiente colaborador da revista.

Eu assinto em agradecimento a Alex e apanho minha colher.

– Já ouvi falar dele – digo a Reese. – Só sei de um artigo que você publicou na *National Geographic*. Por que eles selecionaram você?

Sua colher paira sobre a tigela.

– Você não acha que sou qualificada.

– Não foi isso que eu disse. Você é mais do que qualificada. Al me enviou links para alguns de seus artigos, incluindo um recente sobre trilhas. Eu os li enquanto estava no meu quarto.

– Você os leu *agora há pouco*?

Pisco intrigado, franzindo a testa.

– É, o que é que tem?

Reese termina seu vinho e observa o casal próximo a nós. Seu dedo indicador percorre indiferentemente a base de sua taça.

– Qual é o problema? – eu pergunto.

Ela lança um sorriso decepcionado em minha direção.

– Eu sei que parece bobo, mas acho que esperava que você estivesse mentindo.

– Sobre o quê?

– Sobre você não estar acompanhando a minha carreira.

Pouso os cotovelos na mesa e entrelaço os dedos.

– Eles são bons. Os que eu li.

– Obrigada. Há duas razões para eu estar aqui. – Ela levanta o dedo indicador. – Eu já estava em Londres, então era mais fácil chegar aqui assim tão em cima da hora. A segunda. – Ela acrescenta seu dedo médio à contagem. – Estive na *Rapa* no verão passado. Nieves, não.

– Então, você *estava* nas arquibancadas. – As palavras escapam da minha boca antes que eu possa detê-las.

Ela baixa lentamente os dedos e me encara atônita.

– Você me viu? Por que não foi falar comigo?

Pressiono a boca em uma linha reta.

Ela baixa os olhos para a mesa e limpa um pouco de sopa da borda de sua tigela.

– Acho que entendo por que não foi. De que adiantaria...

– Eu não tinha certeza se era você – eu a interrompo antes que ela nos transporte a catorze anos atrás. – Eu estava no chão do curro cercado por cavalos quando a vi. Você já tinha ido embora quando retornei para as arquibancadas.

– Tive que ir embora. – Ela não entra em detalhes e não a encorajo a ir adiante. Alex recolhe nossas tigelas e retorna com o prato principal. Começamos a comer, Reese parecendo perdida em seus próprios pensamentos. Estou prestes a lhe perguntar a que horas ela gostaria de começar amanhã; parece-me que as manadas nem sempre são fáceis de encontrar, então, podemos precisar do dia inteiro, quando ela pergunta: – Há quanto tempo você está casado?

Levanto os olhos do meu prato.

– Você tem acompanhado mais do que apenas a minha carreira.

– Está usando uma aliança de casamento. – Olho para a aliança de ouro fosco e ela admite: – Mas, sim, eu tenho. Como ela é?

Meu corpo se aquece à lembrança de Aimee.

– Ela é a mulher mais excepcional que conheço – digo, cortando um pedaço de frango.

– Ela é uma mulher de sorte. – Reese me estuda enquanto eu mastigo. O frango é suculento e picante, mas não se compara à comida de Aimee.

Reese franze os lábios e sinto que ela quer me fazer uma pergunta. Ergo uma sobrancelha.

Ela se inclina para a frente.

— A jornalista dentro de mim precisa saber. Sua mãe. Chegou a encontrá-la?

Balanço a cabeça.

— Não. — Mas em breve eu encontraria, já na semana seguinte.

— Você ainda está procurando por ela?

Dou outra garfada no frango e mastigo, encontrando seus olhos.

— Está, né? — Ela sussurra a resposta para mim. Olho para o meu prato e dou uma garfada nos vegetais. — Ela se parece com ela?

— Quem?

— Sua esposa. Ela se parece com a Sarah?

Largo meus talheres. Eles batem tilintando no prato.

— Precisamos começar cedo amanhã. Encontro você no lobby às oito. — Empurro minha cadeira para trás.

Reese estica o braço por cima da mesa.

— Não tive a intenção de... Eu e a minha boca idiota. Algumas coisas não mudam. Ainda tenho o péssimo hábito de deixar escapar perguntas sem pensar. Eu não queria aborrecê-lo.

Sinalizo para a garçonete. Alex aproxima-se rápido.

— Por favor, coloque as refeições na conta do meu quarto.

— Ian... espere.

Eu me levanto.

— Durma um pouco, Reese. Temos um dia longo amanhã.

Capítulo 15

IAN, DOZE ANOS

Ian estava sentado nos degraus da varanda, limpando as lentes da câmera. O sol do início de maio banhava a calçada, esquentando o cascalho. Lá dentro, Jackie bebericava um copo do bourbon de seu pai. Ele estava sem vodca. Jackie tinha ligado a manhã toda para um cara chamado Clancy. Clancy não estava atendendo, deixando-a furiosa.

Ian dobrou o pano de limpeza e segurou a lente contra a luz, verificando se havia riscos e manchas. A lente passou na inspeção. Ele a recolocou na câmera e, com os cotovelos sobre os joelhos, o queixo apoiado na mão, soprou o cabelo da testa. Olhou ao redor, esperando. O vaso de aquilégia de sua mãe balançou. As folhas do carvalho-japonês brilharam. Os galhos e o tronco rangeram, expandindo-se sob a luz direta do sol.

Ian deveria estar realizando suas tarefas, mas ele preferia estar do lado de fora quando Jackie estava com seu mau humor habitual. Era o melhor que podia fazer para ficar fora de seu caminho, como esperava seu pai. Mas Jackie estava com as chaves do carro. Sua mãe não tivera a chance de colocá-las em seu novo esconderijo, um cofre na mesa de seu pai, antes de ela mudar de personalidade. Ian sabia que Jackie planejava partir em breve e ele estava pronto. E daí se seu pai o pusesse de castigo ou, pior, lhe tirasse a câmera, quando descobrisse que Ian não tinha ido à casa de Marshall como ele havia sido instruído a fazer quando Jackie era a dominante. Seu pai não estava lá para cuidar de Sarah. Alguém tinha de se certificar de que ela não se machucaria.

A voz de Jackie atravessou a porta de tela. Um zumbido elétrico de excitação ansiosa. Ian esforçou-se para ouvir a conversa, captando fragmentos sobre um homem que Jackie estava procurando e que Clancy finalmente encontrara. Ela tinha que se encontrar com Clancy para obter dele a localização do homem.

– Duas horas. Eu estarei lá. – Ela bateu com força o fone no gancho.

Ian pendurou a câmera no ombro e se levantou. Ele se postou de costas para a perua e de frente para a porta. Estava pronto.

Dez minutos depois, Jackie saiu e parou de chofre. Ian reforçou sua postura. Ela o encarou com desprezo.

– Sai da frente.

Ian se empertigou. Colocou os ombros para trás e cruzou os braços sobre o peito. Ele espichara recentemente e agora era quase três centímetros mais alto do que a mãe. As sandálias plataforma que Jackie usava a colocavam no nível de seus olhos. Ainda assim, Ian não recuou. Ele não saiu do lugar.

– Você está bêbada. – Ele estendeu a mão. Tremia. – Me dê as chaves.

Jackie vestia jeans de cintura baixa e uma blusa branca que a amiga dele da escola, Delia, chamava de bata camponesa, roupas que não pertenciam à sua mãe. Ela não usaria aquilo, principalmente aquela maquiagem. Jackie exagerara. Ian podia ver rachaduras na base, ressaltando as linhas do sorriso em torno da boca. O rímel preto pesava em seus olhos.

Um sorriso subitamente dividiu seu rosto, expondo o batom rosa-claro manchando seus dentes frontais superiores.

– Está falando destas chaves? – Ela as balançou diante do rosto de Ian, como se planejasse jogá-las nele. Ele se sobressaltou. Jackie empurrou seu ombro, desequilibrando-o. Seu corpo esguio chocou-se com a coluna da varanda atrás de si.

Jackie desceu despreocupadamente os degraus, balançando as chaves no dedo indicador, zombando dele. Ela havia ondulado os cabelos. Os cachos firmes balançavam em seus ombros. Ela tropeçou no cascalho, torcendo o tornozelo na sandália plataforma. Seus braços voaram para o alto, como um ganso abrindo as asas, enquanto ela se endireitava. Ela soltou uma risadinha.

– Opa, essa foi por pouco.

Ian passou os olhos pelas roupas que nunca tinha visto sua mãe vestir. O tom de batom que nunca a tinha visto usar. Pensou no cofre onde sua mãe guardava seus cartões de crédito e dinheiro. Jackie deveria ter sua própria reserva, a menos que houvesse descoberto como acessar a de seus pais quando Ian não estava olhando.

Ele se perguntou o que mais ela havia escondido e respirou fundo. O suor de nervosismo escorreu por sua pele quando uma lembrança do ano anterior se cristalizou, nítida e apavorante. Jackie estivera procurando uma das armas de seu pai. O medo pela segurança de sua mãe fez seu coração subir à garganta, forçando-o a tomar uma das decisões mais estúpidas de sua vida, seu pai lhe diria mais tarde. Quando Jackie afundou no banco do motorista, Ian deslizou para o banco de trás. Eles fecharam as portas ao mesmo tempo. O carro balançou.

Jackie ligou o motor e mudou as estações de rádio, detendo-se em "Lay Down, Sally", de Eric Clapton. Ela engatou a ré, encontrando o olhar de Ian no espelho retrovisor. As mãos de Ian tremeram em seu colo, mas ele não desviou o olhar, enfrentando-a. Ele não sairia dali. Pretendia ir junto.

Jackie desviou os lábios franzidos para o lado. Suas sobrancelhas se ergueram.

– Como quiser, idiota. – Ela pisou fundo no acelerador. As rodas giraram, cuspindo cascalho, e o Pontiac derrapou antes que os pneus pegassem atrito. O carro acelerou para a saída da garagem.

Eles rodaram por quase duas horas, em direção à Floresta Nacional de Boise. Ele já tinha estado perto de lá antes, caçando veados com seu pai. Stu comparou a caça à fotografia. Olhar através da mira telescópica. Estudar seu assunto, ou presa, seja lá como queira chamar. Prender a respiração. Apontar e atirar.

Ian odiava qualquer coisa relacionada a caça, desde perseguir o animal até seu pai posar ao lado da criatura morta, segurando os chifres para levantar a cabeça como um troféu. Ian não tinha estômago para isso. Ele era uma decepção, seu pai lhe dissera em mais de uma ocasião naquele dia, depois que Ian tinha um cervo na mira de sua arma e não conseguiu disparar. Ele não se importava com o que seu pai pensasse dele. Ian recusou-se a puxar o gatilho. Atirar em um animal vivo não era nada parecido com apertar o botão do obturador.

Ian pressionou sua testa contra o vidro da janela. Músicas dos anos setenta tocavam nos alto-falantes. Jackie não falava com ele. Ela mal tinha consciência de sua presença. Por Ian tudo bem. Ele aprendera a não fazer perguntas ou falar qualquer coisa que a distraísse de dirigir. Ele também mantinha sua câmera fora de vista. Não arriscaria novamente que ela o mandasse sair do carro, especialmente desta vez. Eles estavam ainda mais longe de casa. Ian ficou guardando de cabeça pontos de referência e placas de rodovias. Sua mãe ficaria confusa e desorientada após esta viagem. Ela precisava dele para ajudá-la a encontrar o caminho de casa.

Jackie acompanhava as canções cantando junto. Seus dedos tamborilavam o volante no ritmo. Ela cantando era uma desgraça total, mas ele guardou isso para si mesmo. Em vez disso, Ian voltou seu interesse para a paisagem que passava. Gostaria de ter trazido comida ou algo para beber. Precisava fazer xixi.

Uma balada começou a tocar, "How Deep Is Your Love", dos Bee Gees. Ian estava quase cochilando, quando o carro diminuiu a velocidade. Ele se sentou ereto, esfregando os olhos e olhou em volta. A rodovia se estendia comprida atrás deles e fazia uma curva à frente. Jackie entrou no estacionamento de um motel decadente e desligou o motor. Pinheiros altos cercavam o terreno. Do outro lado da rua, a placa de néon da loja de conveniência brilhava logo acima de um posto de gasolina. O estômago de Ian roncou. Sua bexiga queimava. Ele se contorceu no assento.

– Fique aqui – Jackie ordenou, saindo do carro.

– Onde você está... – a porta bateu – ... indo? – ele concluiu a frase com timidez.

Ian a observou cruzar o estacionamento e dirigir-se até um telefone público. Ela efetuou uma ligação e, então, andou de um lado para o outro. De tempos em tempos, olhava para a rodovia. Por quem ela estava esperando? O tal Clancy? Com exceção do carro deles, o estacionamento estava vazio. O lugar parecia um lixão. Várias das janelas dos quartos estavam com persianas faltando. Uma das portas tinha um buraco perto da base em forma de pé com bota. Definitivamente, não eram indícios de um lugar seguro para ficar de bobeira.

Meia hora se passou, o que para Ian pareceu uma eternidade, e nada aconteceu. Jackie tinha caminhado em direção à rodovia, de costas para ele, e isso era tudo. Ian esperava que ela não estivesse planejando pegar carona para cair fora dali. Ele não teria como voltar para casa.

Sua bexiga queimava. Ele se apressou para a porta, pensando que poderia correr para o posto de gasolina, quando um cara grande em uma Harley cruzou o estacionamento. Sua barba farta e marrom-escura com fios grisalhos chegava-lhe ao peito. Sua barriga aparecia por baixo da camisa preta desbotada. Ele desceu da motocicleta e caminhou até Jackie. Deveria ser Clancy.

Finalmente, algo de concreto estava acontecendo. Ian correu para apanhar sua câmera.

Jackie aguardou Clancy, os braços cruzados e os quadris projetando-se para a frente. Ele caminhou direto até ela, deu um apertão forte em seu traseiro e puxou-a contra sua barriga gorda. Ele a beijou, sua língua esticando-se para fora de sua boca antes mesmo de alcançar a dela.

Ian arquejou, deixando a câmera cair. Ela quicou no assento de vinil. Clancy enfim precisou tomar fôlego. O peito de Jackie arfava pesadamente. Saliva encharcava seus lábios. Ele entrou no escritório do motel e Jackie enxugou a boca com as costas da mão. Ela olhou para o Pontiac. Ian abaixou-se, espiando por cima do encosto do banco. Sentia-se fisicamente nauseado. Suas palmas úmidas deslizaram contra o assento.

Jackie alisou sua blusa e esfregou as mãos de um lado para o outro em seus quadris do jeito que Ian fazia quando estava nervoso. A porta do escritório do motel bateu com um estrondo, atraindo a atenção de Ian. Clancy mostrou uma chave a Jackie e apontou para um dos quartos.

Quem era Clancy e o que ele queria com Jackie?

Ian apanhou a câmera. Não confiava naquele cara, nem um pouco. Com as mãos tremendo, tirou uma foto de Jackie ao lado de Clancy, que era mais do que uma cabeça mais alto. Ela caminhou arrastando os pés, aguardando enquanto ele destrancava a porta. Ele se afastou para o lado e, com a mão em sua bunda, empurrou-a para o interior do aposento. Ian disparou outra foto e a porta do quarto do motel se fechou.

E agora, o que ele deveria fazer?

Seu estômago roncou e, pior do que isso, ele tinha que urinar antes que sua bexiga explodisse. Por uma fração de segundo, pensou em comprar uma barra de chocolate na loja de conveniência do posto de gasolina e usar o banheiro, mas logo descartou a ideia. Ele não podia sair dali. E se sua mãe ressurgisse e Jackie recuasse enquanto estivesse sozinha com Clancy? Ian precisava estar lá para ela. Ele poderia ter de ajudá-la a se afastar de Clancy.

Ian colocou a alça da câmera no ombro e abriu a porta. Ele permaneceu ali, as pernas tremendo de nervosismo e medo, por uns bons cinco minutos. Esperando que algo acontecesse. Que um deles saísse do quarto. Um carro passava ocasionalmente na rodovia. Corvos bicavam o lixo. Uma brisa soprou pelo estacionamento carregando o cheiro de pinho e fumaça de madeira, cutucando suas costas. Foi o empurrão de que precisava.

Ian abriu o zíper de sua braguilha e se aliviou ali mesmo no estacionamento, no V entre o carro e a porta aberta. Ele gemeu de alívio e, então, pulando na ponta dos pés, sacudiu e fechou o zíper da calça. Olhou em volta para se certificar de que ninguém o tinha visto.

A barra estava limpa. Ele fechou a porta de maneira silenciosa e caminhou até o quarto do motel. Ergueu o punho para bater e hesitou quando escutou um barulho. Pressionou o ouvido contra a porta. Gemidos e suspiros abafados, o repetido choque de carne contra carne, atravessaram a porta oca. Uma voz profunda e gutural soltava palavrões. Mais grunhidos se seguiram.

Ian recuou, por pouco não tropeçando no bate-rodas de concreto do estacionamento. Ele já tinha ouvido sons como aqueles antes. Eles partiam do quarto de seus pais na escuridão da noite.

Ian sentiu-se como se tivesse engolido um sapo. Um nó desagradável e enjoativo revirou seu estômago, subiu e engrossou em sua garganta. Ele quase vomitou.

Esquecendo-se das pontadas de fome, Ian correu pelo estacionamento, tropeçando na pressa de chegar ao telefone público. O cascalho arranhou suas mãos e seu queixo. Ele mal registrou os cortes, a ardência da carne viva. Levantou-se e abriu a porta de vidro da cabine telefônica. Ligou a cobrar para o hotel de seu pai, pedindo para a ligação ser transferida para seu quarto. O telefone tocou, tocou, tocou até que a operadora atendeu e confirmou o que Ian já suspeitava. Seu pai não estava lá. Ian estava sozinho.

Ele desligou.

Queria chorar.

Queria fugir.

Não queria ir para casa no carro com Jackie. Ele não queria chegar nem perto de Jackie. Ela havia traído Sarah da maneira mais vil possível. Dormir com um estranho era mil vezes pior do que as manchas roxas que marcavam a pele de sua mãe sempre que Jackie saía em um de seus passeios misteriosos.

Passeios que provavelmente a levavam a Clancy. Alguém deveria ter-lhe causado esses hematomas.

O telefone tocou, um grito estridente, e Ian deu um pulo de sobressalto. Ele pegou o fone e disse um rouco "Alô?".

– Ian, é você?

– Pai! – o alívio o derrubou. Ele cedeu contra a parede de vidro arranhada coberta de números de telefone escritos com caneta piloto e mensagens de "Ligue para mim".

– O que diabos você está fazendo em Donnelly?

Ian esfregou a palma da mão nos olhos para conter as lágrimas.

– Jackie nos trouxe aqui. – Ian explicou o que viu e ouviu.

Seu pai não disse coisa alguma por um longo tempo. Ian pensou que ele havia desligado até que escutou um baque surdo. Soou como um punho socando a parede. Seu pai praguejou.

– Pai? – ele chamou, sua voz insegura.

– Pelo amor de Deus, Ian, eu disse a você para nunca entrar no carro com Jackie. Também ordenei que você fosse à casa do Marshall e me ligasse assim que sua mãe mudasse de personalidade.

– Pra quê? – Ian gritou de volta. – Ela voltará a ser a mamãe até você estar em casa de novo.

– Droga. Faça o que te mandam fazer pelo menos uma vez. Volte para o carro para que ela não o deixe aí. Ela vai voltar para casa, ela sempre volta. Mas não se atreva a contar para sua mãe o que aconteceu. Deixe-me conversar com ela quando eu chegar em casa. Isso vai ser coisa demais para ela suportar.

– Mas, pai, ela...

– Faça isso! É uma ordem – seu pai berrou alto o suficiente para Ian afastar o telefone de sua orelha. – E é bom você ir para o Marshall quando chegar em casa. Espere lá até eu ir buscá-lo. Não quero que nada aconteça com você.

– Eu não quero que nada aconteça com a mamãe. Jackie vai machucá-la.

Uma porta bateu forte, capturando a atenção de Ian. Ele se voltou para o motel e o ar escapou de seus pulmões.

– Tenho que ir. – O fone escorregou de seu ouvido.

– Ian? Não se atreva a desligar. Ian! *Ian!*

Seu pai continuou gritando até que Ian encerrou a ligação, cortando-o.

Do outro lado do estacionamento, Jackie estava parada em pé do lado de fora do quarto do motel. Seus olhos se encontraram. Ian podia ver o brilho das lágrimas iluminadas em suas bochechas, apesar da distância entre eles. Seu rímel manchado, o cabelo desgrenhado e a blusa dependurada em um dos ombros o fizeram lembrar do cervo em que seu pai lhe ordenou que atirasse. Da mesma forma como ele levantou o rifle tantos meses antes, Ian lentamente, com cuidado, ergueu a câmera até o rosto, caso contrário, poderia assustá-la. Desta vez, ele disparou. Ele pressionou o botão. O obturador clicou. Então, Ian foi às lágrimas. Porque não era Jackie quem ele capturara em sua lente.

Capítulo 16

AiMEE

Mas o que é que estou fazendo?

Eu deveria estar no café para o intenso movimento matinal ou ligar para os bancos para retirar meu pedido de empréstimo. Deveria estar em um avião para a Espanha. O último lugar em que eu deveria me encontrar é no saguão das Empresas Donato, aguardando uma reunião com o proprietário da empresa, Thomas Donato.

Mas aqui estou eu.

Buscar a ajuda de Thomas parecia a solução perfeita na noite anterior e novamente esta manhã, quando acordei com a mesma determinação. Thomas é o meio mais curto de alcançar o fim de que necessito: localizar Lacy Saunders.

Agora que estou aqui, sentada sozinha na sala de espera de um escritório em que jamais imaginei botar os pés novamente, minha determinação vai para o brejo.

Meus joelhos não param de pular. O café que bebi esta manhã desceu mal e se transformou em um nó apertado abaixo das minhas costelas. Fico revirando meu telefone entre as mãos.

Eu não posso fazer isso.

Eu não consigo encarar Thomas de novo.

Começo a me levantar quando me lembro do motivo de estar aqui.

Ian. Estou fazendo isso por Ian. Estou procurando Lacy por ele.

Como seria diferente minha vida se eu a tivesse escutado no funeral de James, quando ela me revelou que ele ainda estava vivo. Tinha perdido James e o futuro que eu acreditava que queria com ele porque não agi. Mas...

Não teria conhecido Ian.

Não teríamos Caty.

A ideia de não ter nenhum deles em minha vida produz uma inesperada onda de tristeza. Por um instante, a angústia me imobiliza. Ela dilacera minha alma.

É por isso que pretendo escutar Lacy agora, para descobrir o que ela quer com Ian. Não posso perder mais ninguém na minha vida.

Fechando os olhos, respiro fundo em meio à dor. Então, releio a mensagem de texto que Ian enviou enquanto eu dormia. Ele pousou em segurança em Nova York. Queria que eu ligasse quando acordasse.

Eu não o fiz, temendo que ele de alguma forma suspeitasse do que estou tramando hoje. Não queria distraí-lo de seu trabalho e estávamos discutindo demais nos últimos tempos. Nós entraríamos em uma nova discussão se ele soubesse quem estou planejando encontrar.

A esta altura, Ian está no segundo trecho de seu voo, viajando para a Espanha, onde me juntarei a ele amanhã à noite. Espero ter notícias de Lacy até lá.

Por que Ian não me contou sobre o cartão de visita de Lacy? Ele também não mencionou que se encontrara com James. Apenas que pretende começar a procurar sua mãe de novo. Eu entendo por que ele precisa fazer isso. Manteve seu passado trancado a sete chaves durante muito tempo e trabalhou duro para que assim permanecesse. Por mais que ele goste de pensar que esconde isso, eu sei que está sofrendo. Ele precisa de um desfecho.

Consulto as horas no meu celular. A teleconferência de Thomas já terminou há quinze minutos. Deslizo meu telefone para dentro do compartimento da frente da minha bolsa, ficando impaciente. Quanto tempo mais estou disposta a esperar?

Tempo suficiente para conseguir o que quero dele.

Imagino a surpresa de Thomas ao se deparar comigo em sua agenda de compromissos. Liguei de manhã cedo para a recepcionista, insistindo que ela reservasse dez minutos do precioso tempo de Thomas.

Eu só preciso de cinco.

Revistas coloridas estão empilhadas na mesa lateral. Seleciono um catálogo de móveis e folheio as páginas brilhantes de produtos exóticos importados do Chile e do Brasil, chegando rapidamente ao fim. Eu o coloco de volta na mesa.

— Quanto tempo mais você acha que vai demorar? — pergunto à recepcionista.

Marion Temple espia seu monitor. Ela clica com o mouse.

— Estou verificando que ele ainda está ao telefone. Deve desligar em breve.

Foi isso o que ela disse oito minutos atrás.

— Obrigada. — Sorrio educadamente.

— Espero que não se importe de esperar até que ele termine. Thomas me pediu para abrir espaço de uma hora em sua agenda. Ele está muito interessado em ver você.

Aposto que está, considerando que fiz tudo dentro dos meus direitos legais para mantê-lo longe de mim. Depois que nos encontramos em Puerto Escondido e ele admitiu o que fez, como manipulou minha vida e a de James, a simples visão de Thomas me provocava reações físicas severas. Palpitações cardíacas. Falta de ar. Náusea.

Thomas tentou se aproximar de mim em várias ocasiões nos primeiros meses após o México, já que bloqueei suas ligações e e-mails. Ian sempre o escoltava para fora do café antes que Thomas tivesse a oportunidade de entrar em contato comigo. Agradeço a Deus por Ian e minha terapeuta. Eles me mantiveram sã até o dia em que perdi a cabeça.

Voltei para casa uma noite após um longo turno e encontrei Thomas aguardando por mim na varanda.

— Para quem contou sobre James?

Sua pergunta incisiva me assustou. Eu não o tinha visto escondido atrás das hortênsias, que precisavam de uma poda. Soltei um grito. Então, fiquei furiosa. Mais furiosa do que jamais estive em toda a minha vida. Peguei um vaso de samambaia e joguei na cabeça dele. Errei a mira e o recipiente de barro se espatifou na varanda. A terra sujou a camisa branca imaculada de Thomas.

– Céus. – Ele abaixou os braços que estavam protegendo sua cabeça. – Qual é o seu problema?

– Está de brincadeira comigo? Está de brincadeira comigo, *porra*? – Eu queria arrancar os olhos dele. Queria fazê-lo sangrar. E pensar que esse cara era o mesmo que eu um dia considerei como um irmão mais velho, que era o gentil e atencioso irmão mais velho do garoto que eu amava. Thomas nos apanhava na escola quando James ainda não tinha tirado sua carteira de motorista e nos levava para a pizzaria no centro da cidade. Então, esperava em seu carro para que James e eu passássemos um tempo sozinhos. Um tempo que seus pais não saberiam que fora gasto comigo.

Peguei outro vaso. Os braços de Thomas imediatamente protegeram sua cabeça quando ele saltou da varanda.

– Só responda à pergunta, Aimee. Isso é tudo o que eu quero.

Eu não dava a mínima para o que ele queria. Ele não merecia uma resposta. Brandi o vaso de tulipas para ele, belos bulbos com os quais minha mãe havia me presenteado no inverno anterior. Valeria a pena sacrificá-las para tirar Thomas da minha propriedade e da minha vida. Dei um passo ameaçador em direção a ele.

– Se você algum dia voltar a pôr os pés...

– Estou indo embora. *Estou indo embora!* – ele gritou de novo, recuando, quando levantei o vaso acima da minha cabeça. Ele apontou para o recipiente entre as minhas mãos. – Minha cabeça não é digna delas. São muito bonitas.

Seu comentário me pegou desprevenida. Abaixei os braços, segurando o vaso contra meus quadris. Tive de ignorar o olhar de tristeza que ele tentava ocultar e não queria que ele visse minhas próprias lágrimas. Ele tinha sido um bom amigo. Como chegamos a esse ponto? Eu queria matá-lo.

– Simplesmente vá embora – eu disse, tentando não chorar.

Ele foi embora com relutância, estendendo o braço enquanto se afastava, sua expressão implorando por uma resposta. Minha posição firme, meu olhar duro, ele não conseguiu nada de mim. Na manhã seguinte, procurei um advogado e iniciei o processo de ordem de restrição contra Thomas.

James me contara um pouco no dia anterior sobre por que Thomas o mantivera escondido, como ele mexera alguns pauzinhos e colocara James no programa de proteção a testemunhas do México. Eu quase conseguia compreender as razões de Thomas, mas não acho que ele precisava chegar a esses extremos. Tenho certeza de que havia outras opções.

Mas se Thomas tivesse optado por elas, eu jamais teria conhecido Ian. Estou esperando aqui, na cova do leão, por causa de Ian. E aquele leão está se aproveitando da minha melhor amiga, Nádia.

A raiva aumenta vertiginosamente. Minhas mãos se fecham em punhos. Pego minha bolsa e me aproximo da recepção prestes a invadir o escritório de Thomas. Marion encerra a ligação em que estava e sorri agradavelmente para mim.

– Era o Thomas. Ele vai vê-la agora, sra. Collins. Acompanhe-me. – Ela se levanta e dá a volta na mesa em formato de semicírculo.

Até que enfim.

Sigo Marion por um amplo corredor, passando por cubículos e escritórios. Ela para no fim dele e abre um amplo par de portas duplas envernizadas em tom de mogno escuro.

– Sr. Donato, a sra. Collins está aqui para vê-lo. – Ela dá um passo para o lado.

Antes de perder a coragem, cruzo rapidamente o piso acarpetado na cor cinza. Thomas começa a se levantar da cadeira atrás de sua mesa. Eu vou para cima dele antes que ele fique de pé.

– Existem centenas de arquitetos na Baía de São Francisco e você escolheu Nádia. Por quê?

A boca de Thomas se abre e suas sobrancelhas se levantam, franzindo a testa. Por dentro, eu estremeço. Não foi assim que planejei iniciar nossa conversa.

Seu olhar desliza da minha pessoa para o espaço atrás de mim. Ele assente e ouço as portas se fechando. Estamos apenas nós dois, sozinhos. Meu coração bate forte, mas não vou deixar Thomas me ver suar. Endireito minha postura, cruzando os braços para que ele não veja o quanto minhas mãos tremem, e encontro seus olhos.

Ele joga a caneta na superfície de vidro de sua mesa.

— Admiro o trabalho dela.

— Não acredito em você.

O canto de sua boca se curva. Ele dá de ombros.

— Claro que não acredita.

Balanço um dedo para ele.

— Você vai ferrar com ela como fez com todo mundo. Encontre outro arquiteto.

O semblante de Thomas fica sombrio. Ele abre os dedos sobre a mesa e se inclina para a frente, as pontas deles apoiando seu peso.

— Posso trabalhar com quem eu quiser. Você não tem autoridade para entrar aqui e decidir com quem trabalho e como administro os meus negócios.

— É de Nádia que estamos falando. Sabe que ela é minha melhor amiga.

— Acha que estou trabalhando com ela para chegar até você? Pois tenho novidades, Aimee. Meus planos diabólicos não giram em torno de você.

Seu sarcasmo me irrita.

— Não zombe de mim.

Ele desliza as mãos nos bolsos laterais da calça. Sua expressão se suaviza.

— Não sou um monstro.

— Só um sujeito com um plano e que não está nem aí se está arruinando vidas. Contanto que você consiga o que deseja.

Thomas franze os lábios e exala pesadamente pelo nariz.

— Posso lhe oferecer uma bebida? — Ele sai detrás de sua mesa e dirige-se ao bar ali perto.

— São dez da manhã. — Jogo minha bolsa na cadeira de couro ao meu lado.

– Está se revelando uma manhã difícil. – Ele se serve de um dedo de uísque e o manda goela abaixo.

Enquanto despeja outra dose da bebida, aproveito a oportunidade para organizar os meus pensamentos, já que eles se desviaram no segundo em que cruzei a soleira de seu escritório. Thomas trabalha em um grande espaço decorado com tons neutros, vidro e aço. Mais escuro e frio do que as texturas quentes dos móveis que ele importa e exporta. O lugar é um reflexo perfeito do homem que ele se tornou.

Thomas se senta no centro do sofá e faz um gesto para que eu me junte a ele.

– Vou ficar de pé, obrigada.

Ele levanta um ombro.

– Fique à vontade.

Eu fico andando em círculos ao redor do escritório, inquieta, sem saber como começar. Sinto Thomas me observando. Seu olhar acompanha meu progresso. Apanho um porta-retratos na prateleira atrás da mesa de Thomas. Uma foto dele e de James. Eles estão mais jovens do que quando os conheci. Eu tinha oito anos; James, onze; e Thomas, treze. Muito antes de a vida de James se tornar difícil em casa. Aliás, já era difícil. Só ficou pior.

Eu não sei a história toda do que aconteceu entre Thomas e James, ou inteiramente como era a vida para eles morando com seus pais, já que ele aparentemente manteve muito de sua dinâmica escondida de mim. Cabia a James contar sua história, caso ele estivesse inclinado a compartilhar.

Retorno ao centro da sala e me posto atrás de uma cadeira de couro, em frente a Thomas.

– Que tipo de trabalho Nádia está prestando para você?

– Ela não lhe contou? Ótimo.

– Ela sabia que me deixaria aborrecida, esse negócio de vocês dois trabalhando juntos.

– E aqui está você – Thomas murmura com a boca próxima de seu copo antes de tomar um gole. – Ela não contou porque assinou um acordo de confidencialidade. Além disso, não é da sua conta.

– Não é, mas você vai me contar mesmo assim. – Sinto que Thomas quer conversar. Ele abriu uma hora de espaço em sua agenda para mim. Eu não vou desperdiçar esta oportunidade.

– Eu comprei uma casa em Carmel.

– Você está se mudando? – Dou a volta e afundo na cadeira. Nunca mais terei que ver Thomas passar na frente do meu café novamente, perguntando-me se desta vez, naquela manhã, ele entrará. A ordem de restrição expirou há alguns anos e eu não tinha motivo para renová-la. Fiel à sua palavra, Thomas me deixou em paz, exceto na ocasião em que pediu a Nádia as fotos e os contatos de James para baixar em um novo iPhone. Ele planejava enviá-los para Carlos, o homem que James tinha sido durante seu estado de fuga.

– Em um ou dois anos – responde Thomas, olhando para a porta. Ele se inclina para a frente, os cotovelos apoiados nos joelhos, o copo equilibrado entre as mãos. – Estou cansado desta cidade. Estou cansado de dirigir esta empresa. Estou simplesmente – ele esfrega os cantos internos dos olhos com o polegar e o indicador – cansado.

Ele está mais do que cansado. Ele parece derrotado.

Interessante.

– Você está vendendo a Donato?

– Preparando o terreno para isso, sim. – Ele arqueia uma sobrancelha. – Preciso que você assine um acordo de confidencialidade antes de ir embora ou posso confiar que você não dirá uma palavra sobre isso fora deste escritório? – Ele inclina a cabeça na direção das portas. – Meus funcionários não sabem.

– Mas Nádia, sim.

– Ela assinou um acordo de confidencialidade. Confio nela. – Seu tom sugere que há mais do que confiança aí.

– Você gosta dela.

O olhar de Thomas se estreita. Ele se inclina contra os joelhos para se levantar, imagino que para convocar sua assistente para imprimir um acordo de confidencialidade. Reviro os olhos.

– Tudo bem, eu lhe dou minha palavra. Seu segredo está seguro comigo. – Nem em sonho que vou assinar qualquer contrato vindo de Thomas.

Thomas acomoda-se no sofá e bebe o restante de seu uísque.

– A casa que comprei foi recentemente reformada. Estou apenas ampliando a suíte principal e o banheiro, e reformulando a cozinha. Nádia está traçando os planos para o meu empreiteiro. Ela não está gerenciando o projeto. É isso. Não estou interessado em nada dela além disso.

Sua última afirmação é pronunciada em voz baixa, seu olhar fixo no interior do copo vazio.

– Suas mensagens de texto para ela dizem o contrário – observo de modo tranquilo.

Thomas pousa o copo com uma forte pancada e confere as horas em seu relógio.

– Por que você está aqui?

Apanho minha bolsa onde a deixei, na cadeira ao lado da mesa de Thomas, e retiro de lá uma folha de papel dobrada. Eu havia feito uma cópia do cartão de visita de Lacy. Entrego-a a Thomas, observando enquanto sua sobrancelha arqueia, encarando-me enquanto desdobra o papel. Ele baixa os olhos e lê seu conteúdo, seus olhos arregalando-se ligeiramente. Ele volta a olhar para mim.

– Do que se trata?

– Lacy se encontrou com James em uma praia em Kauai e lhe deu o cartão dela.

Seu rosto e pescoço ficam um tom mais claros.

– Você já conheceu essa mulher? Ela olha através de você, e não para você. É uma sensação muito estranha. – Ele estremece, fazendo-me hesitar. Thomas parece realmente desconfortável.

– Você já se encontrou com ela?

– Uma vez, brevemente. Ela era uma conhecida de Imelda Rodriguez. Estavam almoçando durante uma de minhas viagens a Puerto Escondido.

Uma lembrança toca suavemente os recessos da minha mente como os bigodes de um gato roçando o meu rosto.

– Você a reconheceu no meu café no dia da inauguração. – Thomas viera me parabenizar, considerando que ele me abonara o dinheiro e, como eu soube mais tarde, convencera Joe Russo, o proprietário do edifício, a locar o espaço sem aluguel durante a reforma. Thomas notara alguém naquele dia e saíra às pressas. Foi só depois, quando Kristen encaminhou as fotos da inauguração, que vi que Lacy também estivera lá. Provavelmente procurando uma chance de entrar em contato comigo.

– Eu a vi lá – Thomas admite. – O que ela quer com James?

– Com James, não. Com Ian, meu marido. – Aponto para o papel que lhe entreguei. – O número deste cartão está fora de serviço. James me contou como e por que você o manteve escondido no México. Acredito que você possui os recursos para encontrá-la.

– Você falou com James. Ele está na cidade?

– Sim. Quanto a Lacy... – Paro de falar. Thomas não está me escutando. Ele se levanta, vai até a janela e contempla a cidade lá embaixo. Desliza uma mão no bolso, a outra agita o papel que segura contra a perna. Depois de um momento, ele se volta para mim. – O que você quer com Lacy?

– Não é da sua conta.

– Eu lhe contei sobre Nádia e minha casa. Você sabe sobre meus planos para a Donato. Também estou deixando você sair daqui sem assinar um acordo de confidencialidade. Embora – ele enfia os dedos no colarinho e coça o pescoço – eu esteja reconsiderando isso. Você me deve uma explicação se é para eu ocupar meu tempo procurando por uma mulher que dá a impressão de que não consegue manter os pés plantados em um lugar por mais de alguns meses seguidos.

Ele sabe como Lacy é.

– Diga-me e ficaremos quites.

– Eu tenho três respostas para você. – Eu me levanto. – Não lhe devo coisa alguma. Você e eu nunca estaremos quites. – Faço a contagem nos meus dedos.

Thomas levanta uma sobrancelha.

– E a terceira?

– Lacy foi até meu ex-noivo para entregar aquele cartão de visita ao meu marido. Eu quero saber por quê.

– A trama se complica. – Thomas casualmente caminha até mim, dobrando o papel. Ele o enfia no bolso da camisa. – Isso é curioso. – Ele cruza os braços e respira profundamente. – Tudo bem. Eu vou encontrá-la.

– Sério? – Não consigo esconder minha surpresa. Eu esperava uma briga. Minha boca se abre e eu imediatamente a fecho. Não quero agradecer-lhe.

Sua boca se contrai.

– De nada – diz ele com a sinceridade que me recusei a demonstrar para com ele e retorna à sua mesa. – Dê-me alguns dias. – Seu tom dá a deixa para eu me retirar.

Coloco minha bolsa debaixo do braço.

– Você tem um dia. Estarei em um avião com destino à Espanha esta tarde. Eu gostaria de ter as informações dela no momento em que aterrissar.

Capítulo 17

iAN

— Desculpe pelo atraso. — Reese deixa cair uma pequena mochila na cadeira em frente a mim e boceja, cobrindo a boca com as costas da mão. — Estou em cima do prazo para outro projeto e fiquei até tarde escrevendo.

Espio meu relógio. Oito e dez. Estou acordado desde as quatro da madrugada — obrigado por isso, fuso-horário — e bebericando café na sala de jantar desde as seis.

— Você precisa voltar em um horário específico? Podemos ir em carros separados. — Sabe-se lá quanto tempo vai demorar para encontrar as manadas. Meu tempo é curto e não posso estender minha estada. Não quero interromper a busca antes do necessário.

Ela balança a cabeça.

— Enviei o esboço ao meu editor esta manhã.

Isso é um alívio. Levantando-me, termino o meu café. Não há garantia alguma de que veremos as manadas hoje. Temos que primeiro encontrá-las e estou ansioso para pegar a estrada. Poderíamos estar atravessando as colinas após o pôr do sol.

Estalo os dedos. Lanternas, podemos precisar delas.

Abrindo minha bolsa, verifico se as incluí, confirmando que o fiz, junto das baterias extras. Satisfeito, puxo o zíper, fechando a bolsa.

Reese aponta para o buffet de café da manhã.

— Deixe-me pegar um pouco de comida para levar conosco.

Apoio minha mochila no ombro e verifico minhas mensagens. Ainda nenhuma notícia de Aimee. Ela também não retornou minhas ligações.

– Ian?

Ergo os olhos por cima do celular para Reese, o cenho franzido estampado na minha testa.

– Que foi?

Ela levanta uma sobrancelha.

– Tudo bem com você? Parece preocupado.

– Não, estou bem. – Guardo meu telefone. – Pronta?

Ela me mostra sua *magdalena*, um doce espanhol servido no café da manhã, e maçã.

– Sim. Vamos.

– Eu dirijo – digo quando chegamos ao estacionamento. Ela dá um giro em um círculo completo, olhando para os veículos. – É aquele. – Aponto o chaveiro para o meu carro alugado, um sedã compacto, e desarmo o alarme. Nós entramos no carro e eu dou marcha à ré, saindo do estacionamento.

– Sobre a noite passada – Reese começa a dizer depois que ela aperta o cinto de segurança. – Aquilo que eu falei, sobre sua esposa se parecer com sua mãe, foi inconveniente.

– Esqueça isso – dispenso seu comentário, desejando me concentrar no trabalho, não em Sarah. Ou em minha esposa, que não atende às minhas ligações. Haverá muito tempo para pensar nelas depois.

– Enfim, não quero que as coisas fiquem estranhas entre nós, então, mais uma vez, me desculpe.

Assinto enfaticamente e passo a marcha no carro. Ela morde sua maçã. O interior do automóvel logo cheira a suco e torta. Faz eu me lembrar do outono, do Halloween e de Caty. Sinto falta de suas risadinhas de criança e quero falar no FaceTime com ela esta noite, presumindo que Aimee atenda ao telefone. Penso momentaneamente em ligar para Catherine, mas decido não fazê-lo. Não quero preocupá-la ou lhe dar motivos para pensar que existe algum atrito entre mim e Aimee. Porque não haverá, não mais. Pegando a estrada, seguimos para Sabucedo, a quinze minutos de carro de onde estamos hospedados.

– Você já pensou no ângulo que vai adotar para o artigo? – pergunto quando Reese termina sua maçã.

Ela embrulha os restos em um guardanapo e o deposita no porta-copos.

– Tenho algumas ideias.

– Importa-se em desenvolver o que tem em mente? – pressiono quando ela não o faz, olhando em sua direção. Ela observa a paisagem à beira da estrada que passa, as encostas de grama seca e rocha, os grupos de pinheiros.

Ela ajusta a mochila em seu colo.

– Vai me convencer do contrário?

Balanço a cabeça, abrindo um sorriso. A boa e velha Reese, sempre rápida na defensiva. Seguindo as placas de sinalização para Sabucedo, reduzo a marcha e viro à direita.

– Achei os homens que lidam com as manadas quase tão interessantes quanto os próprios cavalos.

– Como assim? – Reese pergunta. Ela parte um pedaço da massa que parece bolo inglês.

– Antes do evento, os aloitadores vibravam de expectativa. Dava para sentir a energia. Eles vinham aguardando o ano todo por este evento. Eles estão tensos e focados, quase como se estivessem se preparando para uma batalha. Mas, depois, estão exaustos, sujos e suados. Alguns deles apresentam contusões e ossos quebrados. Você pode ver a dor gravada em suas expressões. Mas eles estão sorrindo porque estão aliviados. Sobreviveram. E mal podem esperar para fazer tudo de novo no ano seguinte.

Reese assente lentamente, mastigando.

– Faz você se perguntar por que fariam isso depois da maneira como você descreveu.

– É um rito de passagem. Eu tirei muitas fotos deles. Achei que você poderia abordar essa emoção no artigo. Assim, Al pode usar as fotos.

– Talvez – diz ela, colocando outro pedaço de bolo macio em sua boca.

– Você não parece tão interessada assim.

– Ah, não... estou, sim. É uma boa ideia – ela concorda. – Só não tive a mesma impressão que você. Saí antes de terminar a primeira sessão. Assistir àquilo foi difícil para mim.

Seu rosto tomado de aflição e suas bochechas encharcadas de lágrimas me vêm à mente. Assim como sua rápida partida. Ela se foi antes que minha permissão de dez minutos no local terminasse. É quando eu faço a conexão. Ela não gosta de animais presos, amarrados ou confinados. O vizinho duas casas depois da residência onde ela cresceu mantinha seu rottweiler preso em seu quintal rodeado por uma cerca de arame sem nada para lhe fazer companhia, a não ser uma casinha de cachorro de plástico e a corda de uns sete metros que o mantinha preso ao solitário jambeiro do quintal. Com exceção de alimentar seu cachorro uma vez por dia, o dono negligenciava o animal. O único estímulo que o cão recebia era observar as crianças passando de bicicleta e os vizinhos passeando com seus próprios cachorros.

Reese cruzava com o cachorro todos os dias no caminho da escola para casa, até aquela tarde em que ele não estava mais lá. Ela não tinha ideia se o cachorro morrera ou se o dono o dera a alguém. Algum serviço de proteção aos animais pode tê-lo levado embora. Mas, duas semanas depois, um filhote mestiço de pastor apareceu no quintal e, nos meses seguintes, teve a mesma vida solitária e negligenciada até que o serviço de proteção aos animais o apanhou. Não importava quanto amor ela tivesse para dar. Reese decidiu nunca ter um animal de estimação.

Obviamente, ela me disse isso depois que eu adotei o gato para ela.

Isso faz eu me perguntar por que, para começo de conversa, ela estava na *Rapa*, por isso, eu lhe pergunto.

– Michael queria ir. Ele adora cavalos. Cresceu perto deles.

– Quem é Michael? Seu namorado?

– Ex-marido, três semanas até este momento. – Reese pinça uma migalha de sua *magdalena*, olha para ela, então, de modo distraído, limpa a mão na mochila.

– Sinto muito. – Não sei mais o que dizer.

– Não sinta. Foi uma separação amigável. Fomos à *Rapa* em julho como amigos. Há anos estava em sua lista de coisas a fazer antes de morrer. Ele me pediu para ir com ele, e eu fui.

Diminuo a velocidade até parar em um cruzamento e espero vários carros passarem.

– Se você não gostou de assistir, por que enviou uma proposta para escrever o artigo? – Não faz sentido para mim.

– Eu não enviei nada. Jane Moreland, ela é a editora de conteúdo, foi quem me designou. Você se lembra de Simon Dougherty?

– O cara com quem trabalhamos no jornal da faculdade? – A imagem de um homem de estatura mediana com cabelos escuros e óculos de aro preto faz download na minha cabeça. – Aquele que passava brilhantina no cabelo e usava um protetor de plástico para as canetas não mancharem o bolso da camisa? – Sorrio largamente para Reese e ela compartilha um sorriso.

– Ele mesmo.

Eu trabalhei como fotógrafo do jornal por dois anos e não mantive contato com ninguém da equipe desde o período em que estive lá.

– Eu me lembro de Simon. Sempre podia contar com ele quando precisava de uma caneta.

– Isso é porque você nunca carregava sua própria.

– Pra quê, quando se tinha Simon?

Ela balança para mim seu doce comido pela metade.

– Você costumava chamá-lo de Clark Kent, lembra?

– É mesmo. – Quico levemente meu punho na marcha, rindo baixinho. – Ele era obcecado pelos quadrinhos do Superman e tingia o cabelo.

– Tingia nada!

– Tingia, também. – Um Volkswagen passa e engato a primeira marcha, entrando na rodovia. – Eu comprei uma tintura de cabelo Clairol para ele como presente de aniversário. Sabe o que ele disse? "Valeu, cara, mas é do tom errado. Eu uso o castanho *mais escuro*." – eu modulo minha voz para soar como eu me lembrava que era a de Simon, estrondosa e séria. – Comprei para ele o castanho-*escuro*. Como se houvesse alguma diferença.

– Macacos me mordam. – Reese olha pela janela da frente. – Eu nunca soube. – Ela termina seu doce e amassa o guardanapo.

– O cabelo dele ainda é castanho mais escuro?

Seu rosto se contrai.

– Não faço ideia. É castanho. O bom e velho castanho.

Pouso o braço no console central e me inclino em direção a ela.

– Então, o que rola com Clark Kent? Você ainda mantém contato com ele?

– Sim, e *Simon* – ela enfatiza seu nome – é um amigo próximo.

Eu a observo, em dúvida.

– Não é tão próximo assim se não sabe dizer se ele pinta o cabelo – provoco.

– Para! – Reese dá um tapa de brincadeira no meu antebraço, então logo retrai a mão. Ela dobra o braço sobre a mochila e fica mexendo no zíper, mantendo a mão ocupada. Seu semblante fica sério.

Seguro o volante na posição dez pras duas, nem um pouco confortável com quão fácil é brincar com Reese. Ela ainda pode ser tão divertida quanto irritante.

Correndo a mão pelos cabelos, mantenho meu olhar direcionado para a frente. Digo a mim mesmo que é porque não quero perder a saída.

– O que Simon tem a ver com você e a *Rapa*? – pergunto.

– Ele está na equipe da revista. Ele mencionou a Jane que visitei o evento e ela me procurou.

Um pensamento me ocorre e não me agrada.

– Você sabia que eu seria designado para essa matéria?

A atmosfera muda no carro e Reese se mexe desconfortavelmente em seu assento. Meu estômago revira, revolvendo a quantidade de café equivalente a um bule inteiro que ingeri esta manhã.

– Estou me mudando de volta para os Estados Unidos. Michael é britânico. Agora que estamos divorciados, não há razão para eu ficar.

– Reese – eu a pressiono. – Você sabia?

– Não no começo, não – ela diz, irritada. Empurra a mochila de suas coxas, que desliza para o chão. Cruza os braços sobre o peito. – A princípio, recusei a tarefa.

– Mas você concordou quando descobriu que trabalharia comigo.

– Sim, tá bem? – ela confessa, virando o rosto para mim sem de fato me encarar. – Eu queria ver você.

Ela só pode estar brincando comigo. Engato a quarta marcha com força.

– Eu sou casado, Reese. Tenho um casamento feliz.

Sua boca se abre. Ela me olha, atônita. Eu a encaro com um olhar inflexível. Ela fecha a boca com força e sua expressão endurece.

– Você é tão convencido.

Estou prestes a descarregar tudo nela, porque o que mais eu deveria pensar, quando uma placa passa flutuando do lado de fora. SABUCEDO. Reduzo rapidamente a marcha e pego a nossa saída, que por pouco não perco.

Sigo devagar por uma rua estreita.

– Você sabe para onde está indo?

– Sim. – Eu acho. Espio ao redor. Existem duas trilhas principais que podem nos levar às manadas. A pergunta é: qual a melhor opção?

– Pare o carro. Estacione. Vamos perguntar para ele. – Ela aponta para um homem descansando em um banco do lado de fora do único café do vilarejo. Eu o reconheço como um dos aloitadores das minhas fotos.

– Boa ideia.

Depois de uma rodada de apresentações, Manuel nos direciona para uma trilha no lado oposto do vilarejo. As manadas têm pastado naquelas colinas há uma semana e devemos encontrá-las com pouco mais de uma hora de caminhada. Reese troca números de telefone com Manuel e eles marcam de se encontrar no café no fim da tarde. Ela quer entrevistá-lo sobre sua experiência com a *Rapa*.

– Obrigado – digo quando voltamos para o carro.

– Pelo quê?

– Por querer falar com ele. Ele é um dos caras que fotografei e de quem estava falando antes.

Reese assente uma vez com a cabeça e verifica a hora em seu celular.

– Vamos nos apressar. Tenho que estar de volta às quatro.

Cinco minutos depois, estamos estacionados no início da trilha. Reese ajusta sua mochila nas costas.

– Qual é o plano, Collins?

Aperto os olhos para o céu nublado. O ar está carregado de umidade e do cheiro penetrante de eucalipto e terra molhada.

– Encontre os cavalos antes que peguemos a chuva. Também quero tirar algumas fotos panorâmicas da região.

Tomamos a trilha, acertando um ritmo. Caminhamos em relativo silêncio pelos vinte minutos seguintes, acompanhando o solo gasto pelo uso colina acima. Meus pensamentos divagam para os anos em que Reese e eu estávamos juntos e como as coisas terminaram abruptamente entre nós, como um seriado de TV favorito que é cancelado entre as temporadas. Não lhe resta nada a não ser um gancho para um próximo episódio à guisa de encerramento. Seu cérebro elabora vários cenários, mas nenhuma das conclusões é tão satisfatória quanto você imagina que o negócio de verdade teria sido se você tivesse tido a chance de assistir ao primeiro episódio da temporada seguinte.

Sempre me perguntei se Reese e eu teríamos ficado juntos. Foi só quando conheci Aimee na galeria de Wendy que finalmente obtive minha resposta. Reese e eu nunca teríamos dado certo porque eu estava destinado a ficar com Aimee.

Sempre acreditei que as coisas acontecem por um motivo. Nem sempre elas podem ser explicadas, como o fato de Reese me deixar ou minha vida cruzar com a de Aimee por meio de Lacy. Mas, no fim das contas, as respostas se revelam, às vezes das maneiras mais estranhas. Algumas são óbvias; outras, você deve procurar.

– Você tem filhos? – Reese pergunta, enquanto prosseguimos para uma curva. Pinheiros ladeiam a trilha, a elevação aumentando.

Fito-a de soslaio, na tentativa de impedir que a pergunta me incomode.

– Você já sabe essa resposta.

Ela levanta a mão.

– Me pegou. – Franzo a testa, perguntando-me o quanto ela sabe sobre mim e por quê. Ela é quem foi embora.

– Reese. – Agarro as alças da minha mochila, aliviando o peso dos meus ombros. – O que vivemos ficou no passado. Não vai rolar nada entre nós.

Ela faz uma cara feia.

– É bem presunçoso da sua parte. Esqueça que perguntei. – Ela acelera o passo, movendo-se à minha frente.

As nuvens pairam baixas, o céu está melancólico. Meu humor também. Uma única gota cai na minha testa e desliza para o olho. Enxugo o rosto. Algumas gotas atingem a mochila de Reese e mais outras respingam em meus ombros. Logo, somos apanhados por uma garoa constante. Levanto meu capuz.

O comentário de Reese me irritou, mas ela está certa. Estou sendo presunçoso. Qualquer jornalista confiável fará sua pesquisa antes de iniciar um trabalho, incluindo com quem estaria cumprindo a tarefa. Eu teria feito o mesmo se soubesse que ela havia sido designada.

Subo totalmente o zíper da minha jaqueta.

– Tenho uma filha. O nome dela é Sarah Catherine e ela tem quatro anos.

Reese desacelera, mas não se vira para mim. Aumento o meu ritmo. Seus cabelos estão úmidos, pegajosos. Ela ergue os olhos para mim e encontro seu olhar.

– Nós a batizamos com o nome da minha mãe e da mãe de Aimee. Nós a chamamos de Caty, e ela é incrível. Inteligente, ousada, tenaz, atenciosa... eu poderia continuar o dia todo. – Eu rio. Meu peito se aquece só de pensar nela.

– Ela é uma menina de sorte por ter você como pai.

– Obrigado – digo simplesmente. Ela sabe sobre meu pai e como, mesmo aos vinte e poucos anos, esforcei-me para não ser como ele.

Chegamos a um topo na trilha e Reese se vira para mim.

– Estamos caminhando há mais de uma hora e nada de cavalos.

– Pode voltar, se quiser. Eu lhe dou as chaves. Pode esperar no carro.

Ela me lança um olhar descontente.

– Caminharei o dia todo se for preciso, mas como sabe que estamos indo na direção certa? Manuel poderia estar errado. Os cavalos podem ter se deslocado para outro lugar.

– É possível, mas improvável. Tenho visto esterco de cavalo nos últimos quatrocentos metros. Não consegue sentir o cheiro? – Puxo o ar dramaticamente. Feno úmido, madeira podre e cogumelos. Eu sorrio.

Ela franze os lábios. Seu nariz enruga.

– Não, obrigada, dispenso. Continue caminhando.

Ela sai da trilha para que eu possa ir na frente. Naquele momento, o céu desaba e a garoa que tomávamos se transforma em uma chuva torrencial. Em segundos, minhas roupas estão encharcadas até a cueca.

Aponto para um pinheiro, seus galhos largos o suficiente para nos fornecer um pouco de cobertura.

– Vamos para lá! – grito. Corremos, derrapando na lama, nossas mochilas quicando em nossos ombros. Aliso meus cabelos para trás e examino o horizonte. Não há muito para ver. Nuvens espessas e a chuva forte obscurecem as colinas. Gotas enormes despencam continuamente à nossa volta vindas dos galhos. – Podemos esperar a chuva passar aqui. Não deve durar muito. – Meu aplicativo de previsão do tempo mostrou sol à tarde. Mas também indicava que a manhã só estaria parcialmente nublada. Podemos ficar aqui numa longa espera.

Tiro a mochila dos ombros para verificar meu equipamento e pego uma barra de proteína. Atrás de mim, Reese grita. A pele da minha nuca se contrai e meu coração bate na garganta. Eu me levanto num pulo.

– O quê? Onde?

Ela aponta para o chão. A cerca de três metros de nós está a carcaça de um potro. Foi atacada por outros animais. Não sobrou nada além de pele, ossos e órgãos em decomposição. O sangue seco mancha o chão.

– O que aconteceu? – Reese pergunta. Ela se afasta para a borda da proteção do galho. Sua cabeça está encharcada, seus olhos, arregalados.

– Lobos. Eles vagam por essas colinas – explico, pegando minha câmera.

Ela examina o entorno e eu balanço a cabeça diante de sua consternação.

– Está morto há vários dias. Estamos bem. – Ajusto as configurações da câmera e tiro uma foto.

– Não precisamos de fotos disso para o artigo. Tenha um pouco de respeito, Ian. Está morto.

– É a vida. E meu editor quer que eu documente como é aqui para as manadas. – Baixo a câmera e arqueio o braço para abranger a paisagem ao redor. – Os cavalos galegos percorrem estas colinas há séculos. Eles são mais baixos e mais resistentes do que os cavalos a que estamos acostumados, com pelagem desgrenhada e pelos grossos no focinho. Eles se adaptaram à vida aqui em cima e, como qualquer grupo de animais selvagens, a manada segue em frente, deixando os doentes e feridos para trás. – Indico o potro morto. – Quero ver como é a vida para eles, você não?

Reese abraça seu corpo e, com relutância, assente com a cabeça.

Olho para trás em direção à trilha.

– Meu palpite é que a nossa manada se mudou para outro lugar. E eu não acho que essa chuva vai parar tão cedo. – Olho para cima, sentindo-me desanimado. Mais um dia, e depois não terei escolha a não ser partir. – Devemos voltar. Podemos perguntar a Manuel onde mais procurar.

– Diga-me, Ian – Reese fala quando começamos a descer a colina. Ela finalmente puxa o capuz para a cabeça. Riachos de água caem sobre seus ombros, descendo pela frente de sua jaqueta. – O que tanto o fascina em relação a esses cavalos e à *Rapa*? Por que você se inscreveu para esta tarefa?

– Fácil. A relação simbiótica entre as manadas e os aldeões. Um não pode sobreviver sem o outro.

Ela resmunga.

Lanço-lhe um olhar.

– O que você está pensando?

– Que deve haver outra maneira além de amontoar duzentos cavalos em uma pequena arena para lidar com as manadas. Opa!

A bota de Reese desliza na lama e seus braços giram como pás de moinho. Agarro seu cotovelo para que ela não caia.

– Obrigada. – Ela recupera o equilíbrio e eu a solto.

– Essa foi por pouco.

– Sim, foi.

Eu não rio junto quando ela o faz.

A chuva quer que corramos, estamos seriamente encharcados. Meus pés chapinham dentro dos sapatos, mas mantemos nosso ritmo constante. Nenhum de nós quer acabar mancando de volta para o carro com uma perna quebrada ou um tornozelo torcido.

Passa um pouco do meio-dia quando entramos no café, ensopados e famintos. Chegamos cedo, mas felizmente Manuel está lá, almoçando com amigos. Reese pede um café e eu bebo uma cerveja, sentindo-me inquieto, mas não consigo identificar por quê. O dono do café traz-nos pratos de *pulpo*, polvo cozido mergulhado em páprica picante sobre uma camada de batatas, um prato ao estilo galego. Reese está encantada. O cheiro revira o meu estômago.

Comemos enquanto Manuel e seus amigos Paolo e Andre brindam Reese com histórias da *Rapa das Bestas*. Eles contam seus ossos quebrados e mostram as cicatrizes em uma demonstração de superioridade, enquanto descrevem apaixonadamente seu amor pelos cavalos que vagam por suas colinas. Mas, quanto mais eles falam, mais transtornado fico, tanto do estômago quanto em estado de espírito. *O que há de errado comigo?*, penso, irritado. Reese está sorrindo. Ela está rindo das histórias. Está perguntando sobre a necessidade do festival e uma percepção repentina vem à tona. Eu sei a abordagem que Reese pretende dar a essa matéria, ou, pelo menos, as opiniões que vai colocar nela. Ela não acha que o festival seja necessário para cuidar da manada.

Mas essa não é a questão, quero argumentar. É sobre tradição e nossa dependência uns dos outros. É sobre duas espécies apoiando uma à outra.

Depois de anos ralando para atingir esse objetivo, finalmente estou trabalhando para a *National Geographic*. Para um artigo com o qual não tenho certeza se quero ter meu nome associado.

Já passa das seis quando chegamos de volta a La Casa de Campo. Estamos úmidos, e não encharcados, e eu quero uma bebida, algo mais forte do que uma cerveja. Abro a porta da frente, dando um passo para o lado no último minuto para deixar Reese entrar na frente.

– Que há com você? – ela pergunta, quando a porta se fecha atrás de mim. – Você quase não disse nada esta tarde. Eu fiz algo que o aborreceu?

Aponto o dedo para ela.

– Cuidado com o que diz nesse artigo. Suas palavras podem dizimar a principal fonte de renda daquela vila. Fundos que eles usam para cuidar dos cavalos.

Ela ri, ignorando-me.

– Como se eu fosse deixar você me dizer o que escrever. Pelo que sei, a autora da matéria sou eu. Você é apenas o fotógrafo.

– Mas é o meu nome também, nos créditos. – E eu não queria ser a causa de nenhuma matéria negativa. Enviei minhas fotos para a revista porque queria compartilhar um evento incomum impregnado de história. As tradições estão desaparecendo a cada dia, e um dia não teremos essa conexão com a história. Como fotógrafo, é meu papel documentá-las, para ajudar a mantê-las vivas.

Reese tira sua jaqueta.

– É melhor você decidir o que quer fazer, Ian. Ainda irei enviar meu artigo dentro do prazo, esteja você ou não no trabalho.

Ela olha para mim, a sobrancelha levantada e pronta para um desafio, e eu encontro os seus olhos com um olhar duríssimo.

– Ian.

Reese e eu viramos. Eu pisco, perplexo.

– Aimee?

Ela corre para mim e eu a pego em meus braços. Ondas de calor percorrem o meu peito frio como a chuva.

– Oh, meu Deus, você está aqui. – Eu a aperto com força, cobrindo de beijos todo o seu rosto. – O que está fazendo aqui? – Pressiono a boca na dela e a beijo profundamente.

Uma garganta pigarreia ao nosso lado e eu saio da névoa.

Está cerrrrrto. Reese. Ela ainda está aqui.

Levanto a cabeça, sorrio para Aimee e envolvo um braço em volta de sua cintura.

Eu a puxo para o meu lado.

— Aimee, esta é...

Aimee estende a mão ao mesmo tempo.

— Olá, sou Aimee. Esposa de Ian.

Reese aperta a mão de Aimee.

— Reese Thorne. A ex-esposa dele.

Capítulo 18

IAN, DOZE ANOS

Ian perambulava do lado de fora do quarto de seus pais. Ele não sentia vergonha alguma de escutar a conversa deles. Depois do que acontecera no motel na noite anterior, Ian tinha uma lista de perguntas mais extensa do que o rolo de filme que ele havia revelado naquela manhã.

Dentro do quarto, ele podia ouvir seu pai questionando cautelosamente sua mãe. Ela chorava, engasgando-se com palavras que não faziam sentido para Ian. Termos como *caçador de recompensas* e *pagamento*. Ele sabia o que era um caçador de recompensas. Ele e Marshall haviam assistido ao filme *Os Imperdoáveis* sobre um caçador de recompensas no Velho Oeste. Eles portavam armas e caçavam ladrões e assassinos.

Quem Jackie queria encontrar?

— Pare de esconder sua carteira — implorou o pai de Ian.

— Não. — Sua mãe soluçava. — Eu vou zerar as contas... estourar o limite dos cartões... nos arruinar.

— Então, vamos deixar o dinheiro do lado de fora. Torná-lo mais fácil de encontrar.

— Não. — Ela gritou a objeção. — Você já trabalha muitas horas por minha causa. Eu preciso de você em casa. Ian... Ian precisa de você mais do que de mim. Ele se sente responsável por mim. Odeio que pense que tem que cuidar de mim. Não estamos sendo justos com ele. Você não está sendo justo conosco.

Ian espiou pelo batente da porta. Sua mãe estava sentada na cama, as pernas dobradas sob a saia e a cabeça baixa. Seu pai a encarava, uma das pernas dobradas, a outra apoiada no chão enquanto se inclinava em sua direção. Suas silhuetas destacadas contra a forte iluminação que provinha da janela atrás deles, o espaço entre os dois formando o contorno de um coração. Sua mãe estava partindo o dele.

Sarah mostrou a Stu as fotos que Ian havia tirado. Ela as havia subtraído da câmara escura no porão antes que Ian pudesse escondê-las. Ele mantivera a palavra dada ao pai de não contar para a mãe coisa alguma sobre o que tinha acontecido no motel. Seu pai se preocupava como ela reagiria caso soubesse o que Jackie fizera no quarto do motel. Ian suspeitava que sua mãe já soubesse. Suas roupas estavam desalinhadas e sua maquiagem, borrada.

Ela exalava um cheiro diferente, almíscar misturado com suor. Seu estômago embrulhava sempre que ele sentia aquele odor. Ele teria mantido a janela do carro abaixada enquanto dirigiam para casa se sua mãe não tivesse reclamado de estar com frio. Ela não conseguia parar de tremer.

Eles foram embora imediatamente após Ian encerrar o telefonema com seu pai. A mãe de Ian dirigiu vários quilômetros até que teve de parar, tamanha a tremedeira que a acometia. Ela enxaguou o rosto no banheiro imundo de um antigo posto de gasolina enquanto Ian comprava Skittles e MilkyWays com o troco que encontrou entre os bancos do carro e o cinzeiro. Sua mãe comeu metade de seu MilkyWay, murmurou um agradecimento e sussurrou as palavras:

— Eu queria que você não tivesse vindo. — Ela mal conseguia encará-lo. Ambos choravam.

Eles dirigiram o restante do trajeto para casa em silêncio. Quando alcançaram os limites da cidade, o carro em ponto-morto em uma placa de pare, sua mãe olhou para ele no banco do passageiro da frente.

— Você é um bom filho, Ian. Espero que você cresça e seja um bom homem.

Ian assentiu e desviou o olhar. Ele secou os olhos discretamente. Homens bons não choravam. Eles eram fortes. Mas Ian não estava se sentindo muito forte naquele momento. Ele não teve força ou coragem para agradecê-la. Porque ela não parava de dizer: *Ele será um bom homem, Ele será um bom homem*. Ela repetia como se tivesse que se convencer. E aquilo o assustou.

Sarah entregou as fotos a Stu, uma de cada vez. Enquanto eles analisavam as imagens, sua pele assumiu um tom esverdeado, lembrando Ian do lago turvo em sua propriedade. Ela deu a Stu a última foto, aquela que Ian imaginou ser a que ele disparara logo depois que ela saiu do quarto do motel. Seu flagra, ela pega de surpresa e sobressaltando-se. Sua mãe começou a chorar.

Stu pôs de lado as fotos sobre a colcha floral e tentou tranquilizá-la. Quando ela se acalmou, ele lhe mostrou um punhado de papeizinhos de anotação dobrados.

— Encontrei isso na sua gaveta. — Ele gesticulou para a penteadeira. — Você está se comunicando com Jackie?

Sarah se encolheu.

— Ela escreveu de volta para você?

Ela balançou a cabeça.

— Sabe o que quer com um caçador de recompensas? Quem é que você está procurando?

— Não sei dizer. — Uma nova onda de lágrimas lhe sobreveio. Seu corpo estremeceu. Ela enterrou o rosto nas mãos.

Stu estendeu o braço para ela. Sua mão pairou ao lado de sua cabeça, hesitante, antes de pousar suavemente em seu cabelo oleoso. Sarah baixou as mãos para o colo. O polegar de Stu deslizou sobre sua bochecha e ela se retraiu.

— Sarah — ele disse em um tom que se usaria para um animal ferido.

Ela desviou a cabeça de seu toque, escondendo o queixo no próprio ombro.

— Amo você. Deixe-me ajudá-la.

Ian não suportava mais assisti-los. A interação de seus pais abriu um buraco em seu peito. Ele pressionou as costas contra a parede e olhou para o teto, piscando para conter o pinicar das lágrimas.

O colchão de seus pais rangeu e as tábuas do assoalho gemeram. Uma gaveta se abriu e se fechou. Passos de botas aproximaram-se da porta e instruções sussurradas o alcançaram. Ian voou para o seu quarto, caindo de costas na cama. Abriu um livro, fingindo ler quando escutou seu pai vindo pelo corredor.

Stu parou à porta de Ian, sua camisa amassada e para fora da calça, o rosto com a barba por fazer. O blazer que ele usava, puído nos cotovelos. Sua loção pós-barba tinha um cheiro rançoso. Ele tinha chegado em casa depois da meia-noite e não havia dormido.

Passou a mão pelos cabelos despenteados, um maneirismo que Ian pegou dele.

— Estou levando sua mãe para o hospital.

Ian se sentou e apoiou os pés no chão.

— Ela vai ficar bem?

— Não tenho certeza. Espero que sim.

— Quando ela vai melhorar? — Ian queria tanto que ela fosse normal como a mãe de Marshall. Tinha que acreditar que ela não seria assim pelo resto da vida. Estava cansado e com receio de se perguntar para quem ele voltaria para casa depois da escola ou de sair com seus amigos. Ele odiava se sentir assim.

Stu enfiou os dedos nos bolsos da frente e entrou no quarto.

— Eu não sei se ela pode melhorar. Mas, vamos conversar sobre ontem...

— Por que Jackie foi ver aquele homem? O que ele quer com ela? O que ele fez com a minha mãe? — As perguntas se derramaram de Ian. Ele se levantou, sua postura rígida. Queria respostas.

— Estou tentando descobrir isso.

— Você nunca sabe o que está acontecendo – gritou Ian. – Você saberia, se estivesse em casa com mais frequência. Aposto que se você estivesse aqui, Jackie não teria ido ver aquele homem e mamãe estaria bem.

— Ninguém pode dizer à sua mãe o que fazer quando ela é Jackie – Stu respondeu com firmeza. – Eu tentei. Deus bem sabe que tentei.

— Não, não tentou!

— Já chega! — Stu berrou. Para a mortificação de Ian, soluços escaparam de seu peito. Oh, por que, por que teve de chorar na frente de seu pai? Stu apontou o dedo para Ian. — O que você fez ontem...

— Eu estava tentando ajudá-la — Ian defendeu-se antes que seu pai pudesse repreendê-lo. Depois do telefonema a cobrar no dia anterior, ele sabia o que aconteceria. Ele estava esperando por isso. Ian passou grosseiramente as mangas sobre os olhos. Bateu no peito. — Eu me certifico de que ela esteja segura e não se machuque. — E ele fizera um péssimo trabalho nesse departamento. Ele e sua mãe estavam sofrendo hoje porque Ian falhara em tirar as chaves de Jackie. — A culpa é minha por ela ter ido vê-lo — Ian soluçou. — Vou me esforçar mais da próxima vez. Sei que sou mais forte do que Jackie, então, devo ser capaz de impedi-la da próxima vez.

— Não é trabalho seu fazer isso.

— Então, faça o seu! — A culpa de Ian alternou para raiva mais rápido do que sua mãe mudava de personalidade, inflamando sua decepção com seu pai. Stu havia fracassado com eles.

Stu ergueu o punho. Ian se encolheu, mas se manteve firme, seus músculos tão tensos que ele sentiu o início de uma dor de cabeça.

Stu praguejou em voz alta e baixou o braço.

— Não use esse tom de voz comigo. Estou avisando. — Ele mostrou a Ian seu punho.

— Senão o quê? — Ian o desafiou. — Vai me bater? Vai me deixar de castigo? Já estou preso aqui. Você nunca está em casa. Cuido dela porque você não faz isso. — Ele deu um passo à frente. Podia ter apenas doze anos, mas era mais alto do que a mãe. Mais forte e mais rápido também. Estivera se exercitando muito ultimamente, participando da equipe de atletismo da escola. Ele conseguia executar cem abdominais e quase cinquenta flexões. Dali mais alguns anos, poderia estar tão alto quanto o seu pai. Talvez até mais alto. — Sei que ela não vai admitir, mas mamãe quer que eu tire fotos. Ela me pede para vê-las o tempo todo. Sei que ela quer que eu ajude porque não pode confiar em você. Você não se importa com ela.

O sangue de seu pai subiu à cabeça. Suas bochechas assumiram um tom púrpura e ele voltou a levantar o punho. Ian se preparou para o golpe. Ele o merecia. Estivera testando a paciência de seu pai, testando os dois. Não pôde evitar. O dia anterior o havia assustado. Ele lutara contra esse medo a noite toda. E se Clancy tivesse machucado fisicamente sua mãe? Ou, pior, a matado?

Stu abriu a mão e a afastou, e colocou alguma distância entre ele e Ian. Cruzou firmemente as mãos na nuca e caminhou pelo quarto antes de parar diante do armário, do lado oposto a Ian.

– Eu me importo com a sua mãe. Mais do que você pode imaginar – ele assegurou calmamente, seu tom carregando uma nota de angústia.

– Não, não se importa. – Ian balançou a cabeça enquanto pronunciava as palavras. – Você está sempre nos abandonando e, quando está em casa, passa o tempo todo no porão. Você não quer estar conosco. Você se esconde agora quando é Jackie quem está aqui.

– Porque ela não me quer por perto. – Ele praguejou. – Ian, apenas...

– Minhas fotos vão ajudar a mamãe a manter Jackie longe. – Ele soluçou. As lágrimas umedeceram seu rosto e pingaram de seu queixo. – Aí, talvez... talvez você fique em casa conosco.

Ian enxugou bruscamente o rosto. Ele odiava chorar. Cerrou os dentes e fechou os punhos, concentrando-se em sua raiva para estancar o fluxo. Um movimento na porta chamou sua atenção.

– Mãe?

– Oi, Ian. – Ela sorriu e foi direto para o canto onde Ian guardava o contêiner de plástico com LEGOS. Ela arrastou o contêiner para o centro do aposento, arranhando o piso de madeira. Pôs-se de joelhos e removeu a tampa. – Você quer construir uma nave estelar comigo?

– O que você está fazendo, Sarah? – Stu baixou os olhos com horror para a esposa. – Temos que ir para o hospital.

Sarah apanhou um punhado de pecinhas e as espalhou pelo chão.

– Talvez você possa construir uma estação espacial e eu farei a nave estelar. É algo que você quer fazer, Ian?

O rosto de Stu ficou pálido. Ele agarrou Sarah por baixo do ombro e a ergueu do chão.

– Sarah, temos que ir.

– Não. – Ela se desvencilhou do aperto de suas mãos e fugiu de seu alcance. – Eu quero brincar com Ian.

– Sarah. – Stu estendeu o braço para ela novamente. Ela lhe desferiu um tapa na mão.

– Essa não é a mamãe. É Billy. – Ian havia contado ao pai sobre Billy, mas Stu ainda não conhecia a mais nova personalidade alternativa de Sarah, ou aquilo que os médicos chamavam de *alters*.

Stu engoliu em seco visivelmente. Ele deslizou a mão pela boca e pelo queixo, sem saber o que fazer. Ian nunca tinha visto seu pai parecer tão desconfortável. Observou Sarah separar as pecinhas por tamanho e cor. Seus olhos brilharam. Ele se abaixou até a altura dos olhos de Billy.

– Sarah, o médico está esperando por nós. – Ele falou com calma e devagar. Billy balançou a cabeça.

– Que tal trazer alguns LEGOS com você? – Stu negociou. – Você pode brincar com eles no caminho.

Billy empurrou uma peça com a ponta do dedo, considerando o pedido, então finalmente concordou.

– Quero fazer duas naves estelares. – Billy colocou LEGOS na saia e se levantou, segurando a bainha como um balde improvisado.

– Espere por mim no carro – instruiu Stu. – Estarei lá em um minuto.

– Quero suco de caixinha.

Stu baixou os olhos para o chão.

– Vou pegar um suco de caixinha para você.

Billy sorriu e saiu do quarto.

Stu permaneceu agachado até que Ian ouviu Billy sair pela porta da frente. Seu pai se levantou devagar, com os joelhos estalando. Ele pigarreou asperamente e caminhou até a porta, onde parou e se virou para Ian.

– Então, aquele era o Billy?

Ian confirmou com a cabeça.

– Acho bom você entender que Jackie nunca irá embora.

– Não diga isso. – Ian balançou a cabeça. – Você está mentindo. A mamãe vai melhorar.

– Eu não acredito que vá. Billy não é outra pessoa dentro da sua mãe. Nem Jackie. Eles *são* a sua mãe.

Capítulo 19

iAN

Aimee me encara do lado oposto do nosso quarto. A chuva atinge a porta de vidro que dá para o pátio atrás de mim. Uma lâmpada solitária irradia um brilho dourado em um canto. O restante do aposento está mergulhado em uma mortalha de sombras.

Eu a observo com cautela, meu estômago embrulhado. Jamais me esquecerei da maneira como ela olhou para mim no saguão. Fingiu achar engraçado o comentário de Reese. Pensou tratar-se de uma gracinha. Piada de escritório, por mais doentio que pudesse ser. Ela deu uma olhadela para nós, e Reese gemeu um pedido de desculpas. Ergueu as mãos, de forma defensiva.

— Achei que você soubesse.

Aimee olhou para mim.

— Ian?

Fechei os olhos brevemente, então me forcei a encontrar seu olhar.

Seu rosto estava pálido. Seus olhos me disseram tudo. Eu havia mentido para ela. Eu a traíra. Eu não era o homem que ela pensava que eu era.

Eu não era melhor do que James.

Foi quando agi. Avancei para Reese e vociferei:

— Esse nosso trabalho juntos já era, acabou.

— Eu não tenho contrato com você — ela retrucou, chocada. Como se eu tivesse a ousadia de dizer a ela o que fazer. Naquele momento, eu era capaz de mais do que apenas mandar nela. Eu poderia estrangulá-la.

– Então, estou fora. Sem minhas fotos, seu artigo será arquivado.

– Você não pode fazer isso. Você também está trabalhando sob contrato. Se quebrá-lo, nunca mais terá a chance de publicar com eles novamente.

Coloquei minha mochila no ombro e agarrei a mala de rodinhas de Aimee.

– Venha comigo – eu disse. – Por favor. – Eu estava desesperado. Eu ainda estou desesperado. Eu não quero perdê-la.

Ela está parada na porta do quarto do hotel, suas faces desprovidas de cor, a boca entreaberta e os braços apoiados passivamente ao lado do corpo. Ela não diz nada, está quieta demais. Posso lidar com a sua raiva, quando seu lado irlandês fica irritado e ela está jogando bolas de meia em mim. Essa Aimee eu entendo. Mas esta versão silenciosa e atordoada? Me confunde. Me assusta.

Será que ela vai me deixar como deixou James?

– Diga alguma coisa – imploro.

– Não acho que deveria.

– Então, deixe-me explicar.

Ela levanta a palma da mão para mim.

– Ainda não. Preciso de um momento. – Ela se dirige até sua mala de rodinhas, coloca-a sobre o maleiro e abre o zíper.

Graças a Deus. Ela não está indo embora. Por enquanto.

Meus joelhos fraquejam. Recuo, apoiando meu peso na mesa. Corro bruscamente as mãos pelos meus cabelos e mantenho os dedos entrelaçados na cabeça.

Aimee vasculha sua bagagem e tira de lá sua nécessaire com produtos de higiene pessoal.

– Estou acordada há vinte e quatro horas. Estou exausta. Mal consigo pensar direito. Eu vou... – ela olha para a porta, então para a porta deslizante do pátio e de volta para o banheiro. – Vou entrar lá. – Ela aponta para o banheiro e, então, deixa seu braço pender na lateral do corpo.

Minhas mãos unidas escorregam para minha nuca.

– Você sabe quanto tempo vai demorar?

– O tempo que for preciso para descobrir no que entrei.

– Não há nada entre mim e Reese.

Aimee me fulmina com os olhos.

– Ok. – Concordo. – Vou esperar. – Eu esperaria para sempre.

Ela entra no banheiro e fecha a porta silenciosamente.

Fico prestando atenção para ver se escuto o barulho do chuveiro, da torneira aberta, da descarga do vaso sanitário. Qualquer coisa que me diga que ela não está chorando silenciosamente. Eu a imagino sentada no vaso sanitário fechado, cotovelos sobre os joelhos, o rosto nas mãos em concha, os ombros tremendo. Meu coração estilhaça porque provavelmente eu parti o dela.

Meu estômago se contrai e faz um barulho gorgolejante. Sinto uma pressão na base da garganta. A torneira é aberta no banheiro e eu solto um suspiro longo e uniforme, aliviado por ela estar fazendo outra coisa além de soluçar. Eu tremo. Afastando-me da mesa, atravesso o quarto até o termostato e ligo o aquecimento. Minhas roupas úmidas estão duras e desconfortáveis. Elas grudam na minha pele. Tirando a jaqueta, continuo a me despir. Estou só de cueca boxer e tirando as calças quando a porta do banheiro se abre. Levanto a vista, ainda na minha posição curvada.

Os olhos de Aimee se estreitam e eu lentamente me endireito. Seu olhar baixa.

– Sexo não vai resolver isso.

– Eu não estava... Eu não estou... – gemo; exasperado, e chuto minhas calças para o lado. Meto a mão na pilha de roupas sujas. – Estão molhadas. Estou apenas me trocando. – Coloco um jeans e uma camisa, meu torso estremecendo, a pele úmida. Deslizo os braços em um moletom e fecho o zíper até o queixo.

Aimee franze a testa.

– Você está se sentindo bem?

– Não – respondo rispidamente, enfiando os punhos nos bolsos da frente. – Estou parado no cume do Half Dome me perguntando quando você vai me empurrar da beirada. – Deus sabe que eu mereço. – Você poderia, por favor, me ouvir? Eu quero explicar.

Aimee balança a cabeça lentamente e retorna seus produtos de higiene pessoal para sua mala. Ela fecha a bagagem.

Meu coração martela contra as minhas costelas.

– Você está indo embora?

Ela se vira.

– Ainda não tenho certeza.

Fecho os olhos.

– Não vá.

– Você entende o que eu quis dizer outro dia quando voltamos da casa de Nádia? Como eu sinto que você encobriu sua história com Reese? É como se você estivesse escondendo algo. Ela é a razão pela qual você saiu com tanta pressa?

– Não! Eu não tinha ideia de que ela estaria aqui, muito menos de que havia sido designada para a matéria. Ela estava esperando por mim quando eu fiz o check-in.

– É verdade, então, vocês foram casados.

Meus ombros desabam de desânimo.

– Sim. Por nove horas.

– Nove... *o quê?*

Atravesso o quarto em direção a ela. Apenas centímetros de ar nos separam.

– Foi uma decisão estúpida durante uma noite de bebedeira cheia delas. Você tem que acreditar em mim. – Ergo as mãos até o seu rosto, mas não a toco. Minhas palmas pairam sobre suas bochechas, com as mãos trêmulas. – Não significou nada. Ela não significa nada.

– Não importa o que isso signifique. Você deveria ter me contado.

– Você tem razão. – Meus braços pendem para os lados. Eu recuo um passo. – Você tem razão. Eu deveria e esse foi o meu erro.

– Nós conversamos um pouco sobre o seu relacionamento com Reese. Por que você nunca mencionou que foi casado? – Ela estuda o meu rosto e levo um momento para responder. Um longo momento.

– Antes de conhecer você – começo –, eu tinha perdido todos que eram importantes na minha vida. Durante anos éramos só eu e minha câmera e o próximo destino. Então, vi você naquela noite na galeria. Você estava tão linda em seu vestido preto com seus cachos emoldurando o rosto. – Toco o seu cabelo. – Percebi em você o que senti durante anos depois que minha mãe foi embora. Estava sozinho e totalmente deslocado na vida. Eu me sentia como se não tivesse nenhum propósito e isso me tornou um adolescente inconsequente – digo com voz rouca, pensando naqueles anos infernais. – Mas você sorriu para mim e me deixou comprar um cupcake para você, e eu me apaixonei. Eu me apaixonei tanto por você. E pela primeira vez em muito tempo, senti algo importante aqui. – Pressiono a mão no meu peito. – Quando você deixou James e voltou para mim, eu deveria ter contado, mas não queria lhe dar um motivo para não querer ficar comigo. Essas nove horas com Reese são irrelevantes para uma vida inteira com você. Essas horas são uma vergonha. Achei que você não levaria a sério meus sentimentos por você – não *me* levaria a sério – se soubesse. Conclusão? Eu estava assustado. Estava com medo de que você me deixasse também.

Aimee está quieta, seu olhar pensativo. Está processando, amassando minhas palavras até moldá-las em uma forma que ela possa compreender. Seus lábios apertam. Ela exala bruscamente pelo nariz e levanta o queixo. Reconheço o olhar.

– Você está brava.

– Sim, mas não por não ter me dito que Reese foi sua esposa.

– Por apenas nove horas.

O olhar de Aimee chispa e fecho a boca.

– Não, não estou brava – ela corrige. – Estou desapontada que tenha me subestimado tanto. Que tenha pensado que um casamento de nove horas me afastaria. Você deveria ter me contado.

– Sim, deveria e peço desculpa. Pode me perdoar?

– Com essa são três agora – ela murmura.

– Três o quê? – Franzo a testa, confuso.

– Três vezes que alguém importante para mim escondeu algo importante porque acha que eu não posso lidar com isso. James sobre seu irmão Phil. Nádia sobre estar trabalhando *e flertando* com Thomas.

– Nádia está *o quê?* – pergunto, sacudindo incrédulo a cabeça.

– E você sobre o seu casamento de nove horas. Eu não tenho um temperamento frágil, Ian. Eu não sou uma florzinha de estufa.

– Você está certa, absolutamente certa. Você é uma árvore, com raízes fortes. – Assinto de modo contínuo enquanto falo. – Você pode resistir a qualquer tipo de vento que tente derrubá-la. – Movo os braços para dar ênfase.

– Meu Deus. – Ela puxa o cabelo para trás em sinal de frustração.

– Desculpe, isso foi demais? – minha boca se curva.

Ela enterra o rosto nas mãos e ri e chora ao mesmo tempo.

– Isso não é engraçado.

Eu gentilmente afasto suas mãos e baixo a cabeça para olhar em seu rosto, minha própria expressão séria. Acaricio sua bochecha.

– Você tem razão. Não é engraçado. Não posso me desculpar o suficiente por não ter contado a você.

– Eu te amo, Ian. Eu não vou deixá-lo. Mas vamos conversar sobre isso.

Fecho brevemente os olhos, deixando suas palavras assentarem, e, em seguida, seguro seu rosto e descanso minha testa contra a dela, espantado com quão incrivelmente compreensiva ela é.

– Eu direi o que você quiser saber.

Ela acena com a cabeça e se afasta.

– Ótimo. Você pode começar servindo-me uma taça de vinho. – Ela aponta para a garrafa de Tempranillo de cortesia sobre a cômoda. – Depois, você vai me dizer como se prendeu à figura.

– Figura? – Olho de soslaio para ela enquanto caminho para a cômoda.

Aimee afunda em uma cadeira.

– Sim. Reese é uma figuraça.

Isso ela é. Desarrolho o vinho e sirvo dois copos. Entrego um a Aimee, que ela vira de uma vez. *Vamo que vamo, então.* Mostro a ela a garrafa.

– Refil?

– Por favor. – Ela levanta o copo.

Desta vez, ela gira o copo e cheira o vinho. Em seguida, toma um gole e pousa o copo na mesa. Ela esfrega as coxas.

– Estou pronta.

Eu não estou, mas não tenho escolha. Não quero escolha. Isso é por Aimee. É por nós.

Não me sento à mesa com ela. Preciso ficar de pé enquanto falo sobre isso. Não foi um dos melhores dias da minha vida. Na verdade, faz parte da lista dos dez piores. Eu me inclino contra a cômoda em uma posição parcialmente apoiada, minhas pernas cruzadas na altura dos tornozelos. Minha mente volta para aqueles anos com Reese e meu estômago embrulha. Pressiono os dedos em meu abdômen e coloco o vinho de lado, meu interesse em beber se foi.

– Tínhamos nos formado na faculdade e queríamos comemorar, então, fomos para Las Vegas. Acontece que era o mesmo dia em que estava marcada a libertação da minha mãe e Stu estaria na cidade para buscá-la. Éramos seis da faculdade, três rapazes e três moças. Reese e eu éramos o único casal oficial. Ela também era a única que sabia sobre minha mãe.

Encontro o olhar de Aimee e ela balança a cabeça lentamente, encorajando-me a continuar. Abraçando meu peito com força, ando pelo quarto. Seu olhar me acompanha. Olho para o chão enquanto falo.

– Você conhece a história de como eu encontrei o meu pai bêbado em seu quarto de hotel e que ele me disse que minha mãe foi embora antes de ele chegar. O que eu não contei foi o que aconteceu depois. Dirigi por horas, convencido de que poderia encontrar minha mãe na rodoviária ou esperando o trem. Até tentei alguns hotéis para ver se ela se hospedara em algum. Isso foi uma perda de tempo. Ela se fora há muito tempo. Eu finalmente encontrei meus amigos na Strip e comecei a ficar muito bêbado. Estávamos todos mamados, mas eu estava uma lástima e Reese estava firme ali comigo. Não lembro como aconteceu. A maior parte da noite é um borrão e várias horas estão perdidas nos bancos de memória. – Bato na minha testa. – Só sei que acordamos com alianças nos dedos e nossas assinaturas em uma certidão de casamento que encontrei na minha mala.

– Minha nossa... Uau. Não consigo imaginar o que se passou pela sua cabeça naquele momento.

– Não muita coisa – afirmo com uma risada sem entusiasmo. – A pior ressaca de todos os tempos.

– O que você fez?

Paro na frente de Aimee.

– Solicitamos a anulação. Foi concedida com bastante rapidez. Estávamos ambos embriagados. Acontece o tempo todo em Vegas.

– Tecnicamente, vocês não foram realmente casados. O casamento foi dissolvido.

Agacho-me e seguro as mãos de Aimee nas minhas.

– Eu sei, mas isso não é desculpa para não lhe contar.

– Você e Reese namoraram na faculdade e ficaram juntos por um ano depois. Você desejou... – ela para, mordendo o lábio inferior. Aperto suas mãos.

– Se eu desejei não conseguir a anulação? – Ela faz que sim com a cabeça e eu murmuro, pensando. – Sim, por cinco segundos, logo antes de eu assinar a papelada. Eu a amava na época, mas ela era inflexível – nós dois éramos – na questão de que nossas carreiras vinham em primeiro lugar. O casamento não era o que nenhum de nós queria na época. O que aconteceu em Vegas era para ficar em Vegas.

– Não acredito que Reese se apresentou a mim como sua ex-mulher.

– Não vou xingá-la, mas fique à vontade para fazê-lo.

Aimee ri, quebrando a tensão entre nós.

– Ela é realmente uma filha da mãe...

Uma onda de calor me percorre. Suor escorre dos meus poros. Minha pele está pelando. Solto uma das mãos de Aimee e abro o zíper do moletom. A sala parece uma fornalha.

– Você não parece bem, Ian. – Aimee toca a minha testa. Estou coberto de suor. – Você está quente.

— Eu não gosto de polvo. Prometa que nunca vai cozinhar polvo e me obrigar a comer. — Meu estômago embrulha. Cubro a boca e corro para o banheiro para me ajoelhar ao lado do vaso sanitário.

Quando termino, caio de bunda para trás e me encosto na parede. Com os braços apoiados nos joelhos levantados, fecho os olhos e respiro em meio à náusea. Ainda sinto gosto de páprica. Uma toalha fria toca minha testa, depois minhas bochechas. Abro os olhos e Aimee está lá, ajoelhada ao meu lado.

— Obrigado — sussurro com voz rouca.

Ela me entrega um copo d'água, que bebo.

— Beba devagar, se não vai ficar enjoado de novo. Está melhor? — Ela pergunta quando devolvo a ela o copo vazio.

— Muito. — Agora que eu pusera para fora o pegajoso molusco, meu estômago se acalmara. Mas sinto um peso esmagador no peito e preciso tirá-lo. Fixo os olhos nos dela.

— Há outra coisa que eu deveria ter contado a você.

— Ah, é? — Aimee recosta-se com cautela.

— Eu deveria ter lhe contado antes de partir.

— Mas você não fez.

— Não fiz. — Rolo a cabeça de um lado para o outro contra a parede. — Discutiríamos e eu não queria fazer isso antes de partir.

— O que você tem a me dizer vai me deixar aborrecida?

— Sim... pode ser.

Ela endireita os ombros, o que coloca seus olhos vários centímetros acima dos meus. Ela olha para mim.

— Preciso lembrar que não sou frágil?

— Não. Não, você não precisa. — Sorrio debilmente e abano com a mão, meu braço caindo de volta no meu colo. — Estou cansado de discutir.

— Eu também.

— Eu não quero aborrecer você.

— Desembuche, Ian, eu posso lidar com isso.

— Eu conversei com James.

— E você achou que, ao mencionar isso para mim, eu o acusaria de trazer James à tona novamente.

Assinto.

Ela suspira, consternada.

— O que aconteceu?

— Ele veio à nossa casa e me deu o cartão de Lacy Saunders. Lembra dela? Ela o deixou com James com o pedido de passá-lo para mim. É por isso que ele queria me ver. Liguei para Lacy e...

— O número dela está desligado. Eu sei. Mas consegui o novo e falei com ela.

— Eu também. Aimee, o número dela não estava desligado quando telefonei.

Capítulo 20

IAN

— O que ela lhe disse?

— Como você encontrou o número de telefone dela? — pergunto ao mesmo tempo.

Sete anos antes, Aimee havia tentado localizar seu número, sem sucesso. Ela até contratou um investigador particular. Lacy nunca permanecia com o mesmo número de telefone por muito tempo e parecia estar sempre de mudança. Ela imediatamente desligou o número que constava em seu cartão de visita após terminarmos nossa ligação. Então, como Aimee encontrou desta vez?

O olhar de Aimee desliza para a porta. Ela fica em pé, enxágua o pano e o dobra sobre a borda da pia. Eu me levanto do chão, sentindo-me um pouco tonto, mas melhor do que alguns momentos atrás. Não acho que esteja com intoxicação alimentar, embora meu estômago tenha reagido a alguma coisa. Pego minha escova de dentes e espremo uma tira de pasta.

Aimee me dá espaço, afastando-se para o lado, a fim de que eu possa usar a pia.

— Lacy mencionou que conversou com você. Ela quer que nós a encontremos na casa do seu pai na terça.

Inclino a cabeça para trás para não babar espuma quando digo:

— É por *isso* que parti mais cedo. Eu queria terminar o trabalho antes de encontrar Lacy. Não foi por causa de Reese.

Cuspo a pasta, enxáguo a boca e conto a ela o que aconteceu.

Depois de sua mensagem de texto sobre Kristen estar em trabalho de parto, dirigi para casa quando saí da academia para tomar banho antes de ir ao hospital. E lá estava o cartão de visitas de Lacy, bem ao lado das minhas chaves, que deixei na mesinha ao lado da porta. Pensei: *O que tenho a perder se digitar uma série de números no meu celular?*

O telefone começou a chamar e eu fui até a cozinha para pegar um Red Bull. Teríamos uma longa noite pela frente, com Kristen em trabalho de parto e tudo o mais. Eu esperava ouvir a gravação "Este número foi desligado e não está mais em serviço" e, então, seguir para o hospital. Mas Lacy atendeu ao telefone.

— Olá, Ian — disse ela.

Minha nuca formigou. Minha pulsação recebeu uma injeção de adrenalina como um viciado. Ao som de sua voz, tive uma sensação de mau pressentimento total.

— Por que você queria que eu ligasse?

— Você tem procurado por mim.

— Isso foi há cinco anos. — Os dados pessoais estão mais acessíveis na Internet hoje do que cinco anos antes. Eu dispunha também de mais grana agora para contratar um investigador particular, presumindo que fosse isso que eu queria fazer. — Não preciso de você como achava que precisava.

— Talvez não, mas realmente precisa ouvir o que o seu pai tem a dizer.

Meu pai? O pinicar na minha nuca rasteja como baratas pelos meus ombros. O que meu pai tinha a ver com Lacy? Ela era um mistério para ele tanto quanto é para mim. — Eu não falo com ele há anos. Duvido que ele tenha algo a me dizer.

— Ele terá.

Espio o relógio da cozinha. Estava ficando tarde. Aimee aguardava por mim no hospital.

— A menos que tenha algo a dizer, vou desligar. — Que perda de tempo.

– Não o estou fazendo perder tempo, Ian, então, não faça com que eu perca o meu. Terça-feira é um bom dia. É meu dia favorito da semana. As segundas-feiras são o que há de pior. Todo mundo está mal-humorado e desejando que fosse sexta-feira. Mas as terças-feiras? As pessoas são mais generosas às terças. Doam mais para a caridade e gastam mais dinheiro nas lojas. O mercado de ações também se comporta muito bem às terças--feiras. Nós votamos às terças. As mudanças acontecem às terças-feiras. Há também passagens aéreas mais baratas. Estarei na casa do seu pai na terça-feira. Você deveria vir também.

– Não posso. Estarei fora a trabalho. – O trabalho mais importante da minha vida. Idaho é o último lugar para onde quero ir.

– É uma pena. Eu tenho notícias de sua mãe. – Ela desligou.

Pisquei de perplexidade, afastei o celular do ouvido para confirmar se ela havia de fato encerrado a ligação. Sim, tinha. Voltei a telefonar no mesmo instante. A ligação chamou incessantemente. Tentei de novo depois de tomar banho. O telefone tocou; por fim, atendeu: "Este número foi...", então, eu desliguei.

– Liguei para a companhia aérea para ver se conseguia um voo naquela noite e, em seguida, telefonei para Al. Ele autorizou que eu fizesse a viagem, então, decidi que viria para a Espanha e concluiria o trabalho antes de me encontrar com Lacy – conto a Aimee. – Foi então que me caiu a ficha do por que estive tão irritado com você nos últimos meses.

– Isso é compreensível. James nos pegou completamente de surpresa.

– O que aconteceu em junho me magoou, não vou mentir. Mas há outras coisas que estou sentindo, e não é fácil para eu admitir. – Paro e me detenho por um momento, batendo levemente os nós dos dedos no balcão da pia.

– O que é? – Aimee pergunta.

Respiro fundo.

– Eu estava ressentido com você.

– Comigo?

Concordo com a cabeça.

– Eu invejei sua bravura. Você enfrentou seu pior medo quando encontrou James depois de pensar que ele havia morrido. Você não apenas o deixou partir e seguiu em frente, como o perdoou. Você é uma pessoa muito melhor do que eu.

– Não diga isso, Ian. Não diminua a si mesmo desse jeito. Olhe só para você e o seu sucesso. Você chegou tão longe, considerando o que lhe aconteceu.

Encolho os ombros.

– É como eu me sinto. E não posso continuar vivendo assim. Preciso deixar de lado a raiva e o ressentimento que sinto por meu pai e preciso lidar com minha culpa com relação a minha mãe. É por isso que vou me encontrar com Lacy. Não sei o que vou descobrir com ela e não faço ideia do que está rolando com o meu pai, a não ser meus instintos me dizendo que algo está errado.

– E você sempre segue seus instintos.

– Eu confio naquela desgraçada – confesso com um meio-sorriso. – Alterei o meu compromisso para poder estar em Idaho na terça-feira. O dia da semana favorito de Lacy.

– Ela é uma mulher estranha. – Aimee balança a cabeça, incrédula. – Você já tentou entrar em contato com o seu pai?

– Eu telefonei para ele durante a minha escala. Ele não retornou a ligação. – Meus olhos buscam os dela, tão azuis e vivos, apesar do enorme cansaço que sei que ela sente. – Por que você está aqui? E quanto ao café e os seus prazos? Você poderia ter me ligado para falar sobre Lacy.

Ela desliza as mãos sob as abas abertas do meu moletom e o empurra para fora dos meus ombros. Eu a deixo puxar as mangas dos meus braços. O moletom cai no chão.

– Muito tempo atrás, havia uma garota e ela estava triste. Ela havia perdido o noivo e estava desesperada para encontrá-lo. Mas havia outro rapaz que amava muito essa garota. Amava tanto que ele viajou até os confins do mundo para ajudá-la a encontrar o noivo, que ela pensava ser seu verdadeiro amor. – Aimee levanta minha camisa. Eu ergo os braços e ela a puxa pela minha cabeça. A camisa pousa no moletom. O ar frio atinge o meu peito e minha pele se contrai.

– O que aconteceu com esse rapaz e essa garota? – pergunto com a voz rouca, meus olhos fixos em seus dedos enquanto ela desabotoa a blusa.

– Essa garota encontrou o seu noivo, mas ele havia mudado. A garota teve de deixá-lo partir, não porque ele mudou, mas porque ela tinha crescido durante a sua ausência. Agora uma mulher forte e independente com uma mente clara, ela enxergava as imperfeições em seu relacionamento e reconheceu o dano que haviam causado. Mas, ao encontrar a si mesma, ela descobriu que amava o rapaz tanto quanto ele a amava. – Ela abre a blusa, expondo o sutiã de renda preta por baixo. Solto um gemido.

– Você é tão linda.

A blusa flutua até o chão.

– Cinco anos atrás, você largou tudo para me ajudar a procurar James. Quero fazer o mesmo por você. Quero ajudá-lo a encontrar sua mãe.

Roubo-lhe um beijo e o sabor é um paraíso. Meu paraíso.

– Eu te amo.

– Eu também te amo, Ian. Você é meu marido. Somos uma família. Você não precisa mais fazer tudo sozinho.

Seguro sua cabeça, meus dedos penetrando seus cabelos, enterrando-se em seu couro cabeludo. A emoção aperta meu peito.

– Agradeço a Deus todos os dias por você ter entrado na galeria de Wendy e na minha vida – digo contra seus lábios, minha voz grave. Beijo-a intensa e profundamente, e, quando me afasto para respirar, minha testa pressionada contra a dela, nosso hálito quente e fundindo-se, pergunto sobre Caty.

– Ela está bem. Está com meus pais. Eles irão cuidar dela pelo tempo que precisarmos.

– E o café? Seus planos?

Aimee se afasta dos meus braços.

– Podemos conversar sobre isso durante o jantar?

– Claro – eu concordo, um tanto hesitante. – Está tudo bem?

Ela sorri de forma cativante.

– Tudo está perfeito. Eu vou lhe contar sobre isso, mas só depois que eu tomar banho. – Ela aponta para si mesma. – Estou suja da viagem.

Bato no meu peito.

– Eu estou sujo da caminhada. Tome banho comigo.

Ela pisca sedutoramente, provocando-me uma descarga elétrica de excitação.

– Achei que você nunca fosse pedir. – Ela sacode os quadris, fazendo escorregar seus jeans pelas pernas, e eu fico instantaneamente doido de tesão por ela. Ela está usando aquele retalho de renda que combina com seu sutiã e não cobre coisa alguma.

Empurro para baixo minha calça jeans e a cueca, e ligo o chuveiro. Água gelada espirra nas paredes de azulejos. Eu a ergo pela cintura e a carrego para o box comigo. Ela grita, a água fria escorrendo por sua cabeça e pelas costas.

– Seu idiota.

– Você ama esse idiota. – Eu rio contra sua boca, esticando o braço atrás dela para ajustar a temperatura da água. Abro seu sutiã.

– Mais do que as palavras podem expressar.

Ela me beija e, antes que eu perceba, sou eu que estou completamente sem palavras.

Depois de tomarmos banho e nos vestirmos, e antes de sairmos do quarto, seguro Aimee pelos ombros.

– Está tudo bem entre nós? – Aponto dela para mim. – Com relação ao que aconteceu entre mim e Reese?

Aimee morde o lábio inferior e fica pensativa. Então, assente.

– Acho que sim. Mas não espere que eu seja legal com ela – adverte, fechando a cara.

– Depois da gracinha que ela fez, você pode ser tão malvada quanto quiser.

Ela ergue a mão para selar o acordo com uma batidinha de punhos.

– Combinado. E, Ian? Eu perdoo você por não me contar sobre Reese.

Seguro seu rosto e pressiono os lábios em sua testa, meus olhos se fechando suavemente.

– E eu perdoo você.

– Pelo quê?

Eu me inclino para trás e olho para o rosto dela.

– Pelo verão passado, com James. Na minha cabeça, eu a perdoei no momento em que você me contou, mas nunca disse isso em voz alta para você. Me desculpe.

Aimee cerra os olhos e assente com a cabeça.

– Obrigada – ela sussurra.

Beijo seus lábios, delicadamente, apaixonadamente.

– Formamos um belo par.

Ela sorri.

– É, formamos, sim.

Sorrio e abro a porta, ficando de lado para deixá-la passar.

– Vamos comer. Acho que merecemos uma refeição quente. – A sós, eu espero, sem Reese jantando ao nosso lado. Perdi meu almoço hoje. Não precisava perder também o meu jantar.

Caminhamos até o restaurante da pousada. Quando passamos pela piscina, pego sua mão para pará-la. Ela se vira para mim, peito contra peito, e olha para cima. A fumaça de lenha preenche o ar e as nuvens foram embora. Um céu de obsidiana salpicado de estrelas brilha no alto. Os pratos tilintam na cozinha a alguns metros dali, e as notas coloridas de um violão clássico flutuam no ar noturno de uma janela aberta. Com exceção disso, o campo está tranquilo, acomodando-se para a noite.

– Que céu maravilhoso – declara Aimee. – Tenho que sair mais da cidade. Já faz muito tempo que não vejo tantas estrelas.

Balbucio algo, hipnotizado pelo reflexo da luz das estrelas em seus olhos. Ela olha para mim e eu dou uma sacudida virtual na cabeça antes que eu fique sentimental e arraste-a de volta para o nosso quarto.

— Você não respondeu à minha pergunta antes. Como você conseguiu entrar em contato com Lacy?

Aimee solta a minha mão e dá um passo para trás. Franzo a testa. Isso não é um bom sinal.

— Aimee?

— É... hã... — Ela torce as mãos. — Eu não a encontrei. Thomas a encontrou.

Lanço a cabeça para trás.

— Você envolveu o Thomas?

— James me contou um pouco sobre como Thomas o manteve escondido no México. Não tenho dúvidas de que Thomas tem conexões. Imaginei que se tinha alguém que conseguiria encontrar um número de telefone operante para Lacy, esse alguém seria ele.

— Então, você ligou para ele. — Meu tom é duro.

— Eu me encontrei com ele em seu escritório.

Uma raiva incandescente irradia pelo meu corpo, percorrendo meus membros como aço derretido. Cada parte de mim incendeia. Sou acometido por uma fúria como não sentia há muito tempo, mais intensa do que experimentei antes em relação a Reese ou a James por beijar a minha esposa. Inspiro profundamente, as narinas dilatadas e os pulmões cheios em sua capacidade total, e então despejo a série de palavrões mais desagradável e suja que provavelmente já vomitei na presença de Aimee. Seus olhos se arregalam, redondos como as lentes de uma câmera, e ela recua. Olhando em volta, ela move as mãos para cima e para baixo, pedindo que eu baixe a voz.

Não consigo olhar para ela. Eu me viro e saio andando, afastando-me.

— Sinto muito, Ian, mas achei que Lacy tinha algo urgente para lhe contar e eu não sabia a quem mais recorrer em tão pouco tempo.

Seu pedido de desculpas me rasga por dentro. Com as mãos nos quadris, viro-me para ela.

– Santo Deus, Aimee. Eu não estou bravo com você. É comigo. Estou com raiva de mim mesmo. Você foi vê-lo por minha causa. Eu coloquei você nessa posição. Depois de tudo que ele fez com você. – O simples fato de pensar em Thomas já a deixa fisicamente doente. – Meu Deus, me desculpe, meu amor. Eu deveria ter lhe contado sobre James e Lacy.

– É, deveria mesmo. Mas já aconteceu e eu sobrevivi. E, veja só isso, o nome verdadeiro de Lacy é Charity Watson.

O nome fica passeando na minha cabeça, seu toque soando familiar, mas impossível de localizar.

– Thomas disse isso a você?

– Você se lembra na pré-inauguração do café como eu achei estranho quando Thomas cortou nossa conversa e foi embora assim? – Ela estala os dedos. – Ele vira Lacy no México com Imelda. Então, ele a viu no meu café. Thomas vasculhou um pouco e descobriu quem ela realmente é.

– Aposto que ele a ameaçou.

– Muito provavelmente. Deve ser por isso que ela despachou a pintura de James em vez de tentar me encontrar novamente. Enfim, Thomas sabia seu nome civil. Foi assim que a encontrou tão rápido.

– Estou surpreso que ele tenha concordado em conseguir a informação para você.

– Eu também fiquei, mas acho que ele se sente culpado por tudo o que fez. Isto o está consumindo. Ele está com uma aparência péssima. Quase sinto pena do sujeito.

– Quase?

– Um tantinho assim. – Ela indica com seu dedo indicador e o polegar afastados um do outro uma distância de cerca de meio centímetro. – O número é de um telefone fixo. Lacy mora no Novo México com a neta.

Puxo Aimee em meus braços e a beijo.

– Obrigado por fazer isso por mim.

– Eu não pensei duas vezes e fiz isso por nós. Estamos nisso juntos, Collins. Agora, alimente-me. Estou com fome.

– Sim, senhora. – Entrelaço meus dedos nos dela, nossas mãos balançando enquanto caminhamos. Eu olho de esguelha para ela.

– Thomas e Nádia, hein?

Aimee gesticula para deixar o assunto para lá.

– Nem me faça falar sobre isso. Mas, sim, ela está trabalhando em um projeto para ele. E ambos me deram a impressão de que está rolando mais do que apenas negócios. Ela está na minha lista de amigas banidas neste momento.

– Então, não vamos falar sobre ela. – Eu beijo sua bochecha.

Alex nos conduz a uma mesa sob uma janela e imediatamente nos serve a refeição da noite, paleta de porco salgada com verduras locais e grão-de-bico.

– Você está falando sério sobre desistir deste trabalho? – Aimee pergunta, cortando sua carne de porco.

Apoio meus antebraços na borda da mesa, segurando a faca e o garfo, e me inclino para a frente.

– Quando Reese era criança, ela tinha um vizinho que cuidava mal de seus cachorros. Ele os mantinha amarrados no jardim da frente.

– Que horror.

– Isso a deixou traumatizada. Ela chegou ao extremo de não pegar animais de estimação por causa disso. Também é contra o confinamento de animais por qualquer que seja o motivo, mas ainda mais quando as condições não são ideais.

– Ela não vê a *Rapa* como ideal?

Balanço a cabeça.

– Acho que não.

– Quantos cavalos são colocados dentro da arena?

– Duzentos e por menos de duas horas. É para a segurança dos próprios cavalos, e a maneira mais rápida para que os aldeões cuidem deles. É possível vermifugar o maior número deles no menor tempo possível sem causar muito estresse aos animais nem ferimentos mais graves aos tratadores. Os cavalos são selvagens. Com espaço para se moverem, as vacinações nunca seriam realizadas. Ficariam doentes e fracos. As manadas acabariam morrendo. Pelo jeito que Reese tem falado, sei lá... – Remexo a comida em meu prato. – Estou preocupado que o preconceito dela vá transparecer no artigo. Não quero publicidade negativa. Não foi para isso que me inscrevi. Os aldeões são apaixonados por suas manadas. Os cavalos galegos são uma relíquia para eles e a *Rapa* é um evento impressionante carregado de história e tradição. Quero compartilhar isso por meio das minhas fotos e esperava que quem quer que escrevesse o artigo expressasse isso também. Reese esteve na *Rapa* no verão passado. Ela teve que sair no meio do evento. Não conseguiu suportar aquilo. Eu a conduzi morro acima hoje esperando que ela visse que eles estavam livres nos outros trezentos e sessenta e quatro dias do ano.

– Você não os viu desde que chegou aqui?

Balanço minha cabeça e deposito o garfo na mesa, sem apetite.

– Amanhã é minha última chance, e, depois do que aconteceu ali esta noite – eu inclino minha cabeça em direção ao saguão – e em nossa caminhada de hoje, duvido que ela queira ir comigo. Nós encontramos um potro morto.

Aimee mastiga sua comida, pensativa.

– Temos mais três dias até termos de estar na casa do seu pai. Você chegou muito longe para desistir. Envie uma mensagem de texto para a figura e peça desculpas.

Eu rio do apelido. Depois, rio da lógica por trás da sugestão.

– Você quer que eu me desculpe com ela?

– Sim, porque assim você será aquele que mostrará maturidade neste desentendimento. Você também não vai deixar que ela, entre todas as pessoas, se interponha entre você e seus sonhos. Qual é, Ian, é a *National Geographic*! Sua foto pode estampar a capa. – Ela espeta um pedaço de porco, arranca-o do garfo com uma mordida e sorri.

– É esta sua ideia de apoio moral?

– É, porque você vai levar nós duas. Quero ver estes magníficos cavalos galegos.

– O dia de amanhã deve ser interessante. – Nem um pouco esquisito. Aponto meu dedo indicador para o teto. – Com uma condição. Vou esperar mais um dia. Vou perguntar a Reese diretamente o que ela planeja escrever. Se eu não quiser meu nome assinando as fotos, vou ligar para Al e sair fora.

Terminamos o jantar e, em seguida, o cozinheiro convida Aimee à cozinha para discutir receitas galegas e iguarias locais.

– Não se surpreenda se eu acrescentar alguns itens espanhóis a um dos meus cardápios sazonais – ela me diz.

Eu faço uma careta. *Por favor, nada de polvo.*

– O jantar foi incrível – diz ela.

O jantar *foi* incrível. Porque Reese não estava aqui.

Redijo um rascunho de mensagem de texto para ela dizendo que vou sair no início da manhã na mesma trilha. Mais uma tentativa de encontrar e tirar fotos da manada.

Reviso a mensagem e engulo a pílula da maturidade prescrita por Aimee.

> **Desculpe por mais cedo. Sem ressentimentos.**
> **Vamos fazer isso dar certo.**

Satisfeito, eu a envio.

– Pronto? – Aimee está de volta. Ela pousa a mão no meu ombro.

– Sim, vamos. – Levanto-me da mesa e saímos do restaurante, minha mão em suas costas. – Não falamos sobre o café durante o jantar – digo, enquanto caminhamos para o quarto. – O que está acontecendo com a expansão?

– Não está acontecendo.

– Não? – Baixo os olhos para o seu rosto, tentando ler sua expressão.

– Você estava certo sobre o que disse antes. Eu havia me esquecido do motivo de ter aberto um restaurante, para começo de conversa. Admito que a ideia de ter três estabelecimentos parecia legal. Era uma sensação vitoriosa, de ter chegado lá. De ser melhor do que a Starbucks e o Peet's porque estou prosperando enquanto os outros independentes estão fechando.

Mas o que eu realmente quero é voltar para a cozinha. Quero cozinhar para os meus clientes favoritos e inventar novas receitas. – Ela para e eu me viro para ela. – Não quero ficar enfurnada em um escritório, registrando números, pagando contas e gerenciando uma equipe três vezes maior do que a que tenho atualmente.

– Tem certeza? Você não está fazendo isso porque eu estou reclamando?

– Choramingando, você quer dizer?

Eu me inclino para trás, chocado.

– Não fico choramingando.

Aimee ri.

– Não, não fica. Você é muito bom em me manter com os pés no chão.

– Nós nos complementamos.

– Sim, eu adoro isso em nós. Porque há outra coisa que eu quero.

– O que você quiser. – Eu lhe daria as estrelas e a lua, todo o maldito sistema solar.

– Você e eu crescemos como filhos únicos. Não quero isso para Caty. – Ela inspira profundamente e sorri. – Quero ter outro bebê com você.

Meu coração aperta e meus ombros desabam.

Ela saltita na ponta dos pés e abre um enorme sorriso, porque não consegue contê-lo. Eu imediatamente a envolvo em meus braços e enterro o rosto em seus cabelos. Porque eu não consigo sorrir com ela. Ainda não.

No momento, apenas a abraço.

– Ian? – Ela se contorce em meus braços. Eu detecto o tom de incerteza em sua voz e meu peito se comprime. – Você quer ter outro filho, não é?

Solto meus braços e tomo seu rosto em minhas mãos. Meu polegar roça seu lábio superior, uma carícia. Seus olhos buscam o que dizem os meus.

– Qual é o problema?

– Eu quero, sim, ter mais filhos. Mas vamos conversar sobre isso quando chegarmos em casa. Neste exato momento... – Eu paro e engulo com dificuldade. – Neste exato momento...

Seus olhos se fecham e ela balança a cabeça rapidamente.

– Eu entendo. É muita coisa de uma vez. Eu deveria ter esperado. Sinto muito por tocar no assunto. É que...

– Não, não, não se desculpe. Você não precisa se desculpar por nada. Vamos enfrentar os próximos dias. Depois, a gente conversa. – Beijo sua testa, depois o nariz e os lábios. Ela parece tão desanimada e parte meu coração adiar essa discussão. Mas como posso voltar para casa e ser o homem de que minha família precisa – aquele que me comprometi a ser quando Aimee me contou que estava grávida de Caty – quando os erros que cometi no passado ainda estão apodrecendo dentro de mim? Temo que eu só cometeria mais erros.

Capítulo 21

IAN, TREZE ANOS

— Cadê o filme? — Ian inclinou-se sobre o ombro do pai. Eles estavam em seu estúdio ao lado do quarto de Ian. Stu estava lhe mostrando um novo tipo de câmera que ele e alguns dos outros fotógrafos profissionais haviam recebido para que testassem. Ele a chamava de câmera digital. Era grande e volumosa, e parecia de difícil manuseio para Ian.

— Não tem nenhum filme. — Seu pai apontou para o compartimento na base da câmera. — Este é um disco rígido integrado. As fotos ficam armazenadas aqui.

— Como um computador? — Ian se curvou, aproximando-se mais, fazendo peso sobre o pai.

— Mais ou menos isso. Puxe uma cadeira. Vamos dar uma olhada.

Ian arrastou uma cadeira de madeira ao redor da mesa. A mesma cadeira em que se sentava sempre que seu pai lhe dava um sermão sobre dever de casa e tarefas domésticas. Ele sempre parecia estar repreendendo, Ian pensou com um revirar de olhos virtual. Ele se jogou no assento.

Stu puxou a própria cadeira para mais perto. As rodinhas de latão enferrujadas chiaram e o assento de couro rangeu. Ele conectou a câmera diretamente ao computador e clicou com o mouse, abrindo um arquivo que exibia dez ícones e, em seguida, clicou duas vezes no primeiro ícone. Na tela apareceu uma imagem de Ian que seu pai havia fotografado apenas quinze minutos antes. Ian estava na varanda, sorrindo, seu cabelo tremulando como uma bandeira acima de sua cabeça, apanhado por uma rajada de vento.

– Uau. – Ian ficou impressionado. Lá estava ele, na tela, nenhuma câmara escura necessária. A qualidade não era das melhores. Havia características na imagem que podiam ser aprimoradas. – Por que está em preto e branco?

– Eu não tenho um monitor colorido. Acho melhor arranjar um. – Seu pai recostou-se na cadeira, estudando a foto, as mãos cruzadas diante de si.

Ian pegou a câmera digital e inspecionou os discos e botões.

– Esta será sua nova câmera de trabalho? – Seu olhar disparou para a Nikon profissional que seu pai usava para fotografar jogos de bola. Ian imaginou as fotos que poderia tirar caso colocasse as mãos naquela câmera.

– Não esta câmera. A tecnologia tem um caminho a percorrer. – Stu pegou a câmera digital das mãos de Ian e a devolveu à mesa. – Meu palpite é que em dez a quinze anos não usaremos filme, não como fazemos hoje.

– Você acha, é? – Ian pousou o cotovelo na mesa e apoiou o queixo na mão. Ele pegou novamente a câmera digital. Estudou a carcaça. Era pesada com o compartimento adicional. Não era nada cômoda para ficar carregando em uma sessão de fotos.

– Largue isso, Ian. – Seu pai voltou a tirar a câmera de suas mãos e Ian bufou. – É um equipamento caro. Lembre-se de que a fotografia digital é o futuro. – Ele se inclinou em direção ao monitor e foi clicando nas fotos. Fotos dele e de Ian pela propriedade.

– Por que não tirou nenhuma da mamãe?

– Simplesmente não tirei. – Seu pai abriu outro ícone. Ian estava pendurado de cabeça para baixo em um galho de árvore.

– Ela é bonita. – Especialmente quando Jackie não cobre o rosto de Sarah com maquiagem ou não está batendo de frente com Ian. Ela ficava bêbada e ameaçava tirar sua preciosa mãe dele. Nunca fez isso. Ela sempre voltava quando Jackie ia embora.

Mas Sarah, quando ela era sua mãe, Sarah, era linda para Ian.

— Precisamos de mais fotos dela. — Ele tinha muitas de Jackie, e elas não eram agradáveis. Ele não gostava de olhar para elas.

— Não tire fotos da sua mãe — gritou o pai.

Ian se retraiu diante de seu tom áspero. De onde saiu aquilo? Não tire fotos de Jackie. Essa era a regra. Desde que Jackie os levara para o motel de quinta categoria e encontrou aquele motoqueiro, Ian não via problema algum em obedecê-lo. Nunca houve uma regra sobre não fotografar Sarah. Isso era novidade.

— Você tira fotos minhas e de você o tempo todo. Somos uma família. Mamãe precisa estar nessas fotos.

— Apenas deixe a câmera em paz com ela. Ela não quer mais ser fotografada.

— Por que não?

Stu passou a mão pelo rosto.

— Isso não é importante. Só não faça isso.

— Mas...

— Fim de discussão.

Ian se curvou em sua cadeira, fulo da vida. Ele tinha treze anos. Não gostava que lhe dissessem o que fazer e, principalmente, não gostava de não receber uma explicação. O que havia de errado em tirar uma foto da mãe dele?

Droga. Ian se afastou da mesa. Ele odiava ser tratado como se tivesse dez anos de idade. Se seu pai estivesse presente com mais frequência, ele veria que o próprio Ian era quase um homem também. Ele estava cansado de sair com seu pai. Tinha lugares para ir, coisas melhores para fazer.

Ian se levantou, chutando a cadeira de madeira para fora de seu caminho. Ela bateu na parede.

— Ian. Coloque a cadeira de volta.

Ian ignorou o pai e saiu pisando forte para seu quarto. Ele vestiu um moletom e boné, em seguida, desceu as escadas de um jeito raivoso. Ele passara a manhã percorrendo o perímetro de sua propriedade com seu pai e Josh Lansbury, o homem que cultivava suas terras. Stu havia convidado Ian para ouvir a conversa deles sobre as condições do solo e a rotação de culturas. A terra pertenceria a Ian um dia e seu pai sentiu que ele compreenderia melhor como trabalhá-la, mesmo que planejasse arrendá-la, como fez Stu.

Ian queria lidar com a terra tanto quanto o pai parecia querer lidar com ele e Sarah. Seus pais raramente ficavam juntos, muito menos na mesma sala. Seu pai dormia no sofá do escritório. Quando Ian tentou incluir Sarah em sua caminhada esta manhã, ela recusou. Queria ler. Desde o incidente do motel, seu casamento não era o mesmo.

Ian abriu a porta da frente, com a intenção de ir para a casa de Marshall. Melhor do que ficar em casa onde ninguém queria estar perto das outras pessoas que moravam lá. Ele gostava de como era nos Killion. Eles se sentavam juntos para jantar todas as noites. Jogavam jogos de tabuleiro e assistiam a filmes.

– Ian?

Ele parou bruscamente.

– Venha aqui, por favor.

Ele fechou a porta e foi para a sala da frente. Sua mãe estava sentada em sua poltrona de leitura no canto. Um cobertor tricotado cobria suas pernas, que ela cruzara embaixo dela. Ao redor, pilhas de livros apinhavam o piso de madeira gasto. Devia haver mais de cem livros. Ela leu cada um pelo menos uma vez. Vários deles, diversas vezes. Um livro aberto estava virado para baixo em seu colo. Ele não conseguia ver a capa de onde estava, mas adivinhou que era o mais recente Michael Crichton. Ela não se cansava de seus thrillers de ficção científica.

Sua mãe sorriu para ele.

– Para onde está indo?

Ian enfiou os punhos nos bolsos da frente. Elevou os ombros até as orelhas.

– Para a casa do Marshall.

– Como vai o Marshall?

– Bem, eu acho. – Ele não convidava Marshall há meses. Não convidara nenhum amigo durante todo o ano letivo. Ian não confiava que sua mãe continuasse a ser ela mesma perto deles e, por mais encabulado que estivesse de admitir, os comportamentos alterados dela o envergonhavam. Além disso, seu pai tinha o receio de que, se alguém descobrisse sobre sua mãe, a levassem embora. Ou pior, levassem Ian embora.

Sua mãe olhou pela janela.

– Está prestes a chover. Escolha um livro. Leia comigo.

O rosto de Ian se contraiu e ela riu. Ela empurrou o cobertor para o lado e se levantou, indo até a estante.

– Tenho certeza de que há algo aqui que deve manter o interesse de um garoto de treze anos.

Ian bufou. Ler era a última coisa que ele queria fazer. Havia cavalos para cuidar no celeiro de Marshall e torta de mirtilo para comer. A sra. Killion dissera a ele no dia anterior que planejava assar a torta esta tarde. Ela o convidara para ir, mas ele se distraíra com a nova câmera digital de seu pai.

– Por que você não gosta de ser fotografada? – ele perguntou.

– Isso me deixa desconfortável – Sarah respondeu, de costas para ele. Ela se abaixou para olhar as prateleiras inferiores. Seus dedos percorreram as lombadas dos livros. – Oh, meu Deus. Olhe o que eu achei. Você se lembra deste?

O corcel negro. Ela costumava ler passagens para ele todas as noites até que terminassem o livro e ele pedisse a ela que começasse do início.

– Leia para mim.

Ele amava aquele livro, como quando tinha sete anos. Ele fez uma careta.

– É um livro infantil.

– É um livro para crianças de todas as idades. Você costumava me implorar para lê-lo para você todas as noites.

Porque ele amava a maneira como ela lia para ele. Ela entrava no personagem e fazia efeitos sonoros. Ouvi-la era melhor do que assistir ao filme.

Sarah voltou para sua poltrona e deu um tapinha na almofada do sofá ao lado dela.

– Sente-se comigo. Eu vou ler para você.

Ian olhou para a escada.

– Vou manter a voz baixa para que seu pai não ouça. Eu não gostaria de envergonhar você – ela sussurrou de forma conspiratória.

Quem se importava se sua mãe iria ler para ele como uma criança? Qual era o problema?

– Eu não estou envergonhado. – Ian cruzou a sala e se jogou no sofá.

Sua mãe abriu o livro na primeira página e começou a ler. Ian recostou a cabeça no sofá e fechou os olhos. A cadência suave de sua voz o envolveu. Ouvi-la o fez lembrar do quanto costumava gostar de fazer isso com ela. Não admira que ele costumasse insistir para que ela o colocasse na cama com essa história. Todas as noites, até que suas mudanças de personalidade se tornassem mais frequentes e ele parasse de pedir que ela lesse. Ele não sabia quem o colocaria na cama naquela noite. E, em algumas noites, quando Billy aparecia, era Ian quem colocava sua mãe na cama.

Logo, sua mãe terminou o primeiro capítulo e Ian ergueu a cabeça. Ela estava olhando para ele, com uma lágrima escorrendo no canto do olho. Ela se levantou e o segurou pelo queixo, levantando seu boné para beijar-lhe a testa.

– Não importa o que eu faça ou aonde eu vá, nunca, jamais esqueça que eu te amo – ela sussurrou com urgência. – Tudo o que eu faço é porque te amo.

Capítulo 22

IAN

Ando pelo saguão, esperando Reese. Ela não respondeu à minha mensagem na noite passada ou ao correio de voz esta manhã. Espero que apareça.

Consulto o meu relógio. Já passa das oito. Estamos começando mais tarde do que o planejado, mas não estou reclamando muito. Aimee e eu ficamos acordados até tarde da noite porque...

Senti falta dela. Simples assim.

Senti falta de minha esposa e daquela conexão que temos. Então, dediquei um tempo para mostrar a ela o quanto eu sentia sua falta.

Carregando uma sacola de papel marrom, Aimee me encontra no saguão.

— Teve sorte com a figura?

Bufo uma risada e faço que não com a cabeça.

— O que você tem aí? — Puxo a borda da sacola de Aimee e espio dentro.

— Paulo preparou o almoço para nós.

— Quem é Paulo?

— O chef. Peguei a receita dele de *pulpo*. Ele vai preparar alguns para nós esta noite.

Meu estômago embrulha.

— Você está brincando, né?

— Claro que estou. — Ela cutuca o meu ombro. — Vamos logo encontrar esses cavalos.

Vamos até o carro de aluguel e entramos nele. Enquanto sincronizo o meu telefone com o Bluetooth do carro, recebo uma mensagem de Reese. Olho para a notificação. É curta e não é doce. Ela tem outros planos hoje.

Em um esforço para não pensar que o artigo é uma causa perdida, coloco na estação Nathaniel Rateliff pelo Pandora.

– Seremos só você e eu hoje. – Beijo a bochecha de Aimee e saio do estacionamento.

– Parece um dia perfeito para mim.

Dirigimos para Sabucedo e fazemos a mesma trilha que Reese e eu fizemos na véspera. A encosta ꞏ ꞏ ꞏ ꞏ ꞏta, mas o tempo está perfeito. Tufos de nuvens mancham a amplidão azul como a pelagem malhada marrom e branca de um cavalo. Não aponto o potro morto quando passamos pela árvore que protegeu a mim e Reese na tempestade de ontem. Em vez disso, passamos o tempo falando sobre a minha viagem anterior à Espanha, minhas semanas viajando pelo país e o longo fim de semana em Sabucedo e na *Rapa*. Estamos caminhando há quase noventa minutos quando chegamos ao topo da colina e Aimee engasga de surpresa.

– Veja!

Abaixo de nós está a vila rústica de Sabucedo com suas paredes de estuque bege e telhados de telha vermelha. Na encosta, a cerca de cem metros de onde estamos, há uma pequena manada. Rapidamente conto vinte e oito cabeças, um garanhão, suas éguas e vários potros.

Baixando minha mochila, retiro minha Nikon e a lente de 70-300 milímetros. É leve e compacta, com um foco automático nítido. Perfeito para se mover enquanto os animais pastam e vagam. Também é a lente ideal para capturá-los em ação, caso decidam ir embora. Também tirei da mochila meu tripé e o controle remoto da câmera para que eu pudesse tirar algumas fotos do campo.

– Eles estão bem ali – exclama Aimee. – São tão bonitos!

Olho da manada para a minha esposa.

– *Isso* é o que eu vim ver. Sorrio, grato por nós as encontrarmos. Reese deveria estar vendo isso.

Ligando a câmera, verifico a bateria e adiciono uma bateria e um chip de reserva a um dos zilhões de bolsos que guarnecem as pernas da minha calça. Talvez possamos conversar com Reese esta noite e mostrar a ela as fotos.

— Eu contei cerca de trinta deles – diz Aimee. – Isso é tudo?

— É apenas uma manada. Mais de dois mil foram registrados percorrendo as colinas em todo o norte da Espanha na década de 1970. Existem pouco menos de quinhentos hoje.

— Isso é trágico. O que aconteceu com eles?

— Caçadores furtivos, predadores, condições econômicas ruins. – Fecho a minha mochila. – Os aldeões administram a superpopulação porque há muita competição por pastagens com os fazendeiros. Mas, agora, tudo o que eles querem é que o que restou da população prospere.

Aimee protege os olhos do brilho do sol.

— Eles parecem diferentes dos cavalos normais.

— Eles se adaptaram ao ambiente. – Observo a manada, sua constituição robusta e pelagem castanha revolta. Através das minhas lentes, vejo que algumas das éguas têm pelos mais longos e mais grossos ao redor do focinho, o que me diz que são mais velhas do que as outras. Aponto para uma cerca viva espessa. – Vê aqueles arbustos de tojo ali? Eles adoram comê-los. O pelo em seus focinhos os protege dos arbustos e sua pelagem espessa os isola do clima. Estamos a menos de cinquenta quilômetros da costa. Fica frio e nublado aqui.

— Estamos a uma distância segura deles?

Faço uma estimativa visual e acho que estamos a cerca de cinquenta metros da manada.

— Nós ficaremos bem. Só não chegue mais perto. – Olho ao redor. – Vamos nos acomodar aqui.

Aimee tira sua mochila e pega um cobertor. Ela o estende no chão.

— Vou dar uma volta, tirar algumas fotos.

Aimee faz um sinal de ok com o polegar e o indicador.

— O almoço estará servido quando você terminar.

Passei o restante da manhã caminhando pelo perímetro da manada, enquadrando e tirando fotos. Brinco com os ângulos, a composição e a luz. Os cavalos me deixaram chegar a trinta e cinco metros deles antes que sacudissem suas crinas e caudas, remexendo-se com a minha proximidade. Recuando, espero que eles se aquietem para que eu possa tirar mais fotos. Em seguida, tiro algumas fotos panorâmicas, usando o meu tripé e o controle remoto para minimizar qualquer vibração que pudesse borrar as fotos.

Depois de um tempo, sentindo-me tonto, volto para Aimee, afundando ao lado dela no cobertor. Ela me dá um sanduíche de vegetais marinados e carne fatiada. Mordo um bocado e o sabor explode.

– Isto está incrível. – Mastigo e engulo. – Os cavalos são incríveis. Você é incrível.

Aimee joga a cabeça para trás com uma risada.

– Com fome?

– Morrendo de fome. – Dou outra mordida. O molho vaza do canto da minha boca. Limpo com o polegar.

– Você só está feliz porque eu o alimentei.

Eu rio.

– Boa escolha nos sanduíches. Meu estômago agradece. – Se fosse eu aqui em cima, teria sobrevivido à tarde com barras de proteína e saquinhos de frutas secas. Comida entediante de esquilo se comparada com o almoço gourmet que Aimee trouxe. – Você pode viajar comigo sempre que quiser se trouxer comida como esta.

Ela mordisca o seu sanduíche.

– Você se dá conta de que eu nunca vi você trabalhar?

– Você já me viu trabalhar. – Muitas vezes. Ela me viu passar incontáveis horas ajustando fotos em meu escritório em casa ou trabalhando nas minhas exposições enquanto converso com clientes, e empregando estratégias com novos compradores para aumentar as vendas.

– Quer dizer, eu nunca estive em campo com você – ela esclarece. – Seu foco é intenso.

– O mesmo pode ser dito de você quando está assando.

Ela apoia o queixo nos joelhos, abraçando as canelas, e sorri. Estou num plano mais baixo do que ela no cobertor, então, reclino-me sobre o cotovelo e esfrego sua panturrilha. Moscas passam zumbindo. O ar cheira a terra úmida e pinheiros.

– Você se lembra do que me disse no México? – ela pergunta.

– Eu te disse um monte de coisas no México.

Seus olhos brilham e eu sei no que ela está pensando, a forma como eu disse a ela que a amava. Mas o próximo movimento foi dela, e ela me deixou.

Eu poderia ter ido com ela, mas decidi ficar mais um dia. Sim, eu estava curioso sobre Lacy e sua conexão com Imelda, e a possibilidade de encontrar minha mãe por intermédio dela. Mas a rápida saída de Aimee do país me confundiu. Eu não sabia o que acontecera entre ela e James na noite anterior, e não tinha certeza se Aimee sentia o mesmo por mim. Pedir a ela para ficar significava arriscar sua rejeição, e eu já me machucara muitas vezes.

– Você se lembra de comparar o que faço na cozinha a um ofício artístico? Você disse que eu era uma artista porque "verdadeiros artistas provocam uma resposta emocional".

– Eu disse isso mesmo. – Assinto lentamente. – Eu ainda acho isso.

– Eu também acho isso de você e de seu trabalho.

– Obrigado. – Eu me sento e a beijo devagar; então, deito-me e suspiro. Cruzando as mãos atrás da cabeça, fecho os olhos, deixando o sol aquecer o meu rosto. É disto que se trata a vida, esses fragmentos de tempo em que minha mente é uma lousa em branco e não penso ou me preocupo. Mas há muito tráfego na minha cabeça hoje. Eu me pergunto se Reese e eu podemos encontrar um meio-termo e fazer a matéria funcionar, e me pergunto sobre Lacy. Um pavor se apodera de mim, como um cobertor que me cobre da cabeça aos pés. Sinto como se estivéssemos na Espanha um dia além do necessário.

Sento-me ereto e verifico o espaço no meu chip de memória.

– Eu deveria tirar mais algumas fotos.

– Você acha que suas fotos vão mudar a opinião de Reese sobre seus sentimentos em relação à *Rapa*?

– Eu realmente espero que sim. – Troco o chip e coloco a câmera de lado. – Ela me perguntou ontem por que eu estava tão fascinado por esses cavalos. Ressaltou que eles estão mais para semiferais do que propriamente selvagens. Eu disse a ela que vejo a relação entre os moradores e as manadas como simbiótica. O que me fascina. Mas isso é apenas parte do motivo.

Aimee embrulha o que sobrou de seu sanduíche e o devolve ao saco de papel.

– Qual é a outra parte?

– Meu livro favorito quando criança era *O corcel negro*. Não ria – digo, quando a boca de Aimee se contorce.

– Eu não estou rindo. Acho que imaginei algo diferente.

– Eu li um bocado dos romances de Christopher Pike e de histórias em quadrinhos do Superman. Mas isso não vem ao caso. Minha mãe adorava *O corcel negro* quando criança também. Ela costumava ler um capítulo por noite para mim até terminarmos o livro e eu implorar para ela começar de novo. Juro que lemos esse livro mais de cem vezes. Ela entrava no personagem e a história ganhava vida. Se dependesse de mim, ela poderia ter continuado a ler aquele livro para sempre.

– Por que parou?

– Eu parei de pedir. – Arranco um monte de ervas daninhas e jogo-as longe. Atrás de nós, os cavalos relincham. Um potro caminha até sua mãe. – Depois que Sarah foi presa, passei mais tempo na casa de Marshall. Eu podia cuidar de seus cavalos e esquecer como a vida era uma merda em casa. Acho que, de uma forma estranha, sinto-me mais próximo da minha mãe perto dos cavalos.

Aimee me estuda com autêntico fascínio. Dobro as pernas, descansando os cotovelos nos joelhos, as mãos soltas entre eles. Ela sorri docemente.

– O que foi? – pergunto, abrindo meu próprio sorriso.

– Você foi para ela um cavaleiro galego e *aloitador*. De certa forma, ela era selvagem e você tentou administrar essa selvageria o melhor que conseguiu para a sua idade. E, quando ela estava indomável e não cooperava, você a vigiava. Cuidava dela. E, então, ela o deixou e você não sabia o que fazer. Você provavelmente sentiu que não tinha um propósito. É provavelmente como esses aldeões se sentiriam se perdessem essas manadas.

– Hum. Interessante. Nunca pensei em ver as coisas dessa forma. – Arranco uma folha de grama e mastigo a ponta.

Aimee faz uma careta.

– *Eca*. Cavalos andaram nisso.

– Sim, provavelmente. – Lanço fora a folha mutilada e sorrio. – Isso foi profundo, Aimee. Sobre o que devemos conversar agora? Política, energia limpa, bebês?

Aimee levanta uma sobrancelha e eu suspiro.

– Eu sei – reconheço. – Eu disse que queria encerrar nossa discussão, mas... você quer outro? Sério?

– Eu quero.

– Não é uma sensação residual ao ver aqueles pacotinhos embrulhados como burritos no hospital?

– Aqueles pacotinhos me lembraram de que estou me sentindo assim há meses. Eu queria lhe falar sobre isso no verão passado, quando você voltou da Espanha, mas... – Sua voz diminui. Ela arranca carrapichos presos aos cadarços.

– Mas o quê? – Aperto sua panturrilha.

– Coisas aconteceram.

Meu peito está pesado.

– Você quer dizer que James aconteceu.

Aimee concorda com a cabeça.

Eu respiro profundamente.

– É o seguinte. Que tal voltarmos a focar em nós, em vez de no que está acontecendo ao nosso redor?

Nós nos fitamos por um longo momento. Meu coração palpita de amor e pego sua mão. Nossos dedos se entrelaçam. Ela observa meu polegar acariciar o dela.

– Eu gostaria muito disso – ela concorda.

Dou um puxão delicado em seu braço.

– Venha aqui.

Aimee se estende sobre o cobertor. Eu me deito de costas, puxando-a comigo para que seu peito fique sobre o meu. Seu cabelo cai sobre os ombros, emoldurando sua face. Eu acarinho o contorno de sua maçã do rosto.

– Acabei de me lembrar de uma coisa.

– O quê? – Ela baixa a cabeça e beija o meu queixo.

– Esquecemos de falar com a Caty pelo Skype na noite passada.

Aimee roça os lábios ao longo do meu queixo. Sinto a pressão de seus seios a cada respiração, a suave corrente de ar de seus lábios entreabertos através dos pelos de meu rosto. Isso faz o meu sangue latejar.

Ela beija o meu queixo e, então, deixa os lábios pairarem sobre os meus.

– Estávamos um pouco ocupados ontem à noite.

– Sim, estávamos. – Eu rio com as palavras. Meu corpo se excita com a lembrança.

– Ligaremos para ela quando voltarmos para a pousada.

– Boa ideia. Agora me beije – exijo, as lembranças da noite passada persistindo em meu cérebro.

Sua boca esmaga a minha e meus braços envolvem suas costas. Passamos a tarde assim, beijando-nos e abraçando-nos, relaxados e aquecidos pelo sol. Os cavalos pastam nas proximidades, as bufadas e os relinchos dos animais como música de fundo. É tarde, o sol está se pondo no horizonte, quando a manada começa a vagar em direção à próxima encosta. Decidindo seguir os cavalos um pouco, retiro meu braço de Aimee e pego a câmera. Já me afastei um pouco quando me viro para ela. Aponto para o meu relógio e mostro cinco dedos duas vezes, pedindo a ela que me dê dez minutos.

Ela acena e empacota os restos do piquenique.

Pouco tempo depois, tendo o meu chip de memória carregado com imagens, junto-me a Aimee. Mostro a ela algumas das fotos no visor da câmera, incapaz de conter minha empolgação em capturá-las.

— Foi um bom dia — diz Aimee, quando começamos a descer a colina. — Estou feliz que você tenha encontrado o que estava procurando.

Nem tudo, ainda não. Mas talvez isso aconteça na terça-feira.

Passo um braço em volta da cintura de Aimee, pronto para embarcar na próxima etapa de nossa aventura.

Bem cedo na manhã seguinte, faço o check-out da pousada enquanto Aimee conversa com Catherine ao telefone, atualizando-a sobre nossos planos. Estamos indo até a costa para tomarmos o café da manhã e pegaremos nosso voo esta tarde, pousando em Boise no fim do mesmo dia. Vamos passar a noite lá antes de nos aventurarmos até a casa do meu pai. Lacy não deu um horário para nos encontrarmos, apenas disse que estará lá na terça-feira. Então, estaremos lá. Cedo. Esta será minha primeira visita à casa desde antes de me formar na faculdade. Também será a primeira vez que verei meu pai desde Las Vegas.

Aimee termina sua ligação e puxa a alça de sua mala com rodinhas.

— Pronto?

— Sim. — Pego minhas malas e, abrindo caminho até a porta da frente, vislumbro Reese sentada sozinha na sala de jantar. Ela gesticula para que esperemos.

— Espere um segundo — digo a Aimee, enquanto Reese se aproxima. Eu havia lhe deixado três mensagens de texto e duas de voz na noite anterior. Pedi desculpas por ameaçar retirar as fotos para sabotar seu artigo. Disse a ela que havíamos encontrado uma das manadas e que queria mostrar as fotos a ela. Ela deveria ter estado lá. Teria amado os cavalos. Ela não respondeu, o que para mim foi um sinal de que seu coração não estava nessa matéria, não como o meu. Temo que o artigo não capture a essência da relação entre a aldeia e as manadas, e que possa lançar uma luz negativa sobre o antigo festival.

– Oi – Reese diz em saudação. Seu olhar desliza de mim para Aimee e vice-versa. Ela enfia as mãos nos bolsos de trás. – Eu estava esperando para pegar você.

Aimee cruza os braços e se aproxima de mim.

– E aí? – Não me dou ao trabalho de largar minhas malas ou perguntar se devemos nos sentar.

– Você encontrou os cavalos.

– Nós encontramos. – Tiro as chaves do carro do bolso e as sacudo.

– Quando é o seu voo?

– À tardinha. Por quê?

– Você me levaria lá? Se você não se importar. – Ela olha para Aimee.

– Não posso. Temos planos para hoje – respondo.

– Não, não temos. – Aimee ergue sua mala.

Eu olho pra ela.

– Não temos?

– Ele vai levar você – ela diz para Reese e, em seguida, descansa o braço no meu cotovelo. – Vá trabalhar em sua tarefa. Consiga a matéria que você deseja. – Ela olha para mim e eu entendo o que ela quer dizer. Tenho três horas para apresentar a Reese o meu ponto de vista. Três horas para conquistá-la. Aimee dá um tapinha no meu braço. – Eu esperarei aqui.

Faço uma encenação de consultar o meu relógio.

– Se vamos fazer isso, vamos rápido.

Reese concorda.

– Valeu. – Ela olha para Aimee. – Obrigada.

– É melhor você fazer valer a pena. – Ela me beija. – Vejo você em algumas horas.

Reese e eu caminhamos num ritmo puxado. Estou com minha câmera, teleobjetiva, tripé e controle remoto acoplado. Estou preparado. A manada se afastou ontem, então, estou prevendo que vamos capturá-los a distância.

Chegamos rapidamente ao topo da colina onde Aimee e eu avistamos a manada no dia anterior. Os cavalos não estão por perto nem no lugar para o qual rumaram ontem no fim da tarde. Está frio e enevoado. A luz do sol penetra o véu branco e, se fosse outro o dia, daria para fazer algumas fotos legais. Mas sem cavalos.

Empurro minha manga e verifico o relógio. Tenho duas horas antes de precisar voltar para a pousada.

– Desculpe, Reese. Não tenho ideia de qual direção eles tomaram; caso contrário, eu a acompanharia nessa direção.

– Você não me deve desculpas. Sou eu que sinto muito. Não foi das melhores a forma como me apresentei para a sua esposa.

Pressiono minha boca em uma linha reta.

– Não foi um dos seus melhores momentos. – Eu me viro para descer a colina.

– Ei. – Ela estende a mão para me impedir. – Deixe-me fazer as pazes com você. O que eu posso fazer?

Só consigo pensar em uma coisa. O artigo. Quero que seja imparcial e que as fotos falem por si mesmas. Estou prestes a dizer isso a ela quando seus olhos ficam maiores e mais brilhantes do que o sol. Ela aponta para o oeste.

– Bem ali.

No cume seguinte está uma manada de cavalos galegos a galope. A luz do sol filtrada destaca seus flancos castanhos. A poeira levantada por seus cascos batendo nubla o solo, conferindo à manada a aparência de correr no ar. É a imagem de capa perfeita. A foto perfeita para uma página dupla.

Às pressas, estendo as pernas do tripé e posiciono a câmera. Ajusto as configurações para estabilizar o movimento vertical do aparelho e olho através das lentes, colocando os cavalos em foco. Com alguma sorte, a manada estará em foco nítido e o fundo desfocado. Posso vê-los galopando para fora das páginas da revista. Respirando fundo, pressiono o botão do controle remoto da câmera. O obturador dispara em rápida sucessão enquanto eu me desloco na direção em que a manada voa pelo topo da colina.

– Veja como correm. – A voz de Reese está cheia de admiração.

Minha lente segue a manada.

– O lugar deles é aqui.

– Eu nunca disse que não.

Olho para Reese. Seus óculos Ray-Ban Aviator protegem seus olhos, mas ela está sorrindo. Não sei dizer o que está pensando, mas está maravilhada com os cavalos. Eles desaparecem por cima do cume.

— Lá se vão eles.

— Acho que tive a impressão de que você não gostava dos cavalos — eu digo, enquanto verifico a tela de visualização, certificando-me de que tirei as fotos.

Ela me olha com estranheza.

— O que lhe deu essa ideia?

— Você disse que não gostou da *Rapa*.

— Não, eu não disse isso. Eu simplesmente não gosto de assistir. E eu não entendia por que eles tinham que colocar tantos cavalos em um espaço tão confinado. Só porque fiquei impressionada com um potro morto e tenho dificuldade em lidar com animais encurralados, não significa que irei impor minha opinião na matéria. Estou aqui para contar a história da aldeia.

Tampo minhas lentes e começo a arrumar o equipamento.

— Que é qual?

— A aldeia e as manadas são mutuamente dependentes.

Paro o que estou fazendo e olho para ela com curiosidade.

— O que a fez mudar de opinião?

— Conversar com os aldeões. Passei o dia inteiro com eles, ontem. Olha, hum. — Ela verifica a hora em seu telefone. — Você ainda escreve?

Além de um artigo aqui ou ali para acompanhar as minhas fotos, minha escrita não passava de uma legenda de imagem de algumas frases.

— Raramente, por quê?

— Estamos com pouco tempo, mas quero seu ponto de vista. Você é o único que eu conheço que esteve na arena sem ser um aldeão. Quero saber como foi. E quero saber por que você está apaixonado por esses cavalos. Qual é a sua conexão? Deixe-me tentar escrever a história que você imaginou quando enviou suas fotos.

O canto da minha boca sobe.

— Você é perspicaz.

– Eu sou jornalista. Estudo pessoas. Não escapa muita coisa de mim. Você acha que pode ter algo para mim no final da terça-feira?

– Terça-feira? – Eu me encontro com Lacy na terça-feira e espero estar a caminho de localizar minha mãe.

Reese concorda.

– Recebi um e-mail do meu editor. A revista está antecipando o nosso artigo uma edição. Ela precisa do meu rascunho na quarta-feira.

Eu sinto meus olhos esbugalharem.

– Quarta-feira. – Praguejo baixinho.

– Al não lhe contou?

Faço que não com a cabeça. Existem mais de dez mil fotos em meus chips de memória. Com o prazo encurtado, isso significa que tenho de reduzi-los para poucos milhares e editar minhas melhores, as imagens que acho que eles deveriam imprimir, até quinta-feira, enquanto pensei que teria uma semana. Como vou conseguir isso quando também estou escrevendo um ensaio e me encontrando com Lacy na terça-feira?

As mudanças acontecem às terças-feiras.

– É muito cedo? Posso tentar postergar o meu prazo em um ou dois dias, mas não prometo.

Balanço a cabeça e coloco minha mochila no ombro.

– Não, vou dar um jeito. – Porque estou determinado a ter tudo. Encontrar minha mãe e conseguir a capa da *National Geographic*. Para conseguir essa capa, tenho que cumprir o prazo.

– Mais uma coisa – ela acrescenta, quando começo a andar. Eu me viro. – Eu tenho uma confissão.

Ergo uma sobrancelha. Ela olha para o chão, depois para longe. Distraidamente, dá uns tapinhas na perna e, em seguida, desliza os dedos no bolso de trás como se não soubesse o que fazer com as mãos.

– Você não precisa me dizer.

– Preciso. Você é um bom homem e tem direito à verdade. – Ela respira fundo para se acalmar. – Eu ainda te amava.

– Então, por que você foi embora?

– Fiquei assustada. Você estava tentando me consertar...

– Te consertar? – eu a interrompo, pasmo. – Que diabos isso significa?

– ... e eu não queria ser consertada – diz ela ao mesmo tempo.

– Do que está falando?

– Eu e os meus problemas em relação aos animais. Aquele gato que você adotou para mim? Não foi a primeira vez que tentou me dar um animal de estimação. Lembra o cachorro vadio que recolhemos na tempestade na beira da estrada? Você queria que o levássemos para casa e o adotássemos. Você estava convencido de que, se eu tivesse um animal de estimação para amar, superaria minha aversão a ter um. Discutimos muito até que você finalmente concordou em levá-lo para o abrigo de animais.

Cerro os meus dentes. Aquela noite foi uma de nossas maiores discussões. Foi a primeira noite desde que começamos a namorar que ela insistiu em dormir sozinha. Passei uma longa noite no sofá encalombado.

– Em vez de conversar comigo sobre isso, você fugiu? – eu pergunto.

– Tentei falar com você. Você não queria ouvir. Estava muito obcecado em tentar resolver os meus problemas com animais.

– Eu não estava tentando resolver os seus problemas – digo, odiando soar tão na defensiva. Mas ela está martelando um prego que está atingindo um ponto sensível.

– Braden viu aquela foto de sua mãe que você mantinha sobre a lareira e apontou as semelhanças entre mim e sua mãe no tom dos cabelos, tez, olhos e na estrutura facial. Engraçado, mas eu nunca enxerguei isso até ele mencionar e, então, não consegui tirar isso da cabeça. A ideia de que eu parecia tanto com ela e que você namoraria alguém que fisicamente se parecia com ela me assustou. Ocorreu-me que você continuaria me perseguindo sobre a questão dos animais de estimação da mesma forma que tirava fotos de sua mãe, mesmo depois que ela e seu pai insistiram para que você parasse. Temi que sua missão obsessiva de resolver meus problemas com animais fosse apenas o começo. O que você tentaria consertar a seguir sobre mim? Meus problemas com animais são apenas meus, e aprendi a lidar com eles. Eu me viro muito bem.

– Você assumiu esta tarefa apenas para me dizer isso? – Minha expressão está dura, minha voz tensa.

Reese levanta as mãos.

– Não sei. Talvez?

– E isso está no seu peito há mais de dez anos. Você simplesmente precisava desabafar. – Aimee está certa. Reese é uma filha da mãe. Eu meneio a cabeça para ela e começo a descer a colina novamente.

– Ian, espere. – Ela corre até mim, mantendo o ritmo ao meu lado. – Você é um cara bom. Eu realmente amava você. E eu o amava quando o deixei.

Eu paro de repente e me viro para encará-la.

– Amar não é sair correndo de alguém. É trabalhar os problemas, corrigi-los juntos.

– Nem sempre é assim que funciona. Às vezes, a única maneira de uma pessoa ser consertada é ela mesma fazer isso. E outras vezes, uma pessoa não pode ser consertada. Mas ela pode aprender a lidar com seus problemas da melhor maneira que puder, mesmo que isso signifique deixar a pessoa que mais amava no momento.

Ela me olha enfaticamente e eu sinto que o que ela está falando vai além de nós.

Capítulo 23

IAN

Mais ou menos cinco meses após o episódio de Ian Collins *The Hangover*, quando me casei com Reese embriagado, eu havia reduzido a marcha nos estágios de raiva, hostilidade e fúria, e estava acelerando em frustração com a falta de ambição de meu pai em *Procurando Sarah*. Achei que deveria ligar para o velho e dar mais uma chance ao nosso relacionamento.

Ao contrário dos anos em que morei sob seu teto, onde ele tinha duas temporadas definidas, a de beisebol e a de futebol americano, com horários que me informavam em que hotel ele estaria e em que cidade, meu pai naquele momento realizava serviços freelance entre os jogos. Seu trabalho o mantinha fora do estado e em uma condição de perpétuo movimento. Ele morava em hotéis e socializava em bares de aeroportos. Eu não tinha ideia de onde ele estava ou quando estaria em casa. Os telefones celulares não eram tão comuns na época. Ele pode ter tido um, mas eu não possuía o número.

Ele demorou dez dias para retornar a mensagem que eu deixei na antiquada secretária eletrônica da casa da fazenda que ainda reproduzia a mesma saudação que gravei no meu primeiro ano no ensino médio. *Você ligou para a casa dos Collins. Deixe um recado.* Copiei a saudação que minha mãe gravou quando comprou o aparelho, mas substituí "família" por "casa", porque não éramos uma família. Não mais.

Quando atendi ao telefone, meu pai disse "oi", pigarreou pesadamente e perguntou:

– Você está se mudando para a Europa?

– Estamos pensando sobre isso. – Reese e eu planejávamos uma viagem de oito semanas. Nós visitaríamos a Itália e a França, fazendo bicos nos intervalos entre sua escrita e minha fotografia, ganhando dinheiro para estender nossa estada no exterior. Se nos apaixonássemos pela vibração das grandes cidades ou pelo ritmo acolhedor de um vilarejo pitoresco, consideraríamos ficar. Talvez indefinidamente. Nessa idade, a vida era só aventura. Nós viveríamos um dia de cada vez, usufruindo ao máximo.

– Você vai com aquela garota que está namorando?

– O nome dela é Reese. Sim, estamos viajando juntos.

– Ela vem de uma boa família? Nenhuma esquisitice?

Ninguém rebatia com força para o campo externo como Stu. Eu captei o que ele quis dizer como uma bola voadora pousando decididamente bem no meio da minha luva. Ele se perguntava se Reese tinha uma criação normal, nada doentio acontecendo entre os membros da família que pudesse tê-la deixado com a cabeça bagunçada. Assegurei-lhe que não havia nenhum esqueleto em seu armário, exceto aquele que ela colocava para fora no Halloween. Aquilo, sim, era um filho da mãe assustador. Parecia mais um modelo para estudo de uma escola de medicina do que um apetrecho decorativo para o feriado.

O ruído de um palito de fósforo entrando em combustão ressoou através do fone. As puxadas curtas e rápidas do acender de um cigarro. Um longo e profundo trago.

– Ela parece uma garota legal – meu pai disse com a garganta estreitada, suas palavras carregadas de fumaça.

Cortando a conversa-fiada e indo direto ao ponto, bem ao estilo dele próprio, perguntei:

– O que houve com a mamãe?

– Como é que eu vou saber, porra? – retrucou ele, irritado.

– Você não teve mais notícias dela? – A decepção mergulhou de cabeça em minhas entranhas. Esperava que ele tivesse recuperado o juízo depois que eu o deixei em Vegas e ele ficou sóbrio. – Você pelo menos tentou procurá-la?

– Ela foi embora. Ela nos abandonou. Fim da história.

– Ela está doente, pai. Ela não se dá conta disso, mas precisa de nós.

– Eu não vou discutir sobre ela com você. Aliás, pensando melhor, se voltar a mencioná-la, vou encerrar a ligação.

Eu fui mais rápido do que ele. Desliguei e, afora deixar uma breve mensagem de que ia me casar e disponibilizar o meu número de celular, não telefonei para ele desde então. Ele me respondeu com uma mensagem de texto, em duas ocasiões. A primeira, parabenizando-me pelo casamento e, a segunda, quando me tornei pai, depois que lhe enviei uma mensagem contando que Aimee dera à luz Sarah Catherine.

Eu nunca entendi por que ele desistiu de minha mãe – sua *esposa* – tão facilmente. Ou de mim, a propósito. Ele me descartou como uma fotografia borrada e superexposta. Mas eu havia feito o mesmo, penso enquanto dirijo com Aimee em direção à velha casa de fazenda que não vejo desde meus vinte e poucos anos. Minha última visita fora no verão anterior ao meu último ano na faculdade.

É terça-feira, meio da manhã. Aimee está sentada ao meu lado, seu olhar nas vitrines das lojas que passam. A velha e decadente Americana. A cidade não mudou nada e, surpreendentemente, não sinto falta dela. Com exceção do meu pai, não consigo pensar em ninguém aqui com quem valha a pena manter contato. A sra. Killion faleceu há alguns anos e o sr. Killion vendeu sua fazenda logo depois. Assim como eu, Marshall foi embora depois de se formar na Boston College. Não há muito o que fazer por aqui, a menos que você enverede para a área da pecuária ou da agricultura. Da última vez que tive notícias suas, Marshall estava casado, tinha três filhos e vivia nos subúrbios de Boston como consultor financeiro.

– Estou nervosa por conhecer seu pai – diz Aimee pela segunda vez esta manhã.

Pouso a mão em sua coxa.

– Ele vai ficar bem – digo para tranquilizá-la e a mim mesmo. Estou apreensivo. Um sentimento crescente de preocupação me mantém rígido no assento do motorista. E me deixou acordado a noite toda. – Eu duvido que ele esteja em casa, no entanto. É a temporada de futebol.

– Lacy parece achar que ele estará.

Vejo a linha do telhado da casa acima de hastes de milho amarrotadas, secas pelo sol. Os campos da frente ainda não foram arados. Dando seta para virar, desacelero e pego a entrada, e então freio, parando totalmente. Dou ré no carro e paro novamente.

– Acho que temos a nossa resposta. – Aponto com a cabeça para a caixa de correio. A tampa está aberta, expondo o interior atulhado de correspondências. Cartas e circulares de tamanhos variados amontoam-se pelo chão como folhas caídas.

Deixando o carro em ponto-morto, desço do veículo e Aimee se junta a mim. Ela recolhe a correspondência espalhada ao longo da estrada enquanto eu esvazio a caixa.

– Eu guardo isso – ela oferece, e eu lhe entrego a correspondência.

– Obrigado. – Olho em volta, levantando o rosto para o vento. Esterco, grama molhada e o cheiro cáustico de nutrientes. – Esqueci como o fertilizante pode ter um cheiro tão forte.

O nariz de Aimee se enruga.

– É realmente desagradável.

– Bem-vinda ao campo. Vamos ver se meu pai está em casa e se Lacy está lá. – Seguro a porta aberta até que ela se acomode em seu assento. Ela equilibra a correspondência em seu colo. Fecho a porta, dou a volta no carro e afundo no meu assento. Observo a casa no fim do caminho, o revestimento externo branco desbotado pelo sol e empoeirado pelos campos. A calha de chuva se desprendera do telhado no andar de cima. As telas de algumas das janelas estão rasgadas. Uma das colunas da varanda inclina-se precariamente para o lado, fazendo com que o beiral ceda.

– A casa sempre esteve neste estado?

– Não tanto como está. – Desço lentamente pelo caminho de cascalho e estaciono o carro ao lado da antiga caminhonete Chevrolet do meu pai.

Ele vendeu a perua quando eu tinha dezesseis anos, trocando-a por um Toyota 4Runner amassado, com o qual eu costumava me deslocar.

Jornais dobrados e ressequidos se espalham pela varanda da frente, derramando-se pelos degraus como grãos de café despejados de uma lata. Chuto-os para o lado para que Aimee não tropece e caminho ao longo da varanda, que contorna a lateral da casa. Minhas botas deixam pegadas na poeira, terra fina carregada pelos ventos que passam por aqui. Espio pelas janelas da sala de estar e da sala de jantar. O interior está mergulhado na penumbra.

— Acho que ele não está em casa.

Aimee verifica o jardim da frente.

— Lacy também não está aqui. Não tem nenhum carro. Acha que ela vai aparecer?

— Não tenho ideia — respondo, cutucando as tábuas ao longo da borda da varanda com a ponta da minha bota. Agachando-me, tento levantar algumas.

Aimee se aproxima, em pé acima de mim.

— O que você está fazendo?

— Quando eu tinha dez anos, Jackie me trancou para fora de casa uma noite. Estava caindo uma tempestade e a chuva desabava aos baldes. Eu estava com muito medo de correr para a casa do Marshall e não conseguia enxergar nada. Não queria arriscar torcer um tornozelo correndo pelos campos, então dormi na varanda. Enrolado ali mesmo no tapete, como um cachorro. — Levanto o queixo na direção da porta da frente.

— Ian. — A emoção pesa em meu nome.

— Hum? — Ergo os olhos para Aimee. A raiva endurece suas feições. Seus olhos azuis queimam.

— Não posso acreditar que sua mãe...

— É uma velha história, querida. Mamãe não conseguia evitar o que fazia quando mudava de personalidade. E Jackie não pode me machucar agora.

Puxo uma tábua. Ela não se move. Passo para a próxima e a forço, abrindo-a.

– Achei. – Estendendo o braço para o interior, tateio ao redor da estrutura da varanda até encontrar o que estou procurando. Meus dedos tocam metal. Sorrindo, mostro para Aimee uma chave enferrujada devido à ação do tempo.

– Escondi isso aqui dentro depois daquela noite. Nunca disse uma palavra sobre isso aos meus pais.

– Vamos torcer para que o seu pai não tenha trocado as fechaduras.

Eu me endireito e olho ao redor.

– Ele não mudou nada. – A mobília da varanda ainda está no mesmo lugar que ficava quando fui para a faculdade. Os vasos de Sarah ladeiam os degraus da frente, parcialmente cheios de terra dura que sobrou das plantas que ela tanto prezava. Até mesmo a ruína de um caminhão do qual o meu pai se recusou a desistir e continuou a dirigir estava em seu lugar de costume.

Deslizando a chave na fechadura, eu a giro e as travas se soltam. A porta se abre com um rangido. Eu a empurro mais longe. Aimee vem comigo, a lateral de seu corpo pressionando o meu. Seu calor penetra em mim. Descanso minha mão na parte inferior de suas costas enquanto estamos parados na porta e olhamos para o hall estreito, que se abre para um corredor mais amplo que percorre toda a extensão da casa. Ele termina na cozinha, nos fundos. Partículas de poeira dançam em faixas de luz solar. O restante da casa se afoga em sépia, como uma velha foto desbotada. Cruzo a soleira e Aimee me segue. As tábuas do assoalho cedem, rangendo na solidão silenciosa da casa. À nossa esquerda, a sala de estar, com as estantes vazias. Em algum momento, meu pai deve ter guardado os livros da minha mãe. A sala de jantar, à nossa direita, também não tem seus pertences. A máquina de bordar, que permaneceu intacta ao longo de sua prisão, não está mais lá.

A casa está abafada por ter sido lacrada, e o ar, viciado. Aimee levanta o queixo e seu nariz se contorce. Ela faz um barulho no fundo da garganta e olha para mim. Nossos olhares se encontram e se fixam. A preocupação nubla os seus olhos azuis brilhantes.

Eu faço uma careta.

– Sim, também sinto o cheiro.

O odor pútrido e fétido de um corpo em decomposição é inevitável. Meu coração bate forte e minha boca fica seca de repente. Pode haver outro motivo para a correspondência e os jornais terem se acumulado. Pelo cheiro, a forma como impregna as paredes e se infiltra pela casa, quem morreu já está morto há um tempo.

Não teria alguém vindo procurá-lo? Certamente Josh Lansbury teria aparecido em algum momento durante o último mês para falar com o meu pai.

Eu deveria ter vindo.

Eu deveria tê-lo visitado anos atrás.

A culpa é uma fera cruel na terra do retrospecto e da rememoração. Esfrego o meu rosto com as mãos e afasto a ardência inesperada nos cantos dos olhos. Pisco rapidamente.

Aimee ajusta a carga de correspondência em seus braços e pega a minha mão. Eu aperto a dela com força.

– Você acha que Lacy sabia? – ela pergunta.

– Eu não sei o que aquela mulher pensa. – Muito menos o que penso dela no momento. Como é totalmente mórbido e desrespeitoso me levar de volta para casa dessa maneira. Por que não me contar pelo telefone? Por que não me avisar, suavizar o golpe?

Não posso acreditar que é assim que termino com meu pai, ligando para o necrotério para virem buscar seus restos mortais. Todo o tempo que pensei que tínhamos, quando um de nós enxergasse além de nossas cabeças duras e se desculpasse, para perdoar e esquecer, perdido.

Arrasto o meu olhar escada acima.

– Espere aqui. Vou dar uma olhada.

– Vou colocar isso na mesa de jantar.

Eu a vejo entrar na sala e colocar a correspondência na mesa. A pilha desliza para o lado e Aimee a agarra antes que os envelopes caiam no chão.

Seguindo pelo corredor, sigo o fedor até a cozinha. As bancadas estão livres de pratos e alimentos. Uma fina camada de poeira cobre os móveis e os topos da superfície como o véu de uma noiva. Eu me viro para a porta fechada da lavanderia, onde o odor é mais forte, e puxo a gola da camisa sobre o nariz e a boca. A bile fica espessa na minha garganta e meu reflexo de vômito acorda com uma boa espreguiçada. Agarro a maçaneta, relutante em encontrar o que está do outro lado, mas entendendo que não tenho escolha. Não importa a idade ou a dinâmica do relacionamento, nenhum filho deveria ter de se deparar com o cadáver de um dos pais.

– Isso é foda.

Com a pulsação do coração batendo forte na minha garganta e o suor encharcando minhas axilas, empurro a porta e ela para no meio do caminho, bloqueada por quem quer que esteja no chão. Forçando-me a olhar por trás da porta, meu olhar baixa para o chão.

– Oh, merda. – Pulo para trás, minha camisa puxando o meu rosto, e me curvo, ofegante, com as mãos nos joelhos. – Oh, merda, oh, merda. Obrigado aos céus, caralho.

Aimee chega correndo.

– Você está bem? – Ela pousa a mão nas minhas costas. – Ian, fale comigo – ela insiste, quando não respondo imediatamente.

Endireitando-me, eu me viro para ela, colocando as mãos sobre minha boca e meu nariz. Uma risada doentia me escapa, abafada em minhas mãos. Eu baixo os braços.

– Gambá morto.

Ela tenta espiar ao meu redor. Seguro seus ombros, afastando-a da lavanderia.

– Não é bonito.

Aimee pressiona a mão no peito.

– Por um momento...

– Eu também. – Fecho brevemente os olhos, pedindo ao meu coração, que bate insanamente, para se acalmar.

Ela me abraça, apoiando a bochecha no meu peito. Meus olhos ardem. Viro o rosto para o teto e aperto os olhos, estancando o fluxo de lágrimas com as quais não quero lidar, porque, agora, preciso lidar com os restos na lavanderia.

Aimee me solta.

— Deixe-me ajudá-lo a limpar.

Balanço a cabeça.

— Eu cuido disso. — Abrindo os armários inferiores, procuro sacos de lixo.

— Vou separar a correspondência, então.

Ela se vira para sair e eu a detenho chamando o seu nome.

— Obrigado por ter vindo.

Compartilhamos um sorriso triste e ela sai da cozinha.

Localizando os sacos de lixo, tiro alguns, usando um como luva improvisada. O animal não vai de uma vez para o saco de lixo e tenho que parar a cada minuto ou mais para sair da lavanderia e respirar ar fresco.

Não era assim que eu esperava passar o dia. Al enviou um e-mail esta manhã, confirmando o novo prazo que Reese me falou. Ele quer minhas fotos amanhã de manhã. Das dez mil cortei três mil. Falta examinar sete mil e estou exausto, devido ao fuso horário e à falta de sono. É bom Lacy chegar aqui logo.

Despejo os restos no lixo externo e limpo o chão.

Aimee retorna e olha ao redor do pequeno espaço.

— Como o gambá entrou aqui?

— Não tenho certeza. — Inspeciono as paredes, olhando atrás da lavadora e da secadora, e encontro um buraco. — Por aqui. — Mostro para Aimee. — Ele deve ter aberto a passagem a base de mordidas e depois não conseguiu descobrir como voltar lá para fora.

— Pobrezinho.

Guardo o material de limpeza e lavo as mãos.

— Joguei os jornais fora e varri a varanda — diz Aimee.

Fecho a porta do armário de suprimentos.

— Alguma notícia de Lacy?

Ela balança a cabeça.

— Acabei de cair na secretária eletrônica da casa dela. E agora?

Verifico o meu relógio.

– Acho que devemos esperar.

Passando as duas mãos pelo cabelo, caminho pelo corredor e saio pela porta da frente. A porta de tela bate atrás de mim, quicando contra a moldura antes de assentar. Apoiando as mãos nos quadris, fico olhando para o caminho vazio. Um carro aleatório passa na estrada a cada dois minutos, mas nenhum desacelera e vira na entrada.

Eu poderia muito bem aproveitar o tempo e ligar o meu laptop. Tenho imagens para editar e um ensaio para escrever. Volto para a casa.

– Olá, Ian.

Eu pulo.

– Merda.

Sentada na velha poltrona de vime está Lacy Saunders. Solto uma longa bufada. Ela me assustou pra valer. De onde ela veio e como chegou aqui?

Ela sorri e seus olhos lilases brilham.

– Lindo dia para um bate-papo, não é?

Capítulo 24

IAN, TREZE ANOS

Ian despertou grogue no banco do passageiro da frente da perua, desorientado e com baba escorrendo em sua bochecha direita. O carro rodava suavemente pela rodovia sob um céu azul noturno. Refletores de estrada laranja-amarelados piscavam sob os faróis. Ele mal conseguia distinguir pontos de referência além dos fachos de luz triangulares, e o que ele via não lhe era familiar.

Ian se sentou ereto, ajustando o aperto do cinto de segurança em seu colo. Limpou a saliva do lado do rosto com as costas da mão e, em sua mente, reproduziu os eventos do dia. Ele havia participado de uma competição em Boise. Seu pai não tinha conseguido comparecer. Revoltante, Ian sabia, mas desta vez Stu tinha uma desculpa legítima. Seu voo atrasara, então, sua mãe o apanhou depois da escola e eles foram direto para a competição.

Tudo estava indo bem. Ele obteve medalhas nos 400 e 1.600 metros. Sua mãe parecia mais feliz do que o de costume, quase normal enquanto torcia por ele das arquibancadas. Depois do evento, ela o convidou para um jantar de comemoração antes de retornarem para casa.

Mas eles não pareciam estar indo nessa direção agora.

Já estava anoitecendo quando eles voltaram para o carro, sua barriga cheia e os quadríceps doloridos por causa da corrida que lhe rendera o recorde. Eles deveriam estar em casa por volta das dez. Os números digitais no relógio do painel exibiam um brilhante 11h56 verde-água.

Um suor frio irrompeu pelo corpo de Ian, acrescentando uma nova camada à crosta que o cobria depois competição. Ele não precisava se perguntar quem estava dirigindo o carro. A música estridente berrando pelos alto-falantes a denunciou. Sua mãe não escutava Eagles. Ela deve tê-lo acordado, e enquanto o vocalista cantava, Ian temia que esta fosse uma daquelas noites malucas, como a do ano anterior, quando Jackie encontrou o motoqueiro no motel e Sarah teve de levá-los para casa, abalada e perturbada sob um manto de escuridão do céu estrelado.

Ian disfarçou um bocejo. Ele ficara acordado até tarde estudando para uma prova e, depois, passara o fim da tarde na competição. Somando a exaustão resultante de ambas as coisas, culminando com a barriga cheia e a vibração suave dos pneus da perua na estrada, Ian tinha capotado antes de eles saírem dos limites da cidade de Boise. Havia perdido o momento em que sua mãe saiu de cena. E também a oportunidade de Jackie deixá-lo em casa.

Ele observou a estrada, esperando que uma placa de sinalização aparecesse. Queria saber onde estavam e para onde estavam indo. Felizmente, não teve que esperar muito. Um poste magro passou na beira da estrada. Ian girou em seu assento, acompanhando a placa até que ela desapareceu na noite. 93 South. Eles estavam dirigindo por quase duas horas. Deviam estar em Nevada a essa altura.

Ele voltou a se acomodar em seu assento.

– Para onde estamos indo?

– Você está acordado. Já estava na hora.

– A música me acordou. Está muito alta.

– Esteve alta o tempo todo – Jackie zombou.

– Eu estava cansado. Fiquei acordado até tarde estudando na noite passada.

– E o que eu tenho a ver com isso? – Ela bufou exatamente como a irmã mais velha de Marshall. Esta não foi a primeira vez que ocorreu a Ian que ele e Jackie brigavam feito irmãos, com ainda mais frequência conforme Ian crescia. Eis aqui uma curiosidade sobre os *alters* de sua mãe: eles não envelheciam. Jackie sempre teria dezessete anos. Um dia desses, Ian seria o adulto e Jackie continuaria uma adolescente. Ele duvidava que Jackie algum dia respeitaria sua autoridade.

— Tenho prova amanhã. Leve-me para casa — pediu ele ao mesmo tempo que percebeu que eles estavam em Nevada. O estado que nunca dorme. — Esquece, só me deixe na próxima cidade. — Eles passaram por uma placa pouco antes. Wells estava a cerca de cem quilômetros adiante. Ele encontraria uma lanchonete aberta a noite toda e ligaria para o pai. Ele já deveria estar em casa a essa altura.

— Sem chance. — Jackie balançou a cabeça. — Eu preciso de você.

Ian cruzou os braços com força sobre o peito.

— Uma ova que você precisa de mim.

— Desta vez eu preciso. Você tem que me manter acordada. — Ela abriu a boca em um bocejo exagerado.

— Pare no acostamento e durma no carro.

— Não temos tempo.

— Tem medo de não ser você quando acordar?

Ela bufou de irritação.

— Não seja idiota. Dormir não tem nada a ver com o fato de eu estar aqui ou não.

— Então, qual é o problema? Vá dormir... ou, já sei, vamos dar meia-volta e ir para casa. Que ideia, não?

— O problema é que vamos perdê-lo. Ele não estará lá quando chegarmos. Já que eu não posso controlar isso — ela deu tapinhas em sua cabeça —, eu não sei quando haverá outra chance de ir atrás dele.

Uma sensação de medo percorreu sorrateiramente o corpo de Ian, deixando suas mãos e seus pés gelados. Era melhor ela não encontrar aquele caçador de recompensas novamente.

— Ir atrás de quem? — ele arriscou perguntar.

— Meu padrasto.

Suas mãos desabaram em seu colo. A mãe de Ian nunca falara sobre a sua infância. Os anos dela passados em casa com os pais eram um mistério para ele.

– Eu não sabia que você tinha um padrasto. – Um padrasto era como um pai verdadeiro, não era? Certamente esta noite não poderia terminar do jeito que acontecera no ano anterior, com aquele caçador de recompensas estuprando sua mãe.

– Há muitas coisas que você não sabe sobre mim. Mas aqui está a única que você precisa saber sobre Francis, esse é o nome dele, por falar nisso. Ele não aguenta quando eu o chamo assim. Fica muito bravo. – Ela soltou um assobio baixo de consternação – Francis. – Pronunciou o nome de forma anasalada e sarcástica, rindo – tinha um jeito insano de me mostrar o quanto detesta esse nome. Ele disse que fazia isso por amor. Mas Frank – sua voz fica mais grave, profunda e gutural – é como ele quer que eu o chame; ele não é um cara legal. É bom você se lembrar disso, Ian, não importa o que aconteça esta noite, Frank é um cara mau.

Nas sombras, Jackie estremeceu. Eles rodaram por mais cinquenta minutos antes de pegar a saída no cruzamento em Wells. De lá, eles dirigiram para o leste na I-80 por duas horas.

Durante todo o trajeto, Ian beliscava os braços para não cair no sono. Ele se preocupava com a prova de ciências que perderia na manhã seguinte e com o fato de seu pai não encontrá-lo na cama quando ele chegasse em casa esta noite. Ele provavelmente já estava lá a essa altura. Ian pensou na sra. Killion e no que ela pensaria dele quando ele não aparecesse no dia seguinte depois da escola para ajudar Marshall a limpar as baias dos cavalos. Ela o convidara para ficar para o jantar. Ian se preocupava com sua mãe e no que Jackie a estava metendo. Ele precisava ficar acordado por Sarah. Quando Jackie fosse embora e sua mãe ressurgisse, ele precisava mostrar a ela o caminho de casa.

Sua preocupação com a mãe o manteve quieto no assento em vez de ele se esgueirar para uma cabine telefônica quando Jackie parou para abastecer. Isso o fez ficar de conversa fiada com Jackie enquanto dirigiam, não porque ela ficaria aborrecida se ele não fizesse o que ela pedia. A verdade é que ele também não queria que ela adormecesse ao volante. Mataria os dois e isso seria uma merda.

Mais do que tudo, porém, era seu amor por sua mãe que o mantinha alerta no banco do passageiro. Ela recentemente lhe dissera que não importava o que ela fizesse ou para onde fosse, ela o fazia porque o amava. Ela sempre o amaria. Ian havia guardado na cabeça sua promessa como se as palavras tivessem sido tatuadas em seu antebraço. Ele sentia o mesmo por ela.

Eram quase três da manhã quando Jackie diminuiu a velocidade e virou em uma parada de caminhões em West Wendover. Durante a última hora, Ian lutara para manter os próprios olhos e os de Jackie abertos. A mudança na velocidade e no som do motor o despertou como se ele tivesse entornado goela abaixo uma lata de Mountain Dew. A adrenalina disparou em seu corpo. Ele piscou contra os berrantes sinais de néon alinhados pela rua que ele jurava que davam para ser vistos do espaço sideral. Afinal, estavam em Nevada. Ele nunca estivera lá, mas seu pai o regalara com histórias.

Jackie entrou devagar no grande estacionamento, contornando as carretas paradas para o pernoite, e deu ré na perua em uma vaga vazia que lhes proporcionava uma visão de todo o estacionamento, bem como da estrada. Ela desligou a ignição e soltou o cinto.

O motor silenciou-se após alguns zunidos e um suspiro, e o assento de vinil rangeu quando Jackie se mexeu, esticando os braços acima da cabeça.

– E agora? – Ian perguntou.

– Agora nós esperamos. Ele deve estar aqui em breve. – Jackie bocejou, mas não se recostou e fechou os olhos. Ela se inclinou para a frente, seu peito pressionado contra o volante, e manteve o olhar direcionado para a entrada do estacionamento.

– Como você sabe que ele virá?

– Descobrimos que ele para aqui toda vez que dirige para Reno. Ele dorme por três horas, então, pega a estrada, de modo que esteja em Reno por volta das nove.

Ian enxugou as palmas das mãos úmidas em seus shorts de atletismo. Ele bateu os joelhos e estalou os nós dos dedos, fingindo estar entediado para disfarçar o nervosismo. O que Jackie havia planejado? Perguntara antes e ela não lhe contava, respondendo simplesmente "Você verá".

Ele pegou sua mochila no banco traseiro. Buscando se distrair, retirou sua câmera, depositou-a no assento entre eles e apanhou seu livro de ciências.

– O que você está fazendo? – Jackie perguntou, irritada.

– Estudando.

– Agora? Como consegue se concentrar nisso?

Ian deu de ombro. Ele folheou as páginas até a tabela periódica e espiou Jackie com o canto do olho. Ela roía a unha do dedo indicador.

– Você está com medo?

Jackie bufou com desdém.

– Não.

Ian não acreditava nela. Ele olhou para o livro em seu colo e tentou estudar.

Vinte minutos depois e nenhum elemento a mais memorizado além do que ele já sabia, o ar dentro da perua sobrecarregou-se de tensão. Jackie se inclinou para a frente, apertando os olhos para ver uma grande carreta entrando na parada de caminhões, seus lábios se movendo. Ian olhou de Jackie para o caminhão e de volta para Jackie e percebeu que ela estava murmurando o número da placa.

O caminhão deu a volta no estacionamento, o motor roncando baixo, e parou em um espaço que lhes proporcionava uma visão desobstruída da carreta, a cerca de trinta metros de onde Jackie havia estacionado a perua.

– É ele? – Ian sussurrou.

– Sim – Jackie disse, esticando o braço para debaixo do assento.

Ian empurrou o livro de cima de seu colo. Ele caiu ruidosamente no chão. Pegou sua câmera, colocou a alça no ombro e a ligou. A câmera zumbiu ao iniciar, a lente se projetando e então se retraindo conforme ela se ajustava no foco automático, o barulho alto dentro do carro. Mas foi outro som que fez Ian paralisar, gelando-o até os ossos. Ao seu lado, Jackie verificava a câmara do pente de uma pistola semiautomática. A arma de seu pai. Aquela que deveria estar trancafiada dentro do cofre na mesa de Stu. Aquela da qual Jackie não deveria ter ciência.

– O que... o que está fazendo? – Ian engasgou-se com suas palavras.

— Cumprindo uma promessa.

Ela encaixou decidida o pente no compartimento da semiautomática. O suor brilhava em sua testa. Suas mãos tremiam, fazendo a pistola chacoalhar. Ela depositou a arma em seu colo e olhou com frieza para Ian. Sob seu exterior durão e forte como aço, Ian vislumbrou seu medo. Mas ele também percebeu sua determinação. O que quer que tivesse planejado, ela levaria isso a cabo. Ele tinha que impedi-la.

— Você não quer usar isso, Jackie.

— Sim, eu quero.

Ele tentou outra tática.

— Mãe, por favor. Você será presa.

Um movimento do lado de fora chamou a atenção deles. O motorista havia aberto a porta. Ele desceu pesadamente da cabine, os músculos rígidos de tanto ficar sentado. Alongou os tendões da coxa, depois os quadríceps. Para um cara com um trabalho sedentário, ele parecia estar em boa forma, seu físico esguio e definido. Ian podia apostar que vinte anos antes ele tinha a constituição de seu pai.

Jackie abriu a porta e saiu do carro. Ela não se deu ao trabalho de fechar a porta ou esconder a arma. Marchou direto na direção do caminhoneiro. O que quer que fosse acontecer, seria rápido.

Ian aproximou a câmera do rosto. Disparou fotos em rápida sucessão, o obturador clicando tão rápido quanto seu coração pulsava forte. Talvez não pudesse ser capaz de dissuadir Jackie de seguir em frente com seu plano, mas ele poderia usar as fotos como evidência. De alguma forma, Ian provaria que Sarah não o trouxera aqui esta noite. Tinha sido Jackie.

Ian saltou do carro e correu atrás dela.

— Mãe! — ele gritou, efetuando uma última tentativa. — Não faça isso. Não é algo que você queira fazer.

Jackie girou cento e oitenta graus com o braço levantado e apontou a arma para a testa de Ian.

Ele arfou e parou, derrapando, as mãos levantadas. Um gemido lhe escapou e uma lágrima rolou.

– Por favor, mãe – ele sussurrou. – Não faça isso.

– Já pode ir embora agora. Eu não preciso mais de você.

Sua expressão, a maneira como pronunciou as palavras – ela parecia e soava como Sarah.

Ian balançou a cabeça. As lágrimas turvaram sua visão. Esta mulher não era sua mãe.

– Você me disse uma vez que tudo o que você fazia era porque me amava. Não é assim que você deveria demonstrar que me ama. Você tem que parar. – Ian apontou para o caminhoneiro. – Matar aquele homem não é o que você quer fazer por mim.

– Eu não estou fazendo isso por você. Estou fazendo isso por Sarah. Sabe por quê?

Ian sacudiu a cabeça violentamente, seu lábio inferior tremendo. Ele passou o antebraço pelo rosto para clarear a visão.

– Sarah é fraca. Ela é uma covarde.

– Sarah? – O caminhoneiro olhou para ela, estava boquiaberto. – É você? Jackie estendeu os braços.

– Aqui estou eu, *Francis*. – Ela zombou do nome. – Sentiu minha falta?

Ele olhou para a esquerda e para a direita, depois apontou o dedo para Jackie.

– Não fale esse nome por aqui. Agora me diga, Sarah, por que você está aqui?

– É Jackie, seu filho da mãe doente. – Seu braço desabou ao longo do corpo em exasperação por sua batalha de nomes. Ela gemeu com exagerada irritação e voltou a erguer a arma.

Frank colocou as mãos nos quadris estreitos. Ele sorriu para o cano da pistola apontada para seu peito.

– Você ainda está usando aquele nome de prostituta? Tudo bem. Vamos jogar do seu jeito. Por que você não guarda essa arma e se junta a mim ali dentro? Você pode me chamar do nome que quiser ali. – Ele apontou para a cabine atrás dele. – É agradável e aconchegante, com espaço de sobra para duas pessoas. – Ele manteve as palmas das mãos afastadas alguns metros e sorriu, esticando os lábios finos. – Eu tenho uma cama. Bem. Grandona.

Jackie disparou a arma. Ian pulou sobressaltado, as mãos cobrindo os ouvidos. Faíscas e asfalto voaram em todas as direções aos pés de Frank. Ele procurou se esquivar saltitando numa espécie de dança frenética.

– Qual é o seu problema, porra?

As mãos de Ian tremiam quando ele levou a câmera de volta ao rosto. Ele clicou, a lâmpada da câmera espocando.

– Pare de tirar fotos – Jackie gritou por cima do ombro.

Frank olhou lascivamente p   ndo a pele de Ian arrepiar. Era sua mãe que o caminhoneiro tinha em vista.

– Eu ainda tenho todas aquelas fotos que tirei de você, querida. A vida na estrada é um trabalho solitário. Alguém precisa me fazer companhia nas longas viagens. Essas lindas fotos fazem minhas noites parecerem...

Um tiro foi disparado e Frank gritou, recuando contra o caminhão. O sangue respingou na lateral.

– Merda – Ian disse para si mesmo. *Merda, merda, merda.*

Ele soltou a câmera. Ela balançou em seu pescoço e o acertou no peito. As lentes teriam se espatifado no chão se ele não tivesse jogado a alça sobre a cabeça e o ombro ao sair do carro.

Frank colocou a mão sobre o ombro ensanguentado.

– Sua vadia – ele gritou.

Sirenes penetraram o ar à distância. Jackie atirou novamente. Tremores sacudiram seu corpo e ela errou o disparo, estourando o joelho de Frank em vez de sua cabeça. Ele tombou, gritando como um porco estripado.

Um caminhoneiro em uma carreta à direita tocou sua buzina. Ela retumbou, despertando outros motoristas. Faróis e holofotes se acenderam ao redor do estacionamento, brilhando forte. Jackie se virou e disparou no farol do caminhão mais próximo, a bala zunindo sobre a cabeça de Ian. Ele caiu no chão, ofegante, e cobriu a cabeça.

As sirenes ficaram mais altas, aproximando-se.

Ian ergueu os olhos por baixo dos braços. O rosto de Jackie ficou pálido. A raiva e o ódio substituídos pelo pânico. Ela olhou para a arma em sua mão como se não pudesse acreditar que a segurava. Ela jogou a pistola e correu para o carro.

— Mãe! — Ian correu atrás dela.

Sarah ligou o motor e pisou fundo no acelerador. Os pneus cantaram. Ian tentou pular pela porta do passageiro aberta, mas a porta bateu em seu quadril, fazendo-o perder o equilíbrio. Ela se fechou, prendendo sua câmera. Sarah partiu na direção oposta, empurrando Ian contra o carro, sua cabeça e ombro presos na alça da câmera. Ele gritou para sua mãe parar. Tentou ficar de pé, correndo ao lado. Mas o carro deu uma guinada e ele perdeu o equilíbrio, tropeçando, com a parte superior do corpo pendurada na porta, enquanto era arrastado pelo estacionamento, seus shorts de corrida não oferecendo proteção alguma contra o asfalto.

Sirenes soaram alto. O cascalho espirrava no rosto de Ian. O asfalto rasgava suas coxas. O carro deu outra guinada e parou bruscamente. Ian entortou a cabeça para ver que três carros da polícia bloqueavam o caminho deles. Então, sua cabeça pendeu para a frente e ele desmaiou.

Capítulo 25

iAN

Lacy está sentada diante de mim na mesa de jantar, as mãos cruzadas na superfície de pinho gasta.

– Você disse que uma amiga a deixou de carro? – pergunto para confirmar, procurando uma explicação lógica para seu repentino surgimento na varanda, como uma aparição fantasmagórica.

Ela sorri, murmurando uma afirmação. É concebível que eu tenha passado por ela sem registrar sua presença. Mais de uma vez entrei na sala de estar lá em casa e olhei pela janela, perdido em meus pensamentos enquanto bebia meu café, sem perceber que Caty estava sentada no sofá perto de mim até que ela soltasse um "Oi, papai".

Mas eu deveria ter ouvido a chegada de Lacy. O barulho do cascalho sob o peso de um carro. A varanda rangendo e estalando quando ela subiu os degraus da frente. Esta casa não esconde visitantes. Ela os anuncia.

Lacy percorre com os dedos as marcas na superfície da mesa, cicatrizes deixadas pelo trabalho da minha mãe. Uma pilha de livros de bordado, a ponta aguda de uma tesoura, o peso do equipamento. Enquanto vejo Lacy tocar cada marca, tenho a sensação de que ela as está lendo, aprendendo suas lembranças. Seu sorriso desaparece, ela franze a testa e depois murmura palavras indecifráveis para mim. Quando percebo para onde os meus pensamentos me levaram e que Lacy está visualizando minha mãe, eu me mexo desconfortavelmente na cadeira.

– Você voou esta manhã? – pergunto, e a imagem dela em uma vassoura empunhando uma varinha se materializa na minha cabeça. Obrigado, Harry Potter. Eu silenciosamente amaldiçoo minha imaginação. Isso é o que ganho por ler o livro para Caty.

– Seu pai estará aqui em breve.

– Quando? – olho pela janela.

Antes que ela possa responder, Aimee aparece com refrescos.

– Encontrei um suco em pó Crystal Light e cubos de gelo. Não é limonada espremida na hora, mas é melhor do que o uísque que encontrei no armário.

Eu não recusaria um dedinho, ou três, da bebida mais forte. Ela passa por mim para apoiar a bandeja na mesa. Sinto o cheiro de seu perfume. Essa é Aimee. Brincalhona e sensual ao mesmo tempo. Familiar e pé no chão. Reconfortante. Precisando tocá-la, coloco minha mão em suas costas enquanto ela se estica sobre a mesa para dar um copo a Lacy.

– Obrigada. – Lacy dá um gole em sua bebida.

Pelo que me recordo, ela não mudou muito desde quando me encontrou em uma vala na beira da estrada, ou desde a foto da inauguração do café. Apenas uma versão mais velha de si mesma. Seu cabelo está mais para o grisalho do que para o platinado que costumava ser e está cortado num Chanel. Aqueles misteriosos olhos azul-lavanda que me fascinaram e me assombraram desde os nove anos desbotaram, como acontece com a idade. Eles agora são de um tom claro de azul. Uma teia de aranha de linhas finas contorna seus olhos e boca. Suas mãos estão gastas.

Aimee puxa a cadeira ao lado da minha. Enrosco meus dedos nos dela e seguro sua mão no meu colo quando ela se senta. Ela empurra um copo na minha direção e eu bebo obedientemente, terminando a metade. O que eu não daria por aquele uísque. Não consigo identificar o motivo, exceto que há muitas perguntas sem respostas no que diz respeito a Lacy, mas ela me deixa nervoso.

Aimee olha para mim, sua expressão questionadora. Aperto seus dedos de forma tranquilizadora.

– Eu estava certa sobre vocês dois.

Aimee e eu viramos em uníssono para Lacy.

– Vocês foram destinados um ao outro.

– O que você quer dizer? Como almas gêmeas? – Aimee pergunta.

Lacy ergue os ombros e faz aquele ruído afirmativo novamente por trás de um sorriso de lábios fechados. Ela olha para mim, depois através de mim, e eu inspiro profundamente para aplacar minha crescente sensação de ansiedade. Meu joelho salta. Essa coisa de alma gêmea é divertida e tudo, mas eu quero chegar ao cerne desta reunião. O que ela sabe sobre a minha mãe e o que de tão importante meu pai tem a me dizer? O homem nem está aqui.

– Você tem muitas perguntas, Ian. Vocês dois têm.

Arqueio as sobrancelhas, ignorando a inquietação que seu comentário incita, e a convido a elaborar.

– Você se pergunta por que eu mandei você ir para o México – ela diz para Aimee e se vira para mim. – Você se pergunta como eu o encontrei tantos anos atrás. E vocês dois se perguntam como tudo está conectado. – Ela corre as mãos ao redor de um globo imaginário.

Resisto à vontade de gracejar sobre cartas de tarô ou de mostrar a palma da mão a ela quando Aimee diz:

– Um pouquinho. – Ela coloca uns dois centímetros de distância entre o dedo indicador e o polegar.

– Você já ouviu falar sobre o Fio Vermelho do Destino?

– Não – Aimee responde enquanto eu gemo internamente. Sério que viajamos tanto para ouvir isso?

– É um antigo mito chinês sobre almas gêmeas – explico. – O fio vermelho conecta duas pessoas destinadas a passar suas vidas juntas.

– Você está certo, Ian, mas é mais do que isso. O fio nos conecta por todos os tipos de razões. Ele conecta duas pessoas que estão destinadas a se encontrar em circunstâncias extraordinárias e conecta pessoas destinadas a se ajudarem. Algumas dessas conexões são mais fortes do que outras, e eu as sinto.

Olho para Aimee, perguntando-me se ela está acreditando nisso. Ela não olha para mim, sua expressão atenta a Lacy.

– Conheci Imelda Rodriguez durante as férias com minha filha e meu genro. Soube imediatamente que deveria ajudá-la, mas não sabia por que ou como. Imelda e eu nos tornamos boas amigas e uma noite ela me confidenciou seu acordo com Thomas. Ela estava infeliz. Odiava enganar James, mas ela estava financeiramente amarrada, e Thomas a assustava. Eu *não* podia deixar de ajudá-la, e o único jeito que eu enxergava de fazê-lo era eliminando a necessidade de Thomas usá-la. Para fazer isso, eu tinha que me livrar de James e fazer parecer que Imelda não tinha nada a ver com ele voltando para casa.

– Foi quando você me procurou.

– Exatamente. – Lacy aponta o dedo para Aimee. – Eu disse a Imelda que tentei conversar com você no funeral de James.

– Eu não chamaria aquilo de conversa.

Eu aceno com a cabeça em concordância. Lacy perseguiu Aimee pelo estacionamento. Ela a assustou.

– É verdade – lamenta Lacy. – Olhando para trás, vejo que eu deveria ter esperado um momento mais apropriado.

Quero concordar com Lacy, mas, se ela tivesse esperado, eu não seria o cara sentado ao lado de Aimee. Essa conversa nem estaria acontecendo.

– Levei meses para convencer Imelda a permitir que eu me aproximasse de você novamente, e apenas na condição de que o rastro não pudesse chegar nela. – Lacy olha para a mesa. Seu dedo percorre uma ranhura.

– O que aconteceu, Lacy? – eu pergunto.

– Thomas viu você na pré-inauguração do café. Ele descobriu o que você estava fazendo.

Olho para Aimee com os olhos arregalados, então olho para Lacy. Ela está balançando a cabeça.

– Outra coisa aconteceu no café. O destino é uma mulher misteriosa e inconstante que adora pregar peças. Imagine a minha surpresa quando o vi. – Ela me encara. Suas palavras são cubos de gelo caindo de um freezer através de mim. Meus membros esfriam. – Vi sua conexão com Aimee, e vi novamente minha conexão com você. Há um fio vermelho que nos une. Percebi, mais uma vez, que estava destinada a ajudá-lo. Foi quando decidi acelerar o processo, que se danasse o medo de Imelda. Enviei a pintura de James para Aimee. Ela tinha que ver por si mesma que o fio vermelho não a ligava a James. Ele a liga a você, Ian.

Aimee e eu trocamos um olhar. Almas gêmeas ou não, intromissão psíquica ou não, eu não queria passar minha vida com ninguém além de Aimee. Mas outra coisa me ocorre e eu franzo a testa.

– Você pode pensar que me ajudou, mas e quanto a Imelda? James não foi para casa.

– Mas eu a ajudei, na verdade. Ela não precisava mais mentir para James. Esse é o segredo que a estava deixando infeliz. – Ela bebe sua limonada.

– Ah, sim. – Olho para Aimee, perguntando-me o que ela pensa sobre tudo isso. Ela encolhe os ombros e eu procuro por baixo da mesa o fio que nos une. Uma risada curta escapa dela e ela faz psiu para eu parar de brincar. Fios vermelhos, almas gêmeas, conexões predestinadas, minha nossa! Mencionei a Aimee em várias ocasiões que vi e experimentei algumas coisas surreais durante minhas viagens que não pude necessariamente explicar. Tive aquela experiência extracorpórea depois de uma noite fumando narguilé na Índia. Éramos três – eu, Dave e Peter – e tínhamos acabado de terminar uma caminhada fotográfica de três dias em Manali. Tive um sonho insano de correr de volta pela trilha que acabáramos de descer porque queria tirar mais fotos. O pior é que a temperatura à noite caiu drasticamente e eu estava sem camisa. Dave, que não fumara, e eu demos uma boa risada quando contei a ele na manhã seguinte sobre como Peter estava no meu sonho e ele não. Peter também estava sem camisa e sem sapatos. Graças a Deus, fora um sonho, caso contrário, teríamos tido uma hipotermia. De qualquer forma, demos boas risadas até que Peter acordou e nos contou que tinha tido o mesmo sonho. Então, ele nos mostrou seus pés. Eles estavam cortados, machucados e sujos de terra. O mais absurdo é que Dave passara a maior parte da noite lendo. Ele disse que nunca deixamos nossos colchonetes depois que desmaiamos.

Não tenho uma explicação lógica para aquela noite, a não ser que estávamos muito chapados para lembrar e Dave deve ter adormecido por várias horas para que Peter e eu passássemos por ele sem sermos vistos, a caminho de nossa aventura idiota. Quanto à teoria do "fio vermelho" de Lacy, ela pode chamá-la do que quiser. Acho que a conexão dela comigo e Aimee não passa de uma coincidência de mundo pequeno. Coincidência.

Lacy olha ao redor da sala de jantar, estudando o lustre de cristal no alto e as cortinas de cetim, as bainhas sujas de anos de poeira.

– Sempre me perguntei como seria a casa de Sarah.

Eu me sento ereto na cadeira. Ela pronunciou o nome da minha mãe com a familiaridade de uma amiga. Não era algo que eu esperava.

– Como você conhece minha mãe?

Lacy sorriu ternamente, sua tristeza evidente na curva suave de sua boca.

– Ela é minha meia-irmã.

Aimee engasga de surpresa. Minhas costas batem na cadeira. Sinto o sangue se esvair do meu rosto e meus dedos reflexivamente apertam a mão de Aimee. A mulher sentada à nossa frente, bebendo limonada do copo do meu pai, aquela que recebi em sua casa, é a filha de Frank, o homem em que Jackie atirou. Eu li sobre ele nas transcrições judiciais da minha mãe. Ele abusou sexualmente de minha mãe desde que ela tinha doze anos, na época em que sua mãe, minha avó, casou-se com ele e ele se mudou para a casa delas. Frank continuou a abusar dela até o dia em que ela fugiu. Ela tinha dezoito anos.

Minha mãe havia feito bicos para sobreviver, fazendo o que podia para permanecer invisível para Frank até o dia em que conheceu o meu pai. Ela viu um protetor nele, o único homem que poderia mantê-la a salvo de Frank. Levá-la para bem longe do padrasto, o que fez sentido para mim quando relacionei a história que minha mãe me contou sobre como conheceu o meu pai ao testemunho dela no julgamento.

Algo clica dentro de mim e eu faço outra conexão. O nome civil que Thomas deu a Aimee para Lacy. Charity Watson. *Caridade.*

– Impossível – murmuro para Aimee. – Ela não pode ser sua meia-irmã.

– Não entendo – Aimee sussurra de volta.

– Vou explicar mais tarde.

– Meu pai era abusivo. Sarah não foi a única vítima – reconhece Lacy.

– Oh, meu Deus – Aimee diz.

– Todos devemos ser gratos que o homem esteja atrás das grades.

Minha mente faz uma excursão por aquela noite. Ouço o disparo da arma, sinto reverberar em meus ouvidos, vejo como o joelho de Frank explode. Minha pele comicha como quando sarou das abrasões do asfalto. Coço minha coxa.

– Pelo que Ian lembra, você conheceu Stu em uma lanchonete e se ofereceu para ajudar a encontrar Ian, mas não foi isso que aconteceu, foi? – Aimee pergunta, e Lacy meneia a cabeça lentamente. – Vou me aventurar a adivinhar que você também não usou "poderes psíquicos". – Ela desenha aspas no ar.

Tiro minha mão da de Aimee e olho para ela com ar de interrogação.

– O que você está dizendo?

– Se ela realmente é meia-irmã de Sarah, acho que foi dito a ela onde você poderia estar, o que teria tornado mais fácil localizá-lo.

– Isso é verdade? – pergunto e Lacy confirma com a cabeça. Droga, minha esposa é perspicaz. – O que aconteceu? – exijo saber, precisando de respostas para todas as questões que tive quando criança.

– Sarah apareceu na minha casa. Ela não estava agindo como ela. Insistia que seu nome era Jackie. Eu não sabia naquela época que ela tinha um transtorno de personalidade. Pensei que estava usando drogas. Seu comportamento era errático.

– Era Jackie.

– E ela estava procurando Frank. Sarah deixara um bilhete para Jackie sobre onde me encontrar. Ela pensou que eu saberia onde ele estava. Eu não sabia na época, é claro. E eu não queria procurá-lo. Meus pais tinham custódia conjunta quando eu era criança. Eu odiava os fins de semana que passava na casa de Sarah com o meu pai. Mas isso não vem ao caso. Jackie se gabou do que ela fez com você. Estava apostando que você era estúpido o suficiente para ouvi-la e voltar a pé para casa. Então, ela foi embora. Suponho que ela acabou voltando aqui. – Ela olha ao redor da sala. – Liguei para o seu pai e ele confirmou que você ainda estava desaparecido. Juntos, encontramos você com base no que Jackie me contara.

Minhas mãos se fecham sob a mesa.

– Stu sabia quem você era?

– Que eu era sua meia-irmã? Não no começo. Acho que Sarah acabou contando para ele.

Pulo da cadeira. Ela cai para trás com um baque. Com as mãos apoiadas nos quadris, caminho pela sala. Aimee sai de sua cadeira e se inclina para endireitar a minha. Estou ao lado dela em duas passadas compridas.

– Obrigado, querida, deixe isso comigo. – Pego minha cadeira para ela e apoio as mãos no encosto. – Você chamou minha atenção. O que está acontecendo? Por que você me trouxe aqui?

– Seu pai não me escuta. Você deve falar com ele. Precisa convencê-lo a dizer a verdade sobre sua mãe.

– Sabe onde ela está? Por que não me conta?

– Não cabe a mim. Esse é o pedido de Sarah, não o meu. Isso é entre você e seu pai. Faça-o falar. Ouça-o e mantenha a mente aberta.

– Dê-me uma boa razão para eu dar a esse homem meu tempo quando ele nunca me deu o dele.

– Ele está morrendo.

Capítulo 26

IAN, CATORZE ANOS

Ian estava sentado na varanda da frente esperando seu pai desligar o telefonema com o sr. Hatchett, o advogado de sua mãe. Ian não a via há meses, desde que testemunhara em seu julgamento.

Até parece que isso fez uma grande diferença. Ela ainda assim foi condenada a nove anos. Ele já estaria na faculdade ou já com um diploma e um emprego. Para onde ele iria se ela não estava aqui?

Para algum lugar perto para que ele pudesse visitá-la. Ele sentia a falta dela ferozmente.

Ian pegou uma pedra, ergueu-a e a lançou com força. A pedra atingiu o para-choque traseiro da caminhonete de seu pai com um ruído alto.

As escoriações nas pernas haviam sarado; sua pele estava rosada onde as crostas haviam descascado. O médico disse que as cicatrizes iriam desaparecer. Ian se perguntou se o mesmo poderia ser dito sobre a nuvem escura se formando dentro dele. Seu pai não sabia e ele morreria se seus amigos descobrissem, mas Ian chorava até dormir como um bebê na maioria das noites. Sob a privacidade de suas cobertas, ele mordia os travesseiros e soluçava.

Jackie fizera o que ela ameaçava fazer. Ela levou sua mãe embora para sempre.

Ian cruzou os braços sobre os joelhos, baixou a cabeça e deixou a nuvem escura subir. Ela engrossou e se expandiu, cada vez mais raivosa. Ele odiava Jackie.

Mas, hoje, iriam visitar Sarah. Ian poderia finalmente se desculpar por perder as fotos que tirara naquele dia. Quando a porta do carro bateu em sua câmera com ele preso pela alça de ombro, o compartimento se abriu, expondo o filme. Desapareceram as imagens que ele acreditava que poderiam provar sua inocência. Jackie disparara a pistola, não Sarah.

Cansado de ficar de mau humor, Ian ergueu a cabeça e clicou nas configurações da nova câmera digital que Stu havia comprado para substituir a que fora permanentemente danificada naquela noite. Era uma câmera cara e ainda rara nas lojas de eletrônicos. Mas seu pai tinha conexões, e Ian percebeu que ele a dera por culpa. Seu pai deveria estar em casa naquele dia para levar Ian à competição.

Ian ergueu a câmera até o rosto e apertou os olhos através do visor. Tulipas floresciam nos vasos de sua mãe. O milho brotava nos campos, as hastes ainda baixas o suficiente para que ele pudesse avistar a estrada e a caixa de correio no final do caminho. Ian deu zoom na lente e tirou uma foto.

Lá dentro, atrás da porta de tela, seu pai caminhava pelo longo corredor. O velho piso de nogueira da casa de fazenda reclamou sob o peso de suas botas, rangendo e estalando. Ele parou na porta, do lado de dentro, em seu raio de audição. Ian pegou trechos da conversa de seu pai.

– Não há nada que possamos fazer para ela mudar de ideia? – ele perguntou ao advogado. – Ahã... ahã... quanto tempo? – Ian imaginou o sr. Hatchett em seu escritório em Nevada, sua pança de papai-noel não lhe dando escolha a não ser recostar-se na cadeira enquanto olhava para o teto, respondendo pacientemente às perguntas de Stu. As mesmas perguntas que Ian apostou que o sr. Hatchett ouvia de todos os clientes.

O pai de Ian disparou uma saraivada de palavrões. Eles espocaram no ar como fogos de artifício e Ian se encolheu. Algo transtornara o seu pai.

– Tudo bem... Sim... Compreendo... Ligue-me se ela mudar de ideia ou mostrar melhora. Obrigado.

Seu pai se deslocou para o interior da casa. Ele desligou com força o telefone sem fio e praguejou. De onde Ian estava sentado, o telefone parecia ter quebrado. Atrás dele, a porta de tela se abriu e bateu. Seu pai se acomodou na escada da varanda ao lado de Ian.

Ian colocou a tampa na lente e a alça no ombro.

– Está pronto? – Ele se levantou, ansioso para pegar a estrada. Eles tinham uma viagem de dez horas até Las Vegas com planos de acampar durante a noite na metade do caminho. Pescariam para o jantar esta noite e Ian queria sair logo para que eles chegassem ao acampamento no final da tarde. Ele também estava ansioso por ver sua mãe. A excitação o mantinha em movimento. Ele saltitava de um pé para o outro.

Stu enfiou a mão no bolso da camisa e tirou um cigarro, e, rolando sobre o quadril, com a perna estendida, tirou um isqueiro da calça jeans. Ele fez um show – tudo em câmera lenta, na opinião de Ian – de acender o cigarro e dar algumas tragadas profundas até que a ponta ficasse laranja. Com o cigarro pendurado no lábio, enfiou o isqueiro de volta no bolso da frente e deu uns tapinhas no espaço ao lado dele.

– Sente-se, filho.

– Estamos atrasados. – Ian olhou para a caminhonete do pai. Ele abarrotara a cabine com lanches e bebidas para a viagem. O cooler na parte de trás estava cheio de gelo e comida para a viagem de quatro dias. Dois para ir e dois para voltar. Umas miniférias, seu pai havia dito. O futebol de pré-temporada começava em um mês. Era bom para eles se envolverem em umas atividades de pai e filho antes dos três meses em que seu pai faria malabarismos para administrar o seu tempo entre o futebol e o beisebol.

Ian também embrulhara um presente para a sua mãe, um livro de poemas de T. S. Eliot. Ela amava poesia. Dizia que as palavras a acalmavam. Ian comprara o livro com sua mesada no sebo da cidade. Ele podia ver o presente no painel, embrulhado com estampa floral e amarrado com um laço amarelo.

Stu deu uma longa tragada em seu Marlboro.

– Nós não vamos.

O desapontamento derrubou Ian.

– O que você quer dizer?

– Como dizer isso pra você? – seu pai murmurou. Ele esfregou a testa com a mão que segurava o cigarro e olhou para Ian. – Ela não quer nos ver.

– Você está mentindo.

– Gostaria de estar. – Stu tragou o cigarro como se sua vida dependesse disso. Ian observou a fumaça cobrir o rosto do pai. Sulcos profundos vincavam a sua boca. Rugas superficiais marcavam a testa de seu pai como linhas de jardas em um campo de futebol. Seu pai envelhecera nos últimos meses. O julgamento foi difícil. Ele passou muito tempo viajando entre sua casa, Nevada e os jogos. Ele ainda precisava ganhar a vida, disse a Ian. Alguém tinha que colocar comida na mesa para Ian e evitar que o telhado desabasse sobre ele.

– Você disse que poderíamos vê-la assim que ela pudesse receber visitas. – Ian estava esperando há meses.

– Não estamos na lista dela.

– Então, coloque-nos nela. – Ian cerrou os punhos e deu um passo ameaçador na direção do pai.

Os olhos de Stu se estreitaram em advertência e Ian se encolheu.

– Eu não posso. Não é tão simples assim.

– Por que não? – Ele era seu filho. Como ela poderia não querer vê-lo?

– Ela está doente, Ian. – Stu deu uma tragada no cigarro. – Ela tem sorte de estar recebendo algum tratamento lá.

– Os médicos vão tratá-la.

– Eles vão tentar, mas não há garantia. – Ele bateu o cigarro com a unha do polegar. As cinzas caíram na terra. – Até que ela esteja estável, sem visitas. – Com a ponta da sola da bota, ele enterrou as cinzas.

– Os médicos sabem por que ela está doente?

– Sim.

– E? – Ian forçou. Ele queria respostas. Precisava entender por que o comportamento de sua mãe era tão errático.

– É confidencial. – Ian sustentou o olhar do pai, implorando por mais informações. Stu quebrou o contato e olhou para o chão. Ele coçou o lábio inferior com o polegar. – Ela teve uma infância difícil. Seu padrasto, não... – Ele parou abruptamente e pigarreou, esfregando os olhos. – Ele não foi legal com a sua mãe. Ela não deveria ter se casado comigo. Provavelmente não deveria ter tido um filho, também.

Ian cambaleou um passo para trás.

– O que isso deveria significar?

– Nada. Ouça, eu tenho que fazer algumas ligações. – Stu se apoiou nas coxas e se levantou. – Tire as coisas do caminhão e faça suas tarefas.

– E a mamãe? Ela está esperando por nós. – Ian protestou.

– Droga, Ian. Sua mãe não quer ver você.

Ian meneou a cabeça em um movimento lento e incrédulo.

– Mentiroso.

– Ela pediu espaço, então, não temos escolha a não ser dá-lo a ela.

– Mentiroso! – Ian gritou. – Eu cuidava dela. Ela precisa de mim. – Ian bateu no peito e, para sua humilhação, as lágrimas que ele tentava muito esconder de seu pai transbordaram. – Ela me ama. Ela disse que sempre me amaria. Eu quero vê-la. Tenho que ter certeza de que ela está bem.

– Ela não é sua responsabilidade, Ian. Nem agora, nem nunca. – Stu retirou-se para dentro de casa.

Ian observou a porta de tela bater. Suas pernas tremeram e uma sensação de mal-estar revirou seu estômago. Ele falhara com a mãe em seu julgamento e falhara com ela com sua vida.

Sua mãe mentiu para ele. Ela não o amava.

Ela o odiava.

Ele nunca deveria ter nascido.

Capítulo 27

AiMEE

Ian e eu ficamos observando Lacy caminhando ao longo da entrada. Ela anda em linha reta, um pé na frente do outro, as mãos estendidas como uma ginasta em uma trave de equilíbrio. É quase infantil a maneira como ela oscila de tempos em tempos. Ela não tem pressa, deslocando-se em um ritmo relutante como se quisesse permanecer, para relaxar desfrutando do chá de hortelã e das fofocas da tarde. Mas ela insistiu em partir para permitir a Ian a possibilidade de absorver o impacto de suas palavras. Se há uma forma de descrever Lacy, eu diria que ela é um bombardeiro furtivo. Ela aparece do nada, solta sua carga sobre os desavisados cidadãos abaixo, para então desaparecer enquanto seus alvos tentam conferir sentido – sobreviver – aos escombros circundantes e à devastação de suas vidas.

Não consigo imaginar a culpa que Ian deve estar sentindo em relação ao seu pai. Durante todos aqueles anos, ele poderia ter entrado em contato para fazer as pazes.

Uma rajada de vento abre caminho pelo quintal. Sentimos seu impacto na varanda. O ar pressiona o meu ouvido provocando um estalo. O braço de Ian envolve minha cintura com um pouco mais de firmeza. Observo a saia de Lacy inflar como uma vela de embarcação. Ela cambaleia, então dá um passo rápido para se manter à frente da corrente para não tropeçar. Outra rajada levanta e agita as folhas secas e quebradiças a seus pés. Ela está no vórtice de um redemoinho de poeira vermelho, dourado e amarelo. Tudo está voando, balançando ao vento. Ela protege o rosto com um braço e deixa a corrente de ar carregá-la. Vejo Lacy como marcas de giz em um quadro-negro, e o redemoinho de vento como um apagador, eliminando-a de nossas vidas. Passando para a próxima lição. É hora de um novo capítulo. Enquanto a contemplo girar e dançar com o vento os metros restantes até a caixa de correio à sombra de um carvalho na beira da estrada, sei da maneira como conheço o meu próprio coração que esta é a última vez que o caminho de Lacy irá cruzar com o nosso.

— Eu me esqueci de perguntar por que ela deu o cartão para James — digo, arrependida.

— Ela não deu. Perguntei quando liguei para ela.

— E?

— Serendipidade.

— Quê?

— Serendipidade. Coincidência. Ela me contou que estava de férias com a neta no Havaí. Hanalei Bay é uma praia popular. Ela reconheceu James.

Aperto meus lábios.

— Não tenho certeza se acredito nisso. Você acredita?

Ian dá de ombros; então, aponta o queixo em direção à estrada. Lacy alcançou a caixa de correio.

— Ela tem uma carona? — pergunto.

— Disse que uma amiga a deixou. Imagino que vai buscá-la.

— Lacy não está carregando uma bolsa.

— Ou um celular.

— Como a amiga dela sabe quando a apanhar?

— Talvez ela tenha enviado uma mensagem telepática.

Olho para Ian, que mantém os olhos à frente. Sua bochecha se contrai. Ele inclina a cabeça na minha direção e diz:

— Provavelmente, elas combinaram com antecedência.

— Você deve estar certo — concordo.

Vários carros passam. Um caminhão toca sua buzina.

— Ainda está parada lá.

– Assim como nós. – Ele retira o braço que me envolvia e agarra a grade da varanda com as mãos. Estica os braços e inclina seu peso contra eles, usando a grade como apoio. – Você quer entrar ou aguardar até que ela seja apanhada?

– Vamos esperar. Quero vê-la entrar em um carro e ir embora como uma pessoa de verdade. Você não quer? Você acredita que ela é vidente? E quanto ao mito do fio vermelho? Você acha que ela pode sentir conexões como diz?

Um suave sorriso levanta a boca de Ian como as asas de uma borboleta. Parece de tristeza. Ele parece triste.

– Você está cheia de perguntas.

– Você não?

Ele dá de ombros.

– Eu acredito em você. E acredito em nós – ele responde, beijando minha testa, e meu coração empreende um mergulho vertiginoso.

Porque ele está certo. O que importa somos nós dois.

Quanto às habilidades psíquicas de Lacy, acho que já não faz mais diferença. Ela cumpriu o que se propôs a fazer. Ela me levou ao México para eu encontrar o caminho para Ian, e ela atraiu Ian para Idaho, o que me deixa pensando. Ela o trouxe aqui para encontrar o caminho para Sarah ou de volta para Stu? Talvez ela esteja apenas lhe mostrando o caminho para casa, de volta para onde tudo começou. De volta para onde Ian pode reparar os erros.

Ian suspira. Ele parece cansado, esgotado e exaurido, quando diz:

– O advogado de defesa da minha mãe fez com que ela se declarasse inocente por causa de seu transtorno dissociativo de identidade. Ele argumentou que ela estava doente mentalmente e não deveria ser responsabilizada por seu crime.

Pouso minha mão sobre a dele na grade. Ian olha para nossas mãos e fecha os olhos brevemente antes de continuar.

– Tudo o que a promotoria teve que fazer foi contestar que ela não estava ciente de que era, de fato, premeditado. Não ajudou em nada o fato de Jackie nunca ter aparecido durante o depoimento ou julgamento de minha mãe. O tratamento também não estava muito documentado. Meu pai tentou durante anos obrigá-la a se consultar regularmente com um psiquiatra e fazer terapia. Ele queria que ela fizesse qualquer coisa que a ajudasse a superar o que quer que houvesse danificado sua mente. Ela batia de frente com ele. Cancelava as consultas que ele marcava ou simplesmente não aparecia. Ela jogava fora seus comprimidos. Então, havia as fotos que tirei. – Ele engole em seco com dificuldade. – Todas aquelas fotos. Ele se curva ainda mais, estalando os ombros, então se endireita e se vira para me encarar. Inclina o quadril contra a grade, cruzando os braços, e olha para os sapatos. Enfio minha mão no bolso da frente.

– Quando eu era criança, achava que as fotos que tirava de Jackie provariam que Sarah não era ela mesma. Não sei por que continuei fazendo isso por tantos anos. Reese parece pensar que sou obcecado em querer ajudar as pessoas, que quero consertar seus problemas, como fiz com minha mãe. Acho que tentei fazer isso com Reese, também. Quem sabe, talvez eu tenha. E talvez eu soubesse que Jackie meteria minha mãe em problemas e ela precisaria delas algum dia. Então, eu prossegui e escondi todas elas de Jackie, assim como minha mãe me disse para fazer. Eu podia enxergar a diferença nas fotos: suas expressões faciais e seus olhos, principalmente os olhos. Eles não eram os mesmos. Com certeza qualquer outra pessoa poderia enxergar isso também. Foi só depois que me formei na Universidade Estadual do Arizona e li a transcrição do julgamento... Droga – ele enfia os dedos nos cabelos –, poderia ter sido mais cedo e eu estava em negação, mas percebi como foi idiota da minha parte tirar aquelas fotos. O promotor anexou aos autos anos de fotos. Ele as utilizou para provar seu ponto. Minha mãe era instável e violenta. Em sua defesa, ela sofreu anos de abuso sexual. Seu padrasto, Frank Mullins, a despedaçou. Também ajudou seu caso quando os policiais prenderam Frank. Eles encontraram fotos de meninas menores de idade em todos os estágios de nudez na cabine de seu caminhão. O histórico de seu navegador estava inundado com uma sopa espessa de pornografia infantil. O advogado da minha mãe negociou uma redução da pena quando ela admitiu que sua intenção era evitar que Frank fizesse mal a outras meninas. O fato de Frank não ter morrido também contribuiu. O juiz e o júri simpatizaram com minha mãe.

– Ian, eu não consigo nem... – Meu estômago se embrulha. O que Sarah passou quando criança? Penso em Caty. Quero correr para casa e abraçá-la.

Ian olha para Lacy, ainda aguardando perto da caixa de correio.

– É aqui que a coisa fica estranha. Uma parte do depoimento da minha mãe foi arquivada pelo tribunal. Havia a menção de uma meia-irmã, filha de Frank de seu primeiro casamento. Seu nome era Charity Mullins. Ela era dois anos mais velha do que minha mãe e vinha ficar com eles nos fins de semana. Minha mãe confessou que sua meia-irmã foi quem lhe contou sobre as rotas de caminhão de Frank porque o caçador de recompensas de Jackie era um inútil. Ela disse que Charity mostrou a ela onde e quando o localizar, e minha mãe passava os detalhes para Jackie em bilhetes trocados entre elas na gaveta do meio da penteadeira da minha mãe. Sarah estava cansada de viver com medo de que seu padrasto a encontrasse. Ela temia que houvesse outras vítimas. Achava que a única maneira de resolver o problema de Frank era se livrar dele, mas não tinha coragem de ir em frente com isso. Só Jackie tinha estômago para puxar o gatilho.

– Isso não é estranho. É trágico. Sua história me deixa triste. – Minhas vistas parecem embaçadas e as esfrego com as costas dos dedos.

Ian vira os olhos para mim.

– A meia-irmã da minha mãe morreu quando ela tinha dezessete anos. Ela se perdeu durante uma caminhada com amigos em Tahoe.

Os pelos finos do meu antebraço se arrepiam. Eu tremo.

– O que está dizendo?

– Eu pesquisei, Aimee. Os artigos estavam lá. Eles nunca a encontraram. Apenas seus sapatos e sua bolsa e manchas de sangue secas em uma ravina íngreme.

– Então, quem deu à sua mãe a dica sobre Frank?

Ian aponta com o queixo na direção de Lacy.

– Se Lacy é a meia-irmã da minha mãe, aposto que ele abusou dela também. Acho que as autoridades presumiram que ela havia morrido, mas na verdade ela fugiu e mudou seu nome para Charity Watson. Não sei lhe dizer se ela é vidente, se uma coisa dessas realmente existe, mas acho que ela continuou com a história do sumiço, inicialmente por causa de Frank e, depois, por causa de Sarah. Ela é cúmplice da tentativa de homicídio de Frank. Está bem ali na transcrição. Charity – quero dizer, Lacy – nunca quis ser encontrada. Ela não pode ser encontrada.

– Então, por que sua mãe chamaria a atenção para a própria irmã depois que ela a ajudou?

– Pense nisso. Registros mostram que Charity está morta. Culpá-la depois sustenta que minha mãe não estava bem da cabeça. Duvido que seu advogado, que dirá a promotoria e o júri, suspeitem de que Charity esteja viva. E considerando como Charity acredita estar conectada com as pessoas por dever e obrigação de ajudá-las, ela pode ter achado que não tinha escolha a não ser ajudar minha mãe. Ela pode até ter convencido minha mãe a também fugir de casa quando o fez.

Ambos olhamos para Lacy. Ela se curva e limpa a poeira dos sapatos. Ela amarra os cadarços, estica os braços acima da cabeça e os deixa pender ao longo das laterais do corpo.

A expressão de Ian se nubla. Ele franze a testa e algo parece deixá-lo angustiado, algo importante. Ele pega na minha mão.

– Tem mais, Aimee. Eu li outra coisa. Descobri que fiz algo errado, terrivelmente errado, de verdade, com a minha mãe. Meu pai tentou me impedir, mas eu não escutava. Eu era jovem e arrogante com uma falsa autoconfiança. Eu estava convencido de que o que estava fazendo a ajudaria. Frank costumava tirar fotos dela e com ela. As sessões que tiveram foram tão perturbadoras que fragmentou sua mente. Jackie se manifestou durante esses anos. Sarah não aguentou, então Jackie tomou o seu lugar. Isso é o que a psiquiatra que avaliou a minha mãe afirmou antes do julgamento. A defesa a convocou como testemunha. Estava tudo bem lá na transcrição. Eu não prejudiquei minha mãe, mas também não ajudei sua condição, nem um pouco. Todas aquelas fotos que tirei, cada clique do obturador, provavelmente estavam provocando suas alternâncias. Só pelo simples fato de me ver com a câmera, sei lá. Isso deve ter causado algo nela. – Sua voz está carregada de angústia.

– Você não sabia. Você era só uma criança. Não tinha como você saber.

– Você me perguntou uma vez, depois de nos casarmos, por que eu não me dediquei de coração a encontrar minha mãe. Eu neguei a mim mesmo que isso é o que eu estava fazendo. Mas você tem razão. Você está precisamente certa. Minhas tentativas foram muito meia-boca. Você sabe por quê? Eu teria de encará-la e enfrentar o que fiz com ela. Eu fui injusto com ela. Fui eu quem a forçou a se afastar, muito antes de ela tentar assassinar seu padrasto. Eu sou a razão pela qual ela não me colocou em sua lista de visitantes, e eu sou a razão pela qual ela fugiu após sua libertação. Eu e minha câmera idiota. Irônico, não é? Ela odeia ser fotografada, mas se casou com um fotógrafo e teve um filho que aspirava ser um.

Os olhos de Ian estão úmidos. Sua mão treme na minha. Eu o acolho em meus braços, minha orelha pressionada em seu peito, absorvendo os batimentos indomáveis de seu coração, meu rosto voltado para a estrada. É quando vejo o que não queria perder. Lacy se foi. Como, eu não sei, e agora eu não me importo. Ian está em meus braços e está sofrendo.

Capítulo 28

IAN

Um compacto prateado entra no caminho, cascalho estalando como plástico bolha. Os braços de Aimee escorregam de mim e nos viramos para ver o motorista se aproximar e diminuir a velocidade até parar, de frente para nós, na frente da casa. Ele desliga o motor, mas não sai do carro. Encara-nos por baixo da viseira tapa-sol e por trás dos óculos escuros.

– Seu pai? – Aimee pergunta.

– Meu pai. – Não o vejo há dezesseis anos, mas a mandíbula quadrada, o queixo definido e os dedos largos enrolados ao redor do volante são inconfundíveis. Assim como o topete de cabelo penteado para trás, uma mecha não cooperativa dividindo sua testa. São iguais aos meus. O que não me parece bem, porém, é que estou tendo dificuldade em digerir as bochechas encovadas e a cor de seu cabelo. Ele está completamente grisalho.

Stu desliga o motor e abre a porta.

Agarro a nuca de Aimee e, colocando-a sob o meu queixo, falo em seu cabelo.

– Você pode me dar um minuto a sós com ele?

– Leve o tempo que precisar.

Beijo sua cabeça e desço as escadas para me encontrar com o meu pai, para arrancar dele a verdade sobre a minha mãe. Para descobrir o que está acontecendo com *ele*.

Seus movimentos ao sair do carro são lentos e difíceis. Quando ele finalmente se levanta, apoiando a mão na porta enquanto estende a outra para o banco de trás, meu passo vacila. Um tubo transparente envolve seu nariz, prende-se às orelhas e penetra na cabine do carro como um cordão umbilical. Com algum esforço, Stu puxa um tanque portátil de oxigênio. A roda prende na beirada e o tanque cai no chão.

Corro para o lado dele.

— Deixe-me ajudar.

Ele me interrompe com a mão levantada e uma expressão severa e ligeiramente desconfortável. Eu recuo, percebendo que ele está envergonhado. E estou com vergonha. Deveria ter estado presente antes, anos antes, para ajudá-lo. Seu corpo é uma versão desgastada e pálida de si mesmo, uma casca seca do homem robusto que já foi. Ele se inclina cautelosamente, nunca largando a porta, e ergue o tanque, equilibrando o carrinho sobre as rodas. Sem deixar de se apoiar com força na maçaneta, fecha a porta e se vira para mim. Nós nos observamos por um longo tempo, um avaliando o outro. Eu estou mais alto e mais largo. Ele ofega enquanto respira. Não consigo ver seus olhos por trás dos óculos escuros, mas, qualquer que seja a doença que ele tenha, está afetando seu corpo já há algum tempo.

— Quanto tempo?

Ele sorri, expondo uma fileira de dentes manchados de amarelo.

— O filho pródigo à casa torna.

— Certamente você tem uma fala melhor do que essa.

Ele assente com a cabeça uma vez.

— Tempo suficiente. Quem lhe disse que eu estava doente?

— Lacy Saunders. Você provavelmente se lembra dela como Laney. Ou, melhor ainda, Charity Watson ou Charity Mullins? Qualquer um desses nomes lhe diz alguma coisa?

Ele acena levemente.

— Você sabia que ela era meia-irmã da mamãe? Na época em que ela o ajudou a me encontrar?

Ele balança a cabeça.

– Não no começo. Sua mãe me contou mais tarde quem ela era. Charity é uma mulher intrometida. – Suas palavras saem abreviadas e ofegantes, e tenho que virar o ouvido na direção dele para escutar por cima do som do trator trabalhando no campo próximo ao nosso.

– E sobre aquela história de ela o encontrar em uma lanchonete com a polícia que você me contou quando era criança? – Aquela que contei para Reese quando namoramos e para Aimee enquanto estávamos no México. – Algo disso era verdade?

– Um pouco. Você estava fazendo muitas perguntas na época. – Ele levanta a cabeça. – Aquela é a sua esposa?

Olho para trás, para Aimee. Ela ergue a mão em um aceno curto, mas seus olhos seguram os meus. Sinto seu amor e isso me dá a força de que preciso para manter minha raiva sob controle. Stu nunca compartilhou nada comigo sobre Lacy, sobre a origem da condição da minha mãe, para que eu pudesse ter um melhor entendimento. Nem sobre sua própria doença.

– Você deveria ter me contado.

– Provavelmente. – Ele coloca as chaves do carro no bolso. – Vamos dar uma volta.

Eu o sigo ao redor da casa até o freixo com o tronco que está engrossado, sua teia de galhos cheia. Uma mistura de folhas cor de vinho, amarelas e verdes dançam e brilham como joias. Um cobertor delas cobre o chão.

O tanque de oxigênio sacoleja sobre torrões de terra e pedras. Considero me oferecer para comprar um carrinho com rodas maiores. Seria mais fácil de lidar sobre o terreno irregular da propriedade. Mas fazer a oferta forçaria meu pai a responder, e falar enquanto caminha é um esforço para ele. Apenas andar já parece demais.

Paramos em um banco de madeira que é novidade para mim sob a árvore. O arabesco de ferro forjado pintado está descascando e o verniz da madeira está gasto em um lado do assento, como se alguém sentasse lá com frequência, olhando para a propriedade. Pode-se ver muito longe, como é o caso hoje, quando os pés de milho foram removidos e o solo está arado em preparação para o inverno que se aproxima.

Meu pai se acomoda no banco, usando a alça do tanque de oxigênio como bengala. Ele me convida a sentar.

– Estou morrendo – diz ele, sem preâmbulos, quando ocupo o lugar ao lado dele. Nada de introdução. Nada de *eu fui diagnosticado*. Apenas *estou morrendo*. Muito bem, Stu. Deixe o compartilhamento começar. Felizmente, Lacy tinha me avisado, caso contrário, não sei como teria lidado com o golpe, não mais suave do que um *uppercut* da direita.

– De quê? – eu pergunto.

– Câncer de pulmão. É uma bosta. – Ele tosse.

Meus joelhos estão separados e aperto minhas mãos entre as pernas, descansando meus antebraços sobre as coxas. Inspiro profundamente e fecho os olhos, permitindo que suas palavras tenham impacto. A vida dele acabou e, devido à minha teimosia, perdi boa parte dela. Então, eu o deixo falar e escuto, algo que deveria ter feito há muito tempo.

– Estou vendendo a fazenda. Nunca a quis. Seu avô insistiu. Tive que atender seu último desejo de moribundo. Parece que fechei o círculo. – Ele ri. Isso se transforma em um ataque de tosse. Eu espero, olhando para as minhas mãos, mãos com o mesmo formato das de meu pai. Engraçado como nunca havia percebido isso antes, e hoje foi a primeira coisa que notei.

Meu pai limpa a boca com um lenço sujo que tirou do bolso e continua.

– Não aluguei a terra até ele falecer. Eu não queria que ele soubesse que eu não tinha interesse nela.

Vovô Collins morreu antes de eu nascer. Eu nunca o conheci.

– Você nunca me contou sobre isso.

– Eu não lhe contei muitas coisas. Parecia a coisa certa a fazer na hora.

– E agora?

– "Arrepender-se profundamente é viver de novo."

Olho para ele. Nunca levei meu pai a citar Thoreau ou a ler poesia. Mas minha mãe tinha pilhas de livros, de Frost a Wilde, e muitos do Thoreau. Por que essa citação? O que ele está tentando fazer certo agora? Eu não tenho que esperar muito. Ele finalmente recupera o fôlego.

— Tenho um comprador. Metade irá para você e a outra metade para um fundo que vou pedir que você administre.

— Para quem?

Ele rapidamente olha para mim, depois para o chão. Ele empurra folhas mortas com a ponta do sapato.

A princípio, acho que ele planeja dar metade do dinheiro da venda da propriedade para seu inquilino, Josh Lansbury, mas ele volta seu olhar para o horizonte. Sua garganta falha. Ele enxuga o nariz. E respira fundo, uma inspiração carregada de fluido, em que o ar se move através dele como água espessa com lama ao redor de pedras e me dou conta de quem vai ficar com a outra metade. Minha própria respiração sai num sopro sibilante e eu olho para ele, completamente chocado.

— Aquela noite em West Wendover quase destruiu sua mãe. Ela não sabia que sua câmera estava presa na porta. Não sabia que estava arrastando você. Não conseguia ouvir os seus gritos. Ela esteve em observação para prevenção a suicídio nos primeiros anos até que uma psiquiatra se interessou por seu caso. Ela ajudou sua mãe a controlar sua condição. Foi decisão de sua mãe não voltar para casa. Ela quase matou você duas vezes. Não podia arriscar uma terceira vez. Ela o deixou porque não confiava em si mesma perto de você. Ela o deixou porque ama você. Desistiu de seu direito de ser sua mãe para mantê-lo seguro. E concordei com a decisão dela. Eu não poderia deixar outra coisa assim acontecer com você. Eu não poderia deixar você sozinho com ela novamente.

Ele demora um pouco para explicar isso, com muitos começos e paradas ao longo do caminho. Quando termina, parece que percorreu cinco quilômetros em ritmo de corrida. Seu peito arqueja profundamente. Ele não olha para mim, e é quando percebo que ele sabia. Ele sempre soube o que aconteceu com Sarah.

— Você viu a mamãe quando ela foi liberada.

— Eu a instalei em seu apartamento. Arranjei um emprego para ela como costureira.

– E você a tem apoiado desde então. É por isso que você precisa de mim para gerenciar o fundo. Depois que você se for.

Ele concorda.

– Ela foi solta e me fez concordar em não contar a você. Ela não queria que você fosse procurá-la. Achou melhor você acreditar que ela não se importava. Foi por isso que fiquei afastado quando deveria ter sido seu pai. Achei que você enxergaria a verdade através de mim.

– Você sabia o que a partida dela fez comigo. Como você pôde concordar com tal coisa?

– Eu jurei que iria mantê-la segura e você a salvo dela. Eu a amo, Ian. – Seus olhos brilham e as mãos se fecham com mais força na alça do carrinho. – Fiz isso porque a amo.

Sinto o meu rosto esquentar. Tenho certeza de que está tão vermelho quanto as folhas espalhadas ao nosso redor. Minha vontade é dar um soco nele. Como ele pôde deixá-la se afastar de mim quando eu mais precisava dela? Minha adolescência foi mais confusa sem ela do que minha infância fora com ela.

Mas, enquanto fico olhando para ele, fervendo de raiva por dentro, algo acontece. Uma espécie de epifania. A porra de uma lâmpada espoca como o flash de uma câmera e enquadra a imagem. Eu reconheço algo mais de mim nele. Não importa o que minha esposa faça ou tenha feito – sim, isso inclui beijar James e manter suas malditas pinturas em exibição no café –, eu sempre a amaria. Se Aimee estivesse no lugar da minha mãe, eu teria feito o mesmo que meu pai. Eu a amo esse tanto.

– Eu sei que você se culpa. Não é sua culpa, Ian – diz ele. – A partida de sua mãe nunca foi sua culpa e lamento ter feito isso parecer assim.

A emoção jorra e não consigo mais contê-la. Eu me dobro em dois, como uma árvore cedendo ao vento, e faço uma coisa que não me permito desde os catorze anos. Eu choro.

Capítulo 29

AiMEE

Quando Ian me contou pela primeira vez sobre a prisão e sentença de sua mãe, ele explicou que queria ser franco comigo. James não foi aberto e sincero sobre a história de sua família, e Ian respeitou minha necessidade de saber sobre sua infância e por que ele se afastou de seu pai. Durante o jantar, uma noite, ele relatou a sequência de eventos, desde ser abandonado na beira da estrada até ser arrastado em um estacionamento de uma parada de caminhões, com um distanciamento que alguém empregaria ao falar de outra pessoa. Eu escutei em silêncio, atordoada, meu coração condoído pelo menino que ele tinha sido. Minha alma doeu pelo homem que ele se tornou. Aquele distanciamento falava por si só. Seu passado fazia parte dele tanto quanto o humor e o espírito despreocupado que constituíam sua personalidade. E ele não tinha superado isso.

Ian tinha me dito anteriormente que sua mãe não abusava dele fisicamente, mas emocionalmente. Eu não conseguia entender por que ele queria encontrá-la depois dos anos de turbulência que suportou. Seu amor por ela, entretanto, era incondicional. Ele não a culpava por ser como ela era. Sua mente fragmentada não era culpa dela. Mas, depois de ouvir a história completa hoje, entendo melhor sua busca e sua culpa. Ele acreditava que devia a ela um pedido de desculpas por tirar as fotos que a promotoria anexara aos autos – as fotos que ele achava que ajudariam em seu caso, não que a fariam ser presa. Ele se culpava pelo motivo de as coisas serem como eram com seus pais. É um fardo enorme para se carregar durante todos esses anos.

Eu o observo conversar com seu pai, a cabeça curvada e as mãos na cintura. Suas vozes são baixas e Ian evita virar o rosto na direção do meu. Não consigo escutá-los, então, não sei como Ian está assimilando a coisa toda – ver Stu pela primeira vez em muito tempo, a doença de Stu, e o que quer que Stu esteja lhe dizendo – até que ele se vira para mim. Ambos olham na minha direção. Embora o semblante de Stu demonstre curiosidade, o comportamento de Ian expressa uma mistura de raiva, confusão e mágoa.

Quero ir até ele. Tudo dentro de mim está me empurrando em sua direção. Mas, a não ser para acenar, não movo um músculo. Eu lhe dou o espaço que ele pediu.

Os olhos de Ian fixam-se nos meus. Nós nos entreolhamos por um longo momento e quando eu sorrio, um pouco da tensão que pesa em seu rosto diminui.

Eles saem para caminhar juntos e conversam sob uma grande árvore atrás da casa, sentados num banco em meio ao solo salpicado de folhas, que confere ao quintal uma atmosfera de parque. Eles conversam durante muito tempo, e eu aguardo. Eu esperaria pelo tempo que Ian necessitasse que o fizesse, porque ele vai precisar de mim quando acabar.

Ponho em dia os e-mails. Ligo para Kristen e pergunto sobre o novo bebê. Theo é nada menos do que perfeito. Ele come e dorme tranquilamente, e não é agitado. É o terceiro filho de Kristen. Imagino que ela já tenha uma boa noção a respeito da maternidade a essa altura e qualquer coisa que Theo faça parecerá um passeio no parque em comparação com o primeiro filho. Com exceção da exaustão habitual que a chegada de um recém-nascido ocasiona, a vida é magnífica para os Garner.

Ligo para a minha mãe, esquivando-me de suas perguntas sobre Idaho e Stu. Essa é a história de Ian, quem tem de contá-la é ele, e talvez ele a compartilhe com ela um dia durante nossos almoços de domingo na casa dos meus pais. Por enquanto, eu lhe comunico que vamos retornar para casa pela manhã.

Estou lendo um livro que trouxe comigo quando Ian se acomoda na cadeira da varanda ao meu lado cerca de noventa minutos depois. Seu rosto está contraído, a conversa com Stu, o fuso-horário e o trabalho para a *National Geographic* cobrando seu preço. Ele pega na minha mão, beija cada um dos nós dos dedos e pergunta se não me importo de passar a tarde na casa, coisa que para mim não tem problema algum. Encontrando o caminho para a cidade, compro um almoço, sanduíches e refrigerantes para nós. Ian passa as cinco horas seguintes trabalhando até a exaustão. Ele remenda o buraco na lavanderia e conserta a varanda. Está suado e empoeirado quando termina, e tenho a sensação de que ele está recuperando o tempo perdido condensando nessas poucas horas o máximo de pequenos reparos que puder pela propriedade.

Ficamos sabendo que Stu se mudou para uma casa de repouso cinco meses antes. Ele vai à fazenda a cada poucas semanas para verificar como está a casa. Recolhe a correspondência e os jornais, e, quando concorda com a minha oferta, procuro na Internet e providencio para que ambos sejam encaminhados para o seu novo endereço, pequenas coisas que ele nunca teve tempo de fazer quando se mudou.

É fim de tarde quando nos despedimos. Ian garante a Stu que ligará para marcar uma data para assinar a papelada – para o que, eu não sei. Ele está quieto no caminho de volta para Boise, perdido em seus pensamentos. Eu seguro sua mão para que ele saiba que estou aqui para ele quando ele estiver pronto para falar.

Fazemos o check-in em um hotel próximo ao aeroporto e Ian imediatamente se tranca no banheiro e toma um banho. Quando termina, com o cabelo ainda úmido e com a barba por fazer, sua pele cheirando a sabonete, ele se acomoda à mesa com seu laptop.

– Al antecipou a matéria uma edição. Ele quer minhas fotos amanhã de manhã. – Ele liga o laptop e digita sua senha.

– Você acabou de descobrir isso?

– Ele mandou um e-mail esta manhã.

– Isso não está certo. Ele não está lhe dando muito tempo para editar seu trabalho.

Ian encolhe os ombros.

– Ele espera que você as edite?

Ele balança a cabeça.

– Ele quer as imagens cruas. Sua equipe filtra a seleção para ilustrar o artigo e as edita. Mas não é assim que eu funciono. – As fotos são dele, seu trabalho e reputação em jogo. Eu não o culpo por empreender um esforço extra, mas depois de passar por uma experiência semelhante, eu me preocupo que ele esteja se sobrecarregando demais. Apertando os olhos para o computador, ele abre seus aplicativos e começa a trabalhar. Ele mal registra quando eu beijo sua bochecha e lhe digo que vou buscar o jantar.

Atravesso a rua até o Applebee's e peço comida para viagem. A recepcionista me entrega um pager e eu me esgueiro para fora do restaurante para realizar alguns telefonemas. Explico à gerente da minha conta que tenho certeza de que desejo cancelar o pedido de empréstimo e digo que não estou mais interessada aos proprietários dos dois locais que estive considerando. Quando termino, desaparece o desejo de conquistar o mundo dos cafés, como Ian uma vez descreveu para mim. Em seu lugar florescem o mesmo entusiasmo e a mesma coragem que senti quando abri o Aimee's Café, lá no começo. Isso me deixa empolgada para voltar à essência de colocar a mão na massa. Assar bolos, pães e acepipes delicados. Elaborar novas bebidas especiais para adicionar ao meu cardápio, cada vez maior. Tirar as pinturas de James.

Ah, é... tem isso.

Eu deveria tê-las removido anos atrás. Ainda bem que James espera recebê-las.

Vou cuidar disso esta semana, decido, acrescentando um lembrete em minha agenda para comprar o material de embalagem, e o pager da Applebee's vibra.

Depois que pego nossa comida e estou retornando ao hotel, Nádia me liga. Paro na calçada e olho para a imagem na minha tela, nós duas na festa do suéter feio dos Garner no Natal anterior. É hora de mudar essa foto, mas não tenho certeza se estou pronta para conversar com Nádia. Ainda assim, atendo à ligação.

– E aí, você está bem? – ela pergunta depois de eu cumprimentá-la.

– Estou bem.

– Tenho tentado entrar em contato com você. Você realmente foi para a Espanha?

– Sim, mas agora estamos em Idaho.

– Idaho? Caramba, o que você está fazendo aí?

– Visitando o pai de Ian. Ei, podemos conversar mais tarde? Acabei de pegar o jantar e Ian está esper   ¹o

– Sim, como quiser. Mas, Aimee, sobre o Thomas. Eu sinto muito.

Ao som do nome de Thomas, começo a caminhar mais devagar e me viro, localizando um banco ao lado da entrada do hotel. Sento-me nele. O odor impregnado de nicotina se espalha pelo ar. Bitucas de cigarro acumulam-se no recipiente ao meu lado, as pontas projetando-se da areia como estacas apodrecidas de doca em uma praia.

– Eu fui vê-lo.

– Thomas? Você foi ao escritório dele? Falar sobre mim?

– Sobre outro assunto, mas, sim, seu nome veio à baila. Ainda estou tendo dificuldade em entender por que você aceitou o trabalho.

Há uma longa pausa do outro lado da linha antes que ela diga:

– Você se lembra de Thomas no colégio? Ele costumava ser engraçado e autêntico.

– E então ele mudou.

– Sim, ele mudou – ela concorda, sua voz calma, reflexiva.

– Agora ele é frio, calculista e manipulador – ressalto. – Não dá para se esquecer disso.

– Eu sei, você está certa.

– Então, você não foi jantar com ele na outra noite? – eu pergunto, relembrando sua troca de mensagens de texto.

– Eu fui, e... – Ela para de falar, com remorso.

– Por favor, não me diga que você dormiu com ele.

– Meu Deus, não. Nós nem nos beijamos.

– O que vocês fizeram, então?

– Nós comemos, Aimee. E conversamos. Ele está solitário. Ele tem muitos arrependimentos.

– Nádia. – Eu arrasto o nome dela. – Você gosta dele?

– Eu não sei se me sinto atraída por ele ou apenas ainda me apego ao homem que ele costumava ser. O cara com certeza sabe jogar um charme.

– Eu repito. Ele é manipulador. – Não digo mais nada, e por um momento nós duas ficamos em silêncio, perdidas em nossos pensamentos. Não tenho certeza se posso lidar com o fato de Nádia estar namorando Thomas, mas também não quero perdê-la como amiga. – Você ainda está trabalhando com ele?

– Sim, mas não por muito mais tempo. Envio os planos na próxima semana. A menos que ele faça alguma alteração, minha contribuição para o projeto estará concluída.

– Você vai vê-lo novamente depois disso?

– Não vou, se você não quiser. Nossa amizade é muito importante.

– Eu não posso lhe dizer quem você pode ou não pode namorar. Só saiba que não confio em ninguém da família Donato, especialmente em Thomas. Você também não deveria. Tenha cuidado com ele. Eu me importo muito com você.

– Não se preocupe comigo. Vou ter.

– Ótimo. Agora preciso de um favor seu. Encontre-me no café na quinta à noite.

– Por quê?

– Você vai ver. Eu tenho que ir. Meu jantar está esfriando.

Encerro a ligação e, no caminho de volta para o quarto, compro duas cervejas no bar do saguão. Ian ainda está à mesa quando volto. Ele olha para cima brevemente quando sirvo seu jantar e abro a cerveja ao lado dele, mas não toca em sua comida. Eu como a minha em silêncio para não o perturbar, depois tomo um banho. Quando termino, úmida e enrolada no roupão atoalhado do hotel, volto para o lado dele. Ele apagou as luzes e desligou seu laptop. Está de frente para a janela, que abriu na minha ausência. A cortina transparente ondula como a superfície de um oceano. Nosso quarto fica no segundo andar e o brilho suave das luzes do estacionamento destacam o perfil de Ian em tons de cinza suaves, como um filme antigo em preto e branco. Ele ainda não tocou na comida.

– Ian?

Ele não olha para mim.

– Al não vai me contratar de novo se ele não tiver as fotos pela manhã. Não estou nem na metade.

– Eles parecem estar com uma pressa terrível para essa matéria. Você pode obter uma extensão? Diga a ele que você teve uma emergência familiar.

– A desculpa mais velha do mundo. Ele não vai acreditar.

– É a verdade.

Ele olha para as mãos e passa uma unha na cutícula do polegar.

– Stu sabe onde Sarah está.

Minha respiração fica presa na minha garganta.

– Ele te contou?

Ele assente.

– Ele comprou um apartamento em Paradise e a instalou lá após sua libertação. Também arranjou um emprego para ela. Ela é costureira em uma lavanderia a seco em Las Vegas.

– Ian. – Eu nem consigo falar.

Eu me agacho, olhando para ele, e seguro sua mão entre as minhas.

– Ele a tem apoiado e espera que eu assuma o controle quando ele se for. O problema é que eu não posso vê-la. A menos que seja uma emergência médica ou financeira, ou ela me procure, eu não tenho permissão para entrar em contato com ela. – Ele pega sua cerveja e bebe metade.

– Por que não?

– Jackie era violenta. Minha mãe não confia em si mesma perto de mim. Ela não quer me machucar.

– Mas isso foi há muito tempo. Certamente ela teve tempo para entender e administrar melhor sua condição.

Ian dá de ombros. Termina sua cerveja e pousa a garrafa.

– Ela tem uma acompanhante. Ela é enfermeira ou algo assim e mora com minha mãe. Ela a ajuda com seus horários e a acompanha quando ela sai do condomínio. Espera-se que eu me comunique por intermédio dela. – Ele olha para mim e sorri. Parece um sorriso de escárnio. – Tudo faz sentido agora, porque meu pai assumiu serviços extras. Ele estava juntando dinheiro. Ele e Sarah traçaram o plano muito antes de sua sentença terminar e ele escondeu tudo de mim. Ele me deixou acreditar que minha mãe precisava de distância e que ela não me amava. Acontece que foi por isso que ela foi embora. Ela me amava demais para arriscar me machucar novamente. Todos esses anos eu pensei que ela me odiava e tudo o que eu queria era dizer a ela "me desculpe".

Meu coração se parte por ele. Beijo sua mão, viro-a e beijo sua palma. Eu pressiono sua palma contra a minha bochecha.

– Eu não acho que consigo fazer isso, Aimee. Não posso tomar decisões financeiras e médicas em nome dela e não a ver.

Deslizando para o seu colo, coloco os braços em volta dele, enroscando meus dedos em seus cabelos, agora secos e ondulados. Ele baixa a testa no meu ombro e passa os braços em volta das minhas costas. Suspira, uma longa exalação cheia de tristeza.

Ian, meu Ian.

Beijo sua cabeça e ele murmura algo incoerente. Seu cabelo faz cócegas em meu nariz enquanto aspiro o seu perfume. Shampoo Teatree e sabonete de hotel. Eu quero absorver sua dor, tirar tudo dele.

Ele murmura o meu nome e levanta a cabeça. Nós olhamos um para o outro. Seus olhos estão sombrios e cheios de angústia. Eu quero confortá-lo, mas ele tem outras coisas em mente. Enquanto as cortinas transparentes inflam com uma lufada de brisa noturna, Ian me deixa sem fôlego. Ele me beija e me beija outra vez, profundamente. Suas mãos se movem para a minha cintura e desamarram o nó da faixa do roupão. Ele separa as abas e o ar fresco percorre minha pele como a névoa matinal sobre a água. Lenta e suavemente, suas mãos acompanham as linhas da minha cintura, as bordas dos meus seios. Seus polegares roçam gentilmente meus mamilos e, ao mesmo tempo, ele me beija.

Retribuo seus beijos, absorvendo o gosto persistente de lúpulo em sua língua. Então, tudo muda, acontecendo rápido. Estou despida de meu robe, erguida no ar, os músculos dos braços de Ian se torcendo e enrijecendo debaixo de mim enquanto ele me carrega para a cama, seus lábios nunca deixando os meus. Minha cabeça mal se acomodou nos travesseiros de penas quando ele já está despido e me cobrindo, sua carne na minha carne, seus quadris entre as minhas pernas. Eu o aproximo em meus braços e me abro para ele, e ele se move contra mim como se não pudesse se cansar. Não consegue ficar parado. Suas mãos estão em toda parte, e é maravilhoso.

Fazemos amor transitando do sensual e sedutor ao selvagem e intenso, deixando-nos doloridos e exaustos. Mas seu fervor nos leva a um nível totalmente novo. É lascivo e lindo, obsceno e glorioso.

Ele mexe com tudo dentro de mim enquanto me beija, enquanto me vira, enquanto eu o recebo fundo, cada vez mais fundo. Só então ele me consome, seus dedos mordendo minha pele. Ele se movimenta de um jeito que me deixa faminta por ele e ciente de que está exorcizando anos de dor e inquietação. E eu aceito. Aceito tudo. Tudo o que ele tem para me oferecer, e, quando ele está exaurido, nossa respiração irregular, sua testa baixa para descansar entre minhas omoplatas. Permanecemos deitados assim, no silêncio, envolvidos pela escuridão, até que nossos batimentos cardíacos se acalmam. Eu começo a cair no sono quando sinto uma gota nas minhas costas seguida por outra.

Ian.

Eu rolo. Ele levanta a cabeça e eu seguro o seu rosto. Sua mandíbula está tensa e a pele contraída ao redor de seus olhos – seus lindos e expressivos olhos.

– Ian. – *Meu amor.*

Seco a umidade nas maçãs de seu rosto com um beijo e, em seguida, abraço-o, segurando-o contra o meu peito, onde ele mergulha em um sono agitado.

Capítulo 30

IAN

Não olhe diretamente para o sol. Você vai queimar suas retinas. Meus pais tiveram o bom senso de me avisar. É o que ensinamos a Caty. Ela escuta e, nesta questão, eu também escutei. Mas, às vezes, olhar para o sol é inevitável. Posso vislumbrar um reflexo na janela de um veículo que passa. Ou ficar embaixo de uma árvore e olhar para a ponta dos galhos para tirar uma foto. Uma folha se curva e se torce, o sol aparece e *pimba*! O contorno da folha ou formato da janela do carro está gravado em meus olhos. E, cara, como queima. Pisco e continuo a piscar, e, eventualmente, os pontos brilhantes vão embora.

Tenho duas imagens claras de minha mãe que me marcaram. Eu as carrego comigo, um souvenir virtual. Mas, em vez de uma forma capturada pelo sol que desbota e desaparece, elas estão impressas do mesmo jeito que uma imagem é gravada quando a luz passa pela abertura da câmera e os fótons atingem o filme. Como uma foto, as lembranças se apagam com o tempo. Elas não são tão nítidas, mas são permanentes. Eu não posso piscar para me livrar delas. Elas me assombram.

Lembro-me de minha mãe, com a arma na mão, o momento em que ela olhou para mim, com o rosto abalado, enquanto se dava conta do que havia feito. O olhar de terror que os atores retratam em filmes não chega perto da realidade. O medo genuíno consome você. É palpável, mesmo para um observador. Tem gosto de poeira, asfalto e óleo. Ainda posso sentir o gosto de seu medo. Ainda posso ver o momento em que ela percebeu que estava perdida para mim. Ela aceitou que não poderia ser a mãe que eu precisava.

Minha segunda lembrança é de nós três, meus pais e eu, em um piquenique à beira do lago. Eu tinha oito anos e meu pai conseguira um raro domingo de folga do trabalho. Passamos a tarde pescando sob o olhar atento de minha mãe, suas costas contra uma árvore, um livro de poemas aberto em seu colo. Fizemos uma pausa para o almoço e lhe perguntei o que estava lendo. *O Me! O Life!* Ela se ofereceu para ler para mim e recusei. Eu era um garoto de oito anos mais interessado em enfiar um sanduíche de manteiga de amendoim e geleia na boca e engoli-lo com uma coca para poder voltar à minha vara de pescar. Não queria ouvir minha mãe recitar prosa romântica. Foi só em uma aula de literatura na faculdade que li o poema. O professor pediu que o dissecássemos linha por linha. Se eu soubesse então o significado por trás do poema, teria perguntado se ela estava questionando sua própria existência. Será que ela se perguntava se sua vida tinha significado? Estava se sentindo desamparada? Será que já sabia então a estrada que pretendia seguir, aquela que a afastou de mim? Teria tido tempo para ouvir. Teria me assegurado de que ela estava bem.

O que sei de fato sobre aquele dia é como ela parecia contente. Como não conseguia deixar de sorrir quando falava com o meu pai. Como eles riram, suas testas se curvando enquanto sussurravam um para o outro. Como os lábios do meu pai permaneceram em sua bochecha quando ele a beijou antes de se juntar a mim na margem. Para um observador de fora, poderíamos parecer a família perfeita em um passeio de domingo. Foi a calmaria antes da tempestade da minha vida. É minha última boa lembrança de nós três.

Quando Aimee e eu chegamos aos Tierney, encontramos uma cena semelhante em seu quintal. Catherine repousa de costas contra o sicômoro gigante que sombreia a grama, um livro aberto e virado para baixo em seu colo. Hugh está sentado de pernas cruzadas sobre um cobertor xadrez, bebendo uma xícara de chá de plástico. Sua camisa está manchada de graxa e seu queixo está manchado de óleo. Ele provavelmente estivera na garagem trabalhando em seu Mustang. Mas mantém o dedo mínimo levantado quando leva a xícara aos lábios, conforme Caty o instrui. Enquanto os observo, não consigo deixar de pensar naquela tarde de domingo há muito tempo.

Aimee sente que estou à deriva. Não estou bem no momento, e ela aperta minha mão. Baixo a vista para nossos dedos entrelaçados, depois para os olhos dela.

– Tempo – ela diz. – Dê tempo ao tempo. A dor vai diminuir, de verdade.

Eu acredito nela. Ela deve saber. Mas, agora, ainda estou muito cru para dar esse passo adiante.

– Não tenho certeza do que fazer com minha mãe.

– Eu sei que não, e tudo bem. Você vai descobrir. Confie nos seus instintos. Você é bom nisso. Eles levaram você até mim. – Ela sorri e, no momento, estou perdido nela, em quem éramos sozinhos e em quem nos tornamos juntos e para onde estamos indo. Então, Caty grita e o momento é quebrado.

– Papai! Mamãe! Vocês voltaram! – Ela corre direto para mim. Eu a levanto em meus braços e ela me sufoca de beijos. – Senti sua falta – ela murmura, descansando a cabeça no meu ombro.

– Eu também senti sua falta, Caty-Fofa.

– Você viu o seu pai? Mamãe disse que você foi para a casa do seu pai.

Olho para Aimee por cima da coroa de cachos de nossa filha. Ela balança a cabeça. Caty não sabe que ele está doente.

– Quero conhecê-lo – diz Caty.

Eu quero que ela o conheça também. Em vez disso, mostrei ao meu pai fotos de Caty no meu telefone. Ele perguntou sobre ela, mas não quer que ela o visite. Sua única impressão de seu avô seria dele à beira da morte ligado a um tanque de oxigênio. Palavras dele, não minhas. Não concordo com ele, mas, se aprendi alguma coisa, é respeitar os desejos de outra pessoa.

É quando me ocorre. Meus olhos queimam como se eu tivesse olhado para o sol e, de certa forma, eu olhei. Está tudo tão claro agora. Eu sei o que quero, o que sempre quis. Belisco meu rosto para me impedir de desmoronar na frente dos meus sogros. Aimee tira Caty dos meus braços.

– Ei, você está bem?

Eu aceno rigidamente.

– Você se importa se pularmos o almoço aqui e formos para casa? Preciso tratar de algumas coisas.

– Claro – ela diz.

No dia seguinte, depois de uma longa conversa com Erik sobre como Al Foster não estaria fazendo o que fez como editor de fotos da *National Geographic* se não fosse muito bom em seu trabalho, envio milhares de imagens brutas para ele, sinalizando aquelas que sua equipe deve considerar para a matéria. *Confie nele para fazer suas imagens parecerem boas*, Erik aconselhou. A reputação dele também está em jogo. Também mandei meu ensaio por e-mail para Reese. Então, no final da tarde, depois que Aimee saiu com Caty para encontrar Nádia no café para discutir a redecoração das paredes, reservo uma passagem para Las Vegas para a manhã seguinte. Saio antes que minha esposa, filha, e o sol se levantem.

A Swift Cleaners está aberta quando eu chego. Os clientes entregam roupas sujas e saem com ternos e camisas engomadas protegidos por plástico. Cada vez que a porta se abre, sinto o cheiro que lembra querosene no vapor que emana de tecidos quentes e solvente. Eu não entro. Observo a atividade pela vitrine porque do outro lado está a mesa da costureira. A máquina de costura está coberta e as fileiras de linha cobrindo toda a gama do arco-íris estão perfeitamente alinhadas. Uma arara de roupas está próxima, bainhas dobradas e presas com alfinetes. Foi minha mãe que prendeu os alfinetes nessas bainhas. Ela tocou nessas calças e se sentou naquela cadeira, o couro esticado e gasto por anos de uso. É aqui que ela passa seu tempo, tem passado todos os dias desde o dia seguinte a sua libertação da prisão.

Com que frequência meu pai a visitava? Eles conversavam sobre mim? Minha mãe perguntava sobre mim? Ela chegava a pensar em mim? Sua mente se acalmara? Ela está em paz com as escolhas que fez sobre sua vida? Ela está feliz sem mim?

Minhas perguntas são infinitas e estou tão concentrado em meus pensamentos que não ouço a primeira pergunta que me é feita.

– Como disse? – eu pergunto.

Um homem idoso, com as calças afiveladas na altura das costelas, a camisa xadrez de manga curta enfiada para dentro, sorri.

– Você vai entrar ou não?

Eu me viro. Do outro lado da rua há um café. As mesas estão alinhadas debaixo das janelas.

– Não, obrigado – respondo a ele e atravesso a rua correndo, desviando-me dos carros e de um ciclista.

Peço café-preto sem açúcar e fico de olho nas mesas. Quando uma mãe e seus dois filhos deixam vaga uma delas, deslizo para o assento, empurrando para o lado guardanapos amassados e migalhas de muffin com o braço.

De onde estou sentado, posso ver pela janela, do outro lado da rua, através da grande vitrine frontal da lavanderia, o lugar em que a costureira se senta. A placa afixada na porta indica que ela chegará por volta das nove.

Tiro a minha jaqueta e a dobro sobre a cadeira ao meu lado. Coloco meu telefone na mesa, verifico o relógio e tomo um gole de café. E então eu espero.

***

– Ian.

Eu me afasto da janela e olho para Aimee. Caty sorri ao lado dela. Eu pisco, sentindo uma onda de confusão.

– Você está aqui.

– Recebi seu mensagem.

– Para você ligar, não... Você voou para cá? – eu ainda não consigo conceber que ela e Caty estejam paradas ali.

– Pegamos o avião, papai. Mamãe me deixou sentar perto da janela. Voamos dentro das nuvens.

– Para nossa sorte, há um voo de San Jose para Las Vegas a cada noventa minutos. Espero que não se importe que tenhamos vindo – diz Aimee, parecendo nervosa. Tenho certeza de que ela está se perguntando se tomou a decisão certa ao me seguir até aqui.

No início, pensei que queria ficar sozinho. Mas agora que elas estão aqui? Estou aliviado. Não quero fazer nada sem Aimee ao meu lado. Levanto-me e coloco os braços em volta dela. Eu a abraço com força.

– Não, de forma alguma. Eu deveria ter pedido para você vir. Lamento não ter feito isso.

– Você a viu? – Aimee sussurra para Caty não ouvir.

Faço que sim com a cabeça e aponto para fora da janela. Minha mãe está sentada em sua cadeira, curvada sobre a máquina. Sinto um leve suspiro de Aimee.

– Falou com ela?

Meneio a cabeça.

– Você ficou sentado aqui o dia todo?

Concordo com a cabeça.

– Desde as oito e meia. – Agora já passa das cinco. Minha mãe trabalha até as seis.

Aimee deixa meus braços e senta Caty à mesa. Ela retira papel e giz de cera de sua grande bolsa de ombro e os entrega a Caty; então, pede um leite achocolatado no balcão.

Sento-me na cadeira ao lado da janela e bebo o meu café. Meu quarto do dia. Está frio.

– Você foi à escola?

Caty sacode a cabeça. Ela empurra uma folha de papel em branco na minha direção e me entrega um giz de cera marrom. Fuzzy Wuzzy.** O nome da tonalidade me faz rir e mostro o rótulo a Caty.

– A mamãe disse que você estava triste. Sempre abraço Pook-A-Boo quando estou triste, mas eu não trouxe ele.

– Onde está o seu ursinho? – eu pergunto.

– Na minha cama. Ele ainda estava dormindo quando saímos. – Ela aponta para o giz de cera. – Você deveria desenhar um urso. Talvez isso deixe você feliz.

– Acho que é uma boa ideia.

Caty sorri e, juntos, brincamos de colorir. Aimee retorna com o leite achocolatado de Caty, que lhe empurra uma folha em branco.

– Pinte com a gente, mamãe.

– Já vou, querida, depois que eu falar com o seu pai.

Aimee senta-se ao meu lado, seus olhos suplicantes.

– Você me apavorou, Ian. Ficou trancado em seu estúdio durante dois dias e, quando acordei esta manhã, você tinha desaparecido. Você saiu tão de repente. O que está acontecendo?

Ela não fez escova nos cabelos esta manhã, provavelmente não teve tempo. Toco em um de seus cachos. Parece seda.

– Estou tentando consertar o que fiz de errado.

– Que foi o que, exatamente?

Olho pela janela para minha mãe. Ela está ajudando um cliente.

– Ela cortou o cabelo. Está curto.

– Ela é linda.

Eu assinto.

– Ela sorri bastante. Não me lembro dela sorrindo tanto.

Aimee pousa a mão na minha coxa. Sinto seu calor através do meu jeans e me volto para ela.

** Um tom específico de marrom que remete à cor dos antigos ursinhos de pelúcia. O nome "Fuzzy Wuzzy" vem do trava-línguas "Fuzzy wuzzy was a bear. Fuzzy wuzzy had no hair. Fuzzy wuzzy wasn't very fuzzy, was he?". (N.T.)

– Eu não escutei meu pai quando deveria. Pela primeira vez, vou fazer o que ele pediu. Vou administrar as finanças dela. Vou cuidar de sua contabilidade; vou pagar as malditas contas. E não vou entrar em contato com ela. Vou me manter afastado como ele pediu e ela queria. Mas primeiro... primeiro eu precisava vê-la. Durante todos esses anos eu achei que precisava me desculpar com ela. Continuei tirando aquelas porcarias de fotos. Mas, sério, só quero saber se ela está bem. Quero saber se ela está feliz.

– Mas você não vai falar com ela?

Balanço a cabeça.

– Ela não quer isso.

Aimee fica quieta. Ela me observa por um longo momento. Por fim, eu afasto o olhar, bebo o meu café frio e brinco com o giz de cera, girando-o sobre a mesa. Ainda assim, Aimee me estuda. Então, de repente, ela se levanta e tira o suéter. Está faltando um botão e há um rasgo perto de um dos orifícios.

– Eu já volto.

Caty ergue os olhos, surpresa.

– Onde você está indo, mamãe?

Aimee olha de Caty para mim e vice-versa. Ela estende a mão para Caty.

– Venha comigo. Temos uma missão muito importante.

Meu coração dispara para minha garganta.

– O que você está fazendo, Aimee?

Ela pousa a mão no meu ombro.

– Confie em mim – diz ela e, em seguida, deixa a cafeteria.

Eu me viro na cadeira e vejo Aimee e Caty aguardando o semáforo na esquina. A luz muda e elas atravessam.

– O que você está fazendo? – eu murmuro.

O que você está fazendo? O que você está fazendo?

Minhas palmas suam. Passo os dedos pelos cabelos.

Aimee abre a porta de vidro da lavanderia a seco, empurrando-a, e fica de lado, dando passagem para Caty entrar. A porta se fecha atrás delas. Pela jancla, eu as vejo aproximando-se de minha mãe. A inveja ricocheteia dentro de mim, aquecendo meus braços e pernas. Quero ser eu a falar com ela. Será que parece a mesma quando fala? Será que suas mãos ainda se agitam quando o faz? O lado esquerdo de seus lábios ainda se retraem mais alto do que o direito quando ela sorri?

Mas não posso ir até ela, não se quiser respeitar o seu desejo, se quiser honrar o pedido de meu pai moribundo.

Vejo minha mãe se abaixar para conversar com Caty e tenho vontade de chorar. *Ela é sua neta. Ela se parece com você. Consegue ver a cor de mel de seus cabelos, a covinha em seu queixo?*

Aimee aponta para um cobertor dobrado em uma prateleira e minha mãe o mostra a ela. Elas conversam um pouco até que minha mãe dobra o cobertor e o deposita de volta no lugar. Aimee então mostra o seu suéter para a minha mãe. Ela aponta para o botão que está faltando e para o pequeno rasgo onde a lã se desfez. Minha mãe assente e sorri.

Quero gritar: *Eu estou aqui, mãe. Estou bem. Eu me saí bem.*

Ela pega o suéter de Aimee e lhe dá um recibo. Ela se despede e eu sacudo a cabeça. Ainda não, não hoje. Não estou pronto para dizer adeus.

Aimee e Caty saem da lavanderia e minha mãe volta a se recostar na cadeira. Quero lhe perguntar o que ela achou da minha esposa. Ela gostou de conhecer minha filha? Poderia amar minha família?

Dói-me a consciência de que jamais saberei as respostas.

Caty se recosta na cadeira, sorrindo.

– Aquela senhora simpática ali e eu temos olhos da mesma cor. E ela sabe tudo sobre colorir com giz de cera. – Ela separa seus gizes de cera. – Se eu juntar estes três – marrom, laranja e amarelo –, posso fazer a cor dos meus olhos no papel. – Ela me mostra os gizes de cera. Mango Tango, Sienna e Goldenrod.

Quando ela usou cores? Na prisão? Fazia parte de sua terapia?

– Que legal. – Minha voz falha. Olho para Aimee, na expectativa. *Conte-me tudo!* Seus olhos brilham. Ela pousa a mão sobre a minha na mesa.

– Eu não contei a ela quem somos, mas perguntei sobre o trabalho dela e qual era a coisa que ela mais gosta morando aqui. Ela adora costurar.

Mostrou-me uma colcha de retalhos em que está trabalhando. É linda. A costura é intrincada com um padrão complexo. Ela é uma artista, Ian. Ela reclamou do calor sufocante, mas não pensaria em morar em outro lugar. As pessoas são gentis com ela aqui. Ela foi gentil comigo e adorou Caty. Ela está bem, Ian. – Ela aperta a minha mão. – Está mais do que bem.

Minha garganta se comprime. Fecho os olhos e concordo com a cabeça. Então, sinto a mão de Caty cobrir a nossa.

– Você está feliz agora, papai?

Um soluço invade a minha garganta e eu o disfarço com uma risada tosca.

– Sim, Caty-Fofa. Eu estou feliz agora. – Posiciono a mão na nuca de Aimee, meus dedos cavando os cabelos até o couro cabeludo, e pressiono meus lábios com firmeza em sua testa. – Obrigado – sussurro com voz embargada em seus cabelos. Beijo sua têmpora, sua orelha. – Obrigado.

Dominado pela emoção, mantenho o rosto enterrado em seus cabelos enquanto a seguro, esta mulher que amo e que tanto me deu: sua mão em casamento, uma família própria e, de certa forma, por meio dela, trouxe minha mãe de volta para mim. Beijo seus lábios.

– Eu te amo.

– Eu também te amo.

– *Eca*, sem beijos em público.

Aimee e eu rimos, e juntos nos voltamos para a janela. Permanecemos assim, sua mão sobre a minha, meu braço em volta de seus ombros, Caty brincando de colorir, até que minha mãe termine seu expediente. Poucos minutos antes das seis, um Honda azul para no meio-fio em frente à lavanderia. Uma morena de óculos escuros de armação grande está sentada ao volante. Em poucos instantes, minha mãe arruma sua estação de trabalho e deixa a lavanderia. Ela sorri para a motorista do Honda e se acomoda no banco do passageiro. A motorista olha por cima do ombro e entra suavemente no trânsito. Eu as observo partir até desaparecerem, virando uma esquina um quarteirão à frente. Eu vi o que vim ver hoje.

Esfrego meu rosto com as mãos e apoio meus antebraços sobre a mesa.

– O que acha? Está na hora de ir para casa?

Aimee dá batidinhas no queixo.

— Não sei. Nós *estamos* em Vegas.

— Você acha que conseguimos encontrar uma suíte com dois quartos? Ela sorri.

— Sua linha de pensamento me agrada, Collins. Aposto que conseguimos encontrar um buffet de sobremesas também.

O rosto de Caty se ilumina como um hotel de Las Vegas. Ela bate palmas.

— Ah, sim, por favor. Podemos ficar?

— Contanto que minhas duas mocinhas preferidas estejam comigo, ficarei onde quer que seja.

Capítulo 31

iAN

TRÊS MESES DEPOIS

"Muitos forasteiros não entendem a relação que esses aldeões têm com as manadas e, admito, eu mesma tive dificuldade em entender. Por que uma aldeia despenderia tanto esforço e dinheiro para conduzir esses cavalos selvagens aos currais apenas para dominá-los no braço, às vezes até o chão, cortar suas crinas e caudas, administrar medicamentos e, depois, deixá-los ir? Trata-se de amor. De preservar a história. E de tradição. A *Rapa das Bestas* é uma festa ancestral que mostra a relação simbiótica que esta aldeia tem com os animais que correm soltos e livres por suas colinas. E foi por meio das palavras do nosso fotógrafo, Ian Collins, que finalmente vi a beleza da *Rapa das Bestas*. 'Amar alguém incondicionalmente é deixá-lo prosperar, mesmo que isso signifique deixá-lo ir para que possa correr solto e livre.' Eu não tenho certeza se o sr. Collins estava se referindo às manadas galegas ou a outra pessoa – quem, eu me pergunto – mas, para mim, suas palavras resumem eloquentemente a relação entre os moradores e os cavalos que eles tratam."

Erik termina de ler o trecho da edição deste mês da *National Geographic* e sorri para mim.

– Reese escreveu um artigo incrível. E essas fotos? Esplêndidas. – Ele me mostra a página dupla no meio do artigo, a foto feita com objetiva grande angular que tirei da manada galopando na encosta vizinha, no último dia. Em seguida, fecha a revista e aponta para a capa, sorrindo e balançando a cabeça em sinal de aprovação para a foto de dois garanhões empinando no curro lotado. Lembro-me do cheiro e do barulho, das moscas zumbindo. Lembro-me de como os cavalos galegos se moviam como cardumes de peixes, suas pelagens encharcadas de suor, um mosaico cintilante de castanho, café e marrom-escuro. Mas eu me lembro mais da sensação incrível após o telefonema de Al Foster, três semanas atrás. Minha foto havia sido selecionada para a capa.

É início da noite e estamos no Aimee's Café, na festa após a abertura da exposição na Wendy V. Yee Gallery, esta tarde. Wendy cobriu suas paredes não apenas com o meu trabalho recente na Espanha, mas com um histórico de fotografias desde que peguei uma câmera pela primeira vez. Um estudo do trabalho da minha vida. Ela incluiu fotos dos meus pais, do ponto de vista de uma criança. Eram boas, como a foto que tirei da minha mãe parada no meio da lagoa, a saia roçando a superfície, o sol banhando seu rosto. Eu a intitulei de *Bela tristeza*. Wendy deixou intencionalmente uma parede em branco simbolizando o meu trabalho futuro. Tenho mais histórias para documentar. A exposição é uma celebração da minha primeira missão na *National Geographic*, a primeira de muitas, se Deus quiser, e vai durar três semanas. Wendy conseguiu um artigo de duas colunas na seção Arts & Entertainment da semana passada no *San Francisco Chronicle*. A abertura de hoje estava lotada.

Erik levanta sua taça de champanhe.

– Parabéns, meu amigo. A mais fotos épicas.

– E capas brilhantes – acrescento.

– Vou beber a isso.

E nós bebemos. Erik termina sua taça e olha ao redor do café lotado.

– Alguma chance de encontrar uma cerveja neste lugar?

– Acontece que eu sei onde a proprietária mantém um esconderijo secreto. – Eu o levo para a cozinha e pego duas Anchors na geladeira, abrindo a tampa. Eu dou uma para Erik.

— Obrigado — ele diz, e dá um longo gole na garrafa. — Tem notícias de Reese?

— Ela mandou uma mensagem de parabéns quando soube da capa. E você? — Esta noite é a primeira chance que Erik e eu tivemos de botar o papo em dia desde o serviço com Reese em Yosemite. Ele tem viajado e também tenho feito viagens menores com frequência.

— Não recentemente, mas vamos trabalhar juntos em janeiro.

— Isso é ótimo. Vão para onde?

— Marrocos. Ela está escrevendo um artigo sobre camping no Saara e me requisitou como fotógrafo. — Ele põe de lado a cerveja pela metade e coça o lábio inferior. — Ela me disse que vocês dois têm uma história.

Eu assinto devagar.

— Foi há muito tempo. — Como ele não reconhece imediatamente o que eu disse, ergo uma sobrancelha.

— Ela é talentosa.

Sorrio lentamente.

— Ela acha o mesmo de você. Não teria requisitado você se achasse o contrário.

Nós compartilhamos um sorriso e eu bato em seu ombro.

— Vamos. Vamos nos juntar aos outros antes que a minha esposa me encontre escondido na cozinha, bebendo cerveja. Ela gastou muito dinheiro no champanhe.

Quando voltamos para a área das mesas, olho em volta. Aimee espalhou minhas fotos em todos os lugares, inclusive na parede que já foi dominada pelas pinturas de James. Ela a esvaziou em outubro passado e despachou seu trabalho para ele no Havaí. Conservou um, uma miniatura da casa de seus pais que James pintou quando tinha dezessete anos. A pintura está alocada em seu escritório, um lembrete de onde ela veio e o quanto ela cresceu desde então.

Todo mundo está aqui. Erik e alguns caras da academia. Lance e Troy, dois amigos da faculdade com quem mantive contato ao longo dos anos. Até Marshall Killion e sua esposa, Jenny, conseguiram vir de Boston. Nádia está conversando com amigos e um cara novo que trouxe com ela. Ele a idolatra como um cachorrinho. Seus olhos a rastreiam por toda parte. Ela continua mandando-o buscar seus coquetéis. *Sim, esse relacionamento não vai durar muito*, eu penso, rindo comigo mesmo.

Caty está em uma mesa com os dois mais velhos de Kristen, comendo bolo e bebendo cidra espumante. Kristen fica de olho neles, acalentando Theo. Meu olhar vira para a esquerda até que, finalmente, do outro lado da sala, encontro a mulher que estava procurando. Linda em um vestido preto com uma cascata de babados ao longo do decote, Aimee conversa com Catherine e Hugh. Nick se junta a eles, oferecendo a Aimee uma taça de champanhe, que ela recusa.

Meu olhar se estreita. Pedindo licença a Erik, atravesso a sala.

Nick olha para a taça de champanhe que tiro de suas mãos. Eu bebo o espumante.

— A hora do jogo é sete e meia. Vai conseguir?

Coloco a taça de lado.

— Não perderia. Aposto cem dólares que você não acertará nem um par desta vez. — Nick é de longe o melhor jogador entre nós. Não há como apostar que posso vencê-lo. Quando jogarmos, aposto que ele superará o desempenho do jogo anterior.

Nick aperta o peito.

— Você me magoa. — Então, ele sorri e aperta a minha mão. — Fechado.

— Vejo você no campo de golfe.

— Ótima exposição. — diz Hugh.

— Parabéns, Ian. — Catherine beija a minha bochecha.

— Obrigado. — Eu agarro a mão de Aimee. — Vocês nos dariam licença por um momento? — digo a eles.

— Está tudo bem? — Aimee pergunta com uma expressão de preocupação enquanto eu a conduzo para o escritório, nos fundos.

— Está tudo ótimo. — Eu fecho e tranco a porta, puxando-a para os meus braços.

— Ian, temos convidados.

– Eu sei, meu amor, mas isso não pode esperar. – Seguro seu rosto e a beijo. Eu a beijo e beijo, olho para ela e a beijo novamente. Então, sorrio, minha testa pressionada contra a dela.

Sem fôlego, ela pergunta:

– O que foi isso?

– Eu só queria mostrar o quanto te amo. E para dizer obrigado.

– Pelo quê?

Eu descanso as mãos em seus quadris e a conduzo até a mesa. Sentando na beirada, eu a puxo entre as minhas pernas, nossos olhos no mesmo nível. Eu sigo a linha de seu cabelo ao longo de sua bochecha e sobre a orelha.

– Os últimos meses não foram fáceis para nós. – Tenho feito visitas curtas e frequentes a Idaho para ter certeza de que meu pai está recebendo o tratamento de que precisa. Ele está se deteriorando rapidamente e a inevitabilidade de perdê-lo me afetou mais do que eu esperava. – Mas tenho boas notícias.

Os olhos de Aimee brilham como cidra.

– Você tem?

Mordo meu lábio inferior e assinto.

– Minha esposa está grávida.

Ela franze a testa, a pele de marfim entre suas sobrancelhas aparadas se dobrando. Então, essas sobrancelhas levantam e seus olhos ficam arregalados.

– Como você soube?

– Você recusou uma taça de Dom Pérignon. Quem faz isso?

Ela ri.

– Esta garota – ela diz, apontando para si mesma.

Coloco a mão em sua barriga lisa e Aimee cobre a minha com as dela. Há uma vida crescendo ali dentro. Caty ficará emocionada quando contarmos a ela. E eu quero contar ao meu pai antes que ele se vá.

– Há quanto tempo você sabe? – sussurro a pergunta, com intimidade.

Ela desliza os dedos pelo meu peito, sob a lapela do meu blazer, e coloca as mãos atrás do meu pescoço.

– Poucas horas. Eu estava planejando lhe contar esta noite, depois da festa.

Eu me inclino para beijá-la, meus lábios a um sussurro dos dela, quando há uma batida na porta. Eu gemo.

– Aimee? – É a Trish.

– Diga a ela para ir embora. – Roço a língua ao longo de seu lábio inferior.

Ela vira a cabeça em direção à porta.

– Sairei em um momento.

– Tem alguém aqui perguntando por Ian. Ele está aí?

Corro as mãos nas laterais de sua caixa torácica.

– Shh. Eu não estou aqui – provoco e beijo o seu queixo, demorando-me na reentrância suave abaixo de sua orelha. Eu só quero esses poucos minutos a sós com ela. Tenho cumprimentado, conhecido novas pessoas e respondido a perguntas o dia todo.

– Ela é de fora da cidade. Disse que seu nome é Sarah Collins.

Minhas mãos apertam a cintura de Aimee e eu congelo. Um aperto se forma em meu peito, espalhando-se para fora. Eu levanto a cabeça lentamente. Aimee olha para mim e nossos olhares se sustentam. Ela sorri, cheia de amor.

– Você sabia? – eu pergunto.

Ela balança a cabeça lentamente.

– Mas eu estava esperando. Não quis dizer nada caso ela não aparecesse.

Eu franzo a testa.

– Não entendo.

– Deixei o meu primeiro nome e o número do café no ticket da lavanderia. Imaginei que se seu pai e sua mãe falassem sobre você, ela saberia sobre mim, Caty e o café. Eu quis dar a ela a opção de ligar. Espero que não tenha sido muita intromissão da minha parte, mas gostaria de saber se ela ainda se sentia da mesma forma que sentia quando o deixou. Se há uma coisa que aprendi nestes últimos sete anos ou mais, é não presumir que as coisas são como parecem.

– Quando *ela* ligou?

– Demorou um pouco. Ela ligou na semana passada. Mencionei sua exposição e convidei a ela e sua acompanhante para visitar. Ela não vai a lugar nenhum sem Vickie. Sua mãe me explicou que Vickie a mantém com os pés no chão. Ela a ajuda quando ela se desorienta no meio de uma conversa ou está fora de casa, para que ela não saia correndo ou se perca.

Trish bate novamente. Aimee ergue uma sobrancelha.

– Devo dizer a ela para nos dar um segundo?

Estou atordoado, exultante, nervoso e pasmo. Seguro o rosto de Aimee e, sem tirar os olhos dos dela, chamo Trish.

– Traga minha mãe aqui.

– Sua mãe? – Trish exclama. – É pra já! – Eu a ouço ir embora.

– Eu já te disse recentemente o quanto eu te amo?

– Sim, mas sinta-se à vontade para dizer novamente – Aimee fala com um sorriso.

– Eu amo você. – Eu a beijo. – Você é incrível.

– Eu sei.

Eu rio e a abraço com força. Quando a solto, seu rosto fica sério. Ela brinca com um botão da minha camisa branca bem passada.

– Uma capa da *National Geographic* e sua mãe. Dois sonhos se tornam realidade em um dia.

– Dois, não: três. – Minha mão desliza para sua barriga; então, eu segura a dela. – Venha comigo.

– A qualquer lugar. Sempre.

Atravessamos a sala e eu destranco e abro a porta. Para um futuro ainda mais brilhante. O futuro que esperamos.

Agradecimentos

Este livro é dedicado aos meus leitores que acompanharam a jornada de Aimee, James e Ian por toda a série Everything. Obrigada por lerem, obrigada por resenharem e obrigada por amarem meus personagens tanto quanto eu. Tenho muitas outras histórias para compartilhar e espero que vocês continuem por aqui.

Como em meus livros anteriores, *Tudo o que sentimos* envolveu um pouco de pesquisa. Eu queria enviar Ian em uma aventura única e soube que a encontrei quando me deparei com um artigo sobre a *Rapa das Bestas*. Como nunca fui ao festival, entrei em contato com a única pessoa que conheço que vive na Espanha. Por sorte, ela esteve na Rapa não apenas uma vez, mas por três anos consecutivos! Obrigada, Barbara Bos, por compartilhar imagens, sons, cheiros e sabores da *Rapa*. Obrigada por me guiar através de suas experiências e compartilhar suas emoções enquanto assistia ao desenrolar do evento, desde arrebanhar os cavalos colina abaixo com os aldeões até a "tosquia das bestas" no curro. Obrigada por me enviar fotos de suas aventuras em tempo real! Barbara é a editora-chefe da *Women Writers, Women's Books*. Se você é escritora, encorajo-a a explorar o site dela em www.booksbywomen.org. É uma riqueza de informações.

Também devo agradecer a Barbara por me apresentar a Claire O'Hara, fotógrafa de documentários e aventuras. Devo dar os créditos a Claire por compartilhar comigo a extraordinária ligação que a aldeia de Sabucedo tem com as manadas galegas que galopam por suas colinas. Ela explicou eloquentemente sua relação simbiótica, como sem um, o outro não sobreviveria. Foi através dos olhos, experiências e fotografias de Claire que fui capaz de elaborar as aventuras de Ian em Sabucedo. Suas fotos da *Rapa das Bestas* são espetaculares, e eu convido você a conferi-las em seu site, www.claireoharaphotography.com. Obrigada, Claire, por dar vida às viagens de Ian.

Mergulhei mais profundamente nos aspectos emocionais e psicológicos da doença mental com este livro do que com os dois volumes anteriores da série Everything. Embora haja muitas informações disponíveis sobre as causas, os sintomas e os tratamentos do transtorno dissociativo de identidade (TDI), eu queria capturar como é crescer com um dos pais sofrendo de tal condição. Eu precisava do ponto de vista de uma criança. Tenho uma dívida de gratidão com a autora mais vendida, Annette Lyon, por me indicar a autobiografia de Tiffany Fletcher, *Mother Had a Secret*, um verdadeiro relato sobre crescer com uma mãe que tinha múltiplas identidades. Obrigada, Tiffany, por me convidar para o seu mundo para que eu pudesse tornar o de Ian mais real. Também gostaria de agradecer a Rachel Dacus, por compartilhar comigo suas próprias experiências de crescer com um pai com doença mental. Estou admirada com sua bravura e franqueza. Obrigada, dra. Nancy Burkey, por sua visão sobre o tratamento, a terapia e os tipos de medicamentos que podem ser prescritos. No que diz respeito à condição em si, quaisquer imprecisões quanto à descrição do transtorno dissociativo de identidade são de responsabilidade minha e com o propósito de fazer a informação funcionar dentro da história.

Obrigada, Kelly Hartog, por suas dicas sobre transcrições judiciais, e Matt Knight, por, mais uma vez, responder a meus questionamentos jurídicos.

Ao meu grupo de leitores mais importantes, os Tikis. Obrigada por suas leituras antecipadas e críticas francas, seu apoio contínuo e entusiasmo. Seu amor por minhas histórias me mantém escrevendo, e seus comentários e postagens no Tiki Lounge me mantêm entretida. Um agradecimento especial vai para Letty Blanchard, que deu ao amigo de infância de Ian seu nome: Marshall Killion. Tenho muita gratidão e respeito por Andrea Katz, que passei a considerar como uma querida amiga, por seu apoio entusiástico a mim e à comunidade editorial por meio de seus Ninjas e seu grupo no Facebook, Great Thoughts' Great Readers. Obrigada aos blogueiros de livros, críticos e instagrammers que leram as cópias prévias e compartilharam suas ideias e fotos nas redes sociais.

Normalmente, o primeiro rascunho rápido de um manuscrito me vem fácil. Consigo criar o esqueleto de um romance em oito semanas. Mas depois de um ano escrevendo, revisando e editando não um, mas *três* manuscritos, comecei a redigir *Tudo o que sentimos*, meu quarto livro, apenas para dar de cara com um muro e travar passados três capítulos da história. O bloqueio de escritor é uma coisa real e assustadora, especialmente quando você está mentalmente exausta e há um prazo iminente. Fiquei encarando a tela em branco do meu monitor e o documento do Word vazio por seis semanas até que finalmente consegui me recompor e fiz uma ligação. Devo um baita obrigada à autora best-seller Barbara Claypole White, que, depois de uma estimulante conversa de quarenta e cinco minutos, limpou a névoa da minha cabeça. Depois daquele telefonema, mandei bala na história de Ian em sete semanas, digitando FIM na noite anterior à minha partida para Paris. Lição aprendida: ligue mais cedo para Barbara.

Às minhas primeiras leitoras, Barbara Bos, Emily Carpenter e Rachel Dacus, cada uma de vocês leu o rascunho por um motivo específico. Obrigada por seu feedback honesto e perspicaz. Vocês ajudaram a tornar *Tudo o que sentimos* uma história mais poderosa e genuína.

A Danielle Marshall, Christopher Werner, Gabriella Dumpit, Dennelle Catlett e toda a equipe da Lake Union Publishing por fazer a série Everything decolar. É uma alegria trabalhar com vocês, e estou ansiosa por uma colaboração em muitos outros projetos. Eu não poderia pedir uma equipe melhor. A Kelli Martin, minha editora de desenvolvimento ao longo de toda a série, obrigada por sua compreensão editorial, seus textos divertidos durante as leituras e sua amizade.

Gordon Warnock, meu extraordinário agente, que sempre parece saber o que eu quero antes mesmo de mim, obrigada por cuidar de mim e por seu apoio constante. Suas ideias, seus conselhos e sua expertise são sempre certeiros.

Abraços ao meu marido e aos nossos filhos. Eu amo vocês mais que tudo no mundo, e mais um pouco.

Por fim, eu adoro me conectar com os meus leitores. Visite meu site, www.kerrylonsdale.com, e me dê um olá. Conte-me o que você achou da história de Ian.